KB059040

당신은 혼자가 아니랍니다.

You are not alone.

재의 마녀 일레이나

마법사 최고위인 「마녀」에 오른 소녀.

스승님과의 여행은 끝을 맞이하려 하고 있다.

©Azure

샤론

보기 드문 재봉 솜씨와 강한 운을 가진 평범한 소녀.

클레아노르

하늘 아래 오르트린네, 하늘에 뜬 성의 마법사.

프랑의 스승님

제자 시절의 프랑이
가르침을 받았던, 수수께끼 많은 마녀.

레이셰

바닷가 마을에 나타난 여성.
어떤 남성을 기다리고 있다.

©Azure

마녀의 여행 10
THE JOURNEY OF ELAINA
CONTENTS

©Azur

마녀의 여행

THE JOURNEY OF ELAINA

10

Shiraishi Jougi

시라이시 죠우기

Illustration

아즈루

커버 및 본문 일러스트 아즈루

제 1 장

또 만났군요.

그렇습니다. 저입니다.

일레이나입니다.

제가 지금 어디에 있는지, 아시겠습니까? 네네그렇습니다저입니다. 어디에 있다고 생각하십니까?

분명 바로 알아채지 못할 테니 힌트를 드리겠습니다.

당신에게 이곳은 보이는 전부가 문자로 가득하며, 분명 온통 흑백인 세계로 보일 테지요. 이곳은 매우 얄팍한 종이의 세계이며 그리고 저는 분명 그런 얄팍한 세계의 문자 속에서만 존재하고 있습니다.

제가 있는 곳은, 그런 세계입니다.

어딘지 아시겠습니까?

그렇습니다. 책 속입니다.

세상에 이 무슨 일인지요! 저는 지금 책 속 세계에 있습니다!

‥‥‥‥‥‥.

그런고로 새삼스럽지만. 독자인 당신, 좋은 아침입니다. 좋은 낮입니다. 좋은 밤입니다.

제가 여기에서 손을 흔들고 있는 모습이 보이십니까? 아니, 보일 리가 없을 테지요. 저는 그저 문자로만 쓰여 있을 테지요.

애초에 제가 이렇게 책 속에 있는 것을, 책 속에서 숨 쉬고 있

3

는 것을 과연 인식할 수 있을까요?

아무도 안 읽으면 어쩌나 하고 저는 생각할 뿐입니다. 조금 공포스럽기까지 합니다. 그러니 가능하다면 부디 책을 덮는 일 없이 지켜봐 주시겠습니까?

그나저나 책 속 세계란 아주아주 이상하고 어찌할 도리도 없는 곳이라 때로는 현실에서 절대 일어날 리 없는 일도 태연하게 일어나 버립니다만, 알고 계십니까?

"후후후. 제 안경, 멋져요……."

제가 말했습니다. 안경을 쓰고 있습니다. 덤으로 라트리타 국립 학원의 교복 차림입니다.

"고양이 귀 메이드복 차림인 저…… 너무 귀여운 거 아닌가요……?"

애교 부리는 모양새의 제가 창 유리에 비친 자기 자신에게 반해 있었습니다. 언젠가 입었던 카페의 메이드복을 착용하고 있었습니다.

"…………."

저는 침묵했습니다. 그저 침묵했습니다.

이곳에는 저 이외에도 저와 같은 모습을 한 제가 두 명 있습니다.

매우 헷갈리는 문장이라 매우 죄송스럽지만, 저는 지금 대략 그러한 상황에 직면해 있었습니다.

다시 한번 설명하겠습니다.

저는 책 속에 있고, 거기에 더해 제가 두 명 정도 더 있는 상황이 바로 지금입니다.

"…………."

한숨이 흘러나오는군요.

"이 상황을 어떻게 생각하나요?"

저는 제 옆에 가만히 서서 고양이 귀 메이드복 차림의 저에게 차가운 시선을 보내고 있던 빗자루 씨에게 물었습니다.

그녀는 지극히 평온한 표정으로 이쪽을 돌아보았습니다.

"어찌할 도리도 없는 상황이라고 생각합니다."

"몹시 정직하군요."

"제 주인은 일레이나 님이니까요."

"무슨 뜻인가요?"

"그런 의미입니다."

담담한 대화는 그렇게 자아졌고, 저는 다시 한숨을 내쉬었습니다. 이러한 대화도 이 지면을 바라보는 당신에게 전해지고 있을까요?

저는 이렇게 저와 같은 모습을 한 두 사람과 그리고 거기에 더해 저와 약간 닮았지만 다른 모습을 하고 있는 빗자루 씨와 함께 책 속에서 모험을 하게 되었습니다.

다음 페이지에서 무엇이 기다리고 있는지는, 저도 모릅니다.

하지만.

바라건대, 마지막까지 지켜봐 주신다면 기쁘겠습니다.

지금으로부터 3개월 정도 전의 어느 날. 저는 평소처럼 혼자 나라에서 나라로 여행을 하고 있었습니다. 전날 방문했던 나라가 바다와 면한 나라이기도 하여, 왠지 흥미가 동한 저는 해안선을 따라 빗자루를 타고 날았습니다.

　눈에 보이는 모든 것이 파랬습니다.

　맑은 하늘에는 구름 한 점 없었고, 바다와 하늘은 끝없이 펼쳐져 있었습니다. 호흡처럼 잔물결은 천천히 천천히 해변을 적시고 물러갔고, 그사이에 작은 게가 모래 속에서 고개를 쏙 내밀었습니다.

　자유롭고 조용하고 평화로운 여로에 저는 기분이 좋아졌습니다.

　그러던 중이었습니다.

　빗자루를 타고 나아가던 제 앞에 시신이 놓여 있었습니다.

　"…………."

　아니, 시신처럼 보였을 뿐일지도 모릅니다만──해변에 쓰러져 있는 한 여성, 같은 것이 보였습니다.

　금색 머리카락을 머리 뒤에서 하나로 묶었고, 다소 노출이 과한 피부는 투명할 정도로 희고 아름다웠습니다.

　낮잠을 자는 중이라고 하기에는 상당히 눈부신 곳에 누워 있었던지라, 깨닫고 보니 저는 빗자루에서 내려 그녀 곁으로 다가가 웅크려 앉았습니다.

"······살아 있으신가요?"

그녀를 내려다보는 제 머리 위의 삼각 모자가 그녀의 얼굴에 그림자를 드리웠습니다. 꼼짝도 하지 않던 그녀는 어둠 속에서 겨우 살며시 금색 눈을 뜨고, 올려다보았습니다.

시선과 시선이 마주쳤습니다. 그런고로.

"아, 안녕하세요."

저는 인사를 한 번 했습니다.

그에 대한 그녀의 대답은 이러했습니다.

"······죽고 싶어."

그저 그 말만을 하고 한숨을 내쉬었습니다.

처음 보는 사람에게 하는 말치고는 너무 흉흉하지 않은가요?

"무슨 일이 있었나요?"

제가 고개를 갸우뚱하자 그녀는 그제야 몸을 일으키더니, "······당신은 누구?"라고 물었습니다.

"여행하는 마녀입니다."

검은 로브를 걸치고 삼각 모자를 쓰고 가슴께에는 별을 본뜬 브로치가 하나. 보시는 대로 마녀입니다.

"그래서, 당신은 누구십니까?"

"······레이세."

그녀는 이름만을 짧게 답했습니다.

"뭔가 고민이 있는 듯 보입니다만."

저는 고개를 갸웃거렸습니다.

"괜찮다면 들어드릴까요?"

"······! 상담을, 해주는······ 건가요?"

저를 올려다보는 그녀는 순간 얼굴을 활짝 빛냈습니다. 눈에 반짝반짝한 생기가 돌아온 것 같은 느낌이 들었습니다.

"······네, 뭐."

입을 열자마자 제일 먼저 죽고 싶다는 말을 내뱉는 상태인 분을 그대로 여기에 방치해둔 채 "그럼 이만" 하고 가버리는 것은 너무나도 냉담하다고 생각했습니다.

이야기를 듣는 정도는 딱히 상관없을 테지요.

그래서 저는 "무슨 고민인가요?"라고 물었습니다.

그러자.

그녀는 시선을 살며시 내리뜨며, 한마디를 했습니다.

"······사랑."

"네?"

뭐라고요?

"······사랑 문제로, 고민하고 있어."

조금 부끄럽다는 듯이, 그러면서 조금 기쁜 듯이, 그녀는 말했습니다.

사랑으로 고민한 끝에 죽고 싶어졌다고.

과연, 그렇군요.

"그건 저로서는 어찌할 방법이 없겠군요. 그럼 이만."

저는 자리에서 일어나 빗자루를 손에 들었습니다.

"앗! 거짓말, 잠깐! 어째서 사랑 문제로 고민한단 말을 듣자마자 도망치는 거야?!"

"죄송합니다. 그런 건 제 전문 분야가 아니라서……."

상담은 할 수 없을 거라고 봅니다…….

"부탁해! 잠깐이라도 좋으니까 들어줘! 들어주기만 해도 돼! 제발!"

쭉쭉, 레이셰 씨는 그 자리에 주저앉은 채 제 로브를 잡아당겼습니다. 무슨 짓을.

상당히 힘주어 매달렸는지, 떨쳐내려 해도 원하는 대로 되지 않았습니다. 결국, 저는 한숨을 내쉬기에 이르렀습니다.

어쩔 수 없습니다.

"……듣기만 할 겁니다."

"멋져! 마녀님, 내 이야기를 들어주는 거구나……!"

아니 듣지 않으면 놓아주지 않을 것이 뻔해서입니다만…….

그렇게 그녀는 중얼중얼 고민을 털어놓았습니다.

말하길.

그녀는 어느 날, 한 남성과 만났습니다.

나이는 20대 중반 정도. 까만 머리카락에 단정한 생김새인 그는 여행자이고, 상냥하며, 이야기를 잘하고, 그러면서 신사적이었다고 합니다. 그녀는 한눈에 그를 좋아하게 되었습니다.

사랑에 빠지고 만 것입니다. 아무래도 그녀는 잘 반하는가 봅니다.

방랑자이자 여행자인 그와는 한 번밖에 만나지 못했습니다만, 그래도 깊고 깊은 사랑에 빠져버렸던 것입니다.

만나지 못하는 날들이 길어지면 길어질수록 가슴이 옥죄어들

©Azure

었고, 견디기 힘들 만큼 그리워져서 그녀는 이렇게 고향 바로 옆의 모래사장에 시신처럼 드러눕기에 이르렀다고 합니다.

"더는 싫어…… 전부 다 싫어…… 대체 어떻게 해야 그를 다시 한번 만날 수 있을까……?"

즉, 마음에 둔 남성과 만나지 못한 탓에 괴로워서 못 해 먹겠네 상태에 빠진 것이 지금의 그녀라는 뜻입니다. 요컨대 성가신 상사병에 걸리고 말았다는 뜻입니다.

과연, 그렇군요.

"그건 저로서는 어찌할 방법이 없겠군요. 그럼 이만."

저는 빗자루를 손에 들었습니다.

"잠깐! 여기까지 들어놓고 도망갈 셈이야? 놓치지 않을 거야. 내 연애에 협력해줘!"

마녀잖아? 어떻게든 해줘! 하고 항의하는 레이셰 씨.

"아니, 저기…… 마녀는 결코 만능이 아닙니다……."

"그럼 적어도 다시 한번 그를 만날 수 있는 방법을 찾아줘! 뭐든 좋으니까 어떻게든 해서 만나게 해줘!"

"그리 말씀하신들……."

"그리고 다시 그를 만났을 때 곧바로 결혼할 수 있는 상태로도 만들어줬으면 해. 매력을 최대한으로 끌어올려서 내 응석을 전부 받아줄 느낌으로 해줘."

"당신 마법사를 뭐라고 생각하는 겁니까?"

"뭐든 할 수 있는 멋진 인종."

"얼토당토않은 말을 하는군요……."

"아무튼 부탁이야!"

"그리 말씀하신들……."

"나를 여자로 만들어줘!"

"그 표현은 좀 어떨까 싶습니다만……."

그렇게 잠시 옥신각신한 후, 결국 저는 꺾이고 말았습니다. 한숨을 내쉬고 그녀의 바람에 가능한 한 응해주기에 이르렀던 것입니다.

그것이 지금으로부터 약 3개월 전의 일.

프랑 선생님과 깊은 숲속의 비엘라에서 재회하기 전의 일이었습니다.

●

저와 일레이나가 여행 도중에 방문한 나라에서.

인어 소문이 돌고 있었습니다.

인어입니다.

상반신이 인간 여성이고, 그러나 하반신은 마치 물고기처럼 비늘로 덮여 있고 지느러미가 달린 기기묘묘한 생물이 근처 나라에서는 화제가 되고 있다고 합니다.

저와 일레이나가 나라를 방문했을 때도 당연히 온 도시가 인어 이야기 일색이었습니다. 약 3개월 정도 전에 갑자기 나타난 인어에 관한 소문으로 사람들은 이야기꽃을 피우고 있었습니다.

"나는 장래에 인어한테 장가갈 거야……."

길을 걸으면 그런 목소리가 여기저기에서 들려왔습니다.

"얼마 전에 바다에 갔더니 인어가 있었는데, 나한테 윙크를 해주지 뭐야! 그건 틀림없이 나한테 반한 거야."

인어 씨 눈에 먼지라도 들어간 순간을 보고 착각을 하고 만 것인지, 혹은 말씀하신 분의 눈에 먼지가 들어갔던 것인지, 그러한 착각을 하는 분도 계셨습니다.

"나는 사인을 받았다고."

덤으로 인어 씨의 사인을 소지한 남성분도 계셨습니다. 액자에 넣은 종이 쪼가리에는 『인어』라고 다소 삐뚤빼뚤한 글자가 적혀 있었습니다.

"나는 악수도 해주셨다고. 이제 이 손은 씻을 수 없어."

혹은 끈적끈적한 손을 내보이면서도 어딘가 자랑스러워하는 남성까지 있는 지경이었습니다.

그러나 인어 씨는 이 도시의 주민에게만 인기 있는 것이 아니었습니다.

"어서 옵쇼. 이거, 인어 고기인데, 어때? 동화 한 닢이면 돼."

그렇게 화제에 편승하여 평범한 구운 생선에 묘한 이름을 붙인 노점이 있거나.

"우리 숙소는 바다 쪽으로 난 창이 있어서, 날씨가 좋은 날은 인어를 볼 수 있……을지도 몰라."

심지어 일단 인어라는 단어를 붙이면 팔리리라고 여기는 숙소가 있거나.

그런 식으로 신기한 생물의 화제는 거리 여기저기에서 끊이지 않고 떠올라 들끓었습니다. 이렇게 말하는 저도 그중 한 사람이었습니다만.

"인어인가요…… 재미있을 것 같네요."

만약 만날 기회가 생긴다면 이야기 정도는 해보고 싶습니다.

저는 길을 걸으며 일레이나에게 그런 말을 던졌습니다.

한편 일레이나로 말할 것 같으면, 인어라는 것에 전혀 흥미가 없다고 할까.

"……그러네요."

다소 먼눈을 하며 제 이야기에 고개를 끄덕였습니다. 그런 대화를 한 것은 바로 어제의 일이었습니다만, 무척이나 미묘한 표정을 지어 보였던 것을 분명하게 기억하고 있습니다.

여행자인 일레이나가 이러한 진귀한 존재에 흥미를 보이지 않는다는 것은 다소 묘했고, 저는 어제 그런 일레이나를 보며 고개를 갸웃거렸습니다.

지금, 저는 일레이나와 따로 행동하고 있습니다.

바닷가에 와 있습니다.

예의 그 인어가 나온다는 소문의 해변을 방문했습니다.

어째서 갑자기 해변 같은 곳을 찾아왔는가는——그 이유는 말할 것도 없을 테지요.

인어입니다.

사실은 일레이나와 함께 올 예정이었습니다만, 일레이나는 "아, 저는 사양하겠습니다"라며 완고하게 거절했고, 팔을 잡아당겨도 귀엽게 졸라보아도 결국 따라와 주지 않았습니다. 선생님은 슬픔니다…….

　아무튼, 저는 인생 첫 인어에 조금 설레하며 해변을 걸었습니다.

　"분명…… 이 근처에서 볼 수 있다고 했죠……?"

　마을에서 구한 소문의 인어가 출몰하는 지점을 기록한 지도를 한 손에 들고, 저는 어슬렁어슬렁 모래사장을 걸었습니다. 파도가 치는, 어디까지고 똑같은 풍경 속을 나아갔습니다.

　이윽고 소문대로 인어가 제 눈앞에 나타났습니다.

　아주아주 아름다운 모습을 한 인어가, 바다에서 나타났습니다.

　머리카락과 눈동자는 금색. 머리카락은 머리 뒤로 모아 하나로 묶고 있었습니다. 제 존재를 눈치채지 못한 듯, 해변을 바라보고 있었습니다.

　상반신은 분명 인간 그 자체였습니다.

　그러나 하반신은 복숭앗빛 비늘로 덮여 있었고, 꼬리지느러미가 하나 달려 있었습니다.

　"오늘도 실컷 헤엄쳤어──."

　바다에서 올라온 그녀는 그야말로, 인어였습니다.

　"어머나……."

　설마 이렇게나 간단히 만날 수 있을 줄이야!

　저는 그 모습에 몹시 감격했고, 그 자리에서 넋을 잃고 그녀를 바라보며 대체 어떻게 말을 걸면 좋을지 생각했습니다.

　그때였습니다.

　"에잇."

　아마도 그녀는 제 존재를 눈치채지 못했던 것일 테지요.

바다에서 올라온 그녀는 손에 쥔 지팡이로 자신의 하반신을 겨누었습니다. 청백색 빛은 그녀의 비늘을 뒤덮었고, 그대로 그 모습을 다른 것으로 바꾸어갔습니다. 꼬리지느러미가 사라지고 대신에 하반신은 둘로 나뉘었습니다. 순식간에 인어였을 터인 그녀에게서 인어다움이 사라졌습니다.

빛이 잦아들었을 때는, 아름다운 다리가 두 개 자라나 있었습니다.

……다리?

인어, 한테?

"저기…… 당신, 그건──."

대체 어떻게 된 일인가요?

저는 떨리는 목소리로 말하며 그녀에게 다가갔습니다.

"……!"

이윽고 그녀도, 그제야 겨우 제 존재를 깨달은 모양이었습니다. 놀라 눈을 동그랗게 뜨면서 그녀는 모래를 딛고 그 두 다리로 일어서더니.

"들켰어……!"

그렇게 말했습니다. 어디를 어찌 보아도 그곳에는 평범한 여성이 있을 뿐이었습니다.

"당신, 인어가…… 아닌 건가요……?"

이미 이 시점에서 저는 크게 낙담했습니다만, 눈앞의 그녀는 그러한 저의 심경 따위는 알지도 못할 테지요.

"그게, 인어였다 아니었다 한데."

그녀는 시원스럽게 있는 그대로의 사실을 인정했습니다.

게다가 "지나가던 마녀님이 있지, 나를 여자로 만들어줬어⋯⋯" 하고 뺨을 붉히며 이야기하는 지경이기까지 했습니다.

어머나 어머나.

"어디 사는 누구입니까? 그런 품행이 방정하지 못한 짓을 하는 마녀는."

○

그렇습니다. 저입니다.

인어 찾기에 나선 프랑 선생님을 기다리는 사이, 마을에서 한가로운 시간을 보내던 저는 일단 길목에 주저앉아 있었습니다.

여기서는 마을의 전경이 잘 보였습니다.

큰길은 활기 넘쳤고 사람들의 대화가 끊이지 않고 오갔습니다. 약 3개월 정도 전부터 나타나기 시작한 인어에 관한 화제는 계속해서 제 앞을 지나쳐 갔습니다. 동시에 인어 씨의 인기에 편승한 상품도 그랬습니다. 아무래도 인어라는 단어에서 돈 냄새를 맡은 모양이었습니다.

그것참, 정말이지.

곤란한 일입니다.

해변에 있는 인어의 이름만 써두면 돈을 벌 수 있다니. 장사란 그렇게 쉬운 일이 아닐 텐데 말이지요.

기가 막히는군요.

"어라 어라? 거기 당신. 뭔가 고민이라도 있는 겁니까?"

"어? 나 말이야……?"

제가 말을 걸자, 얌전해 보이는 여성은 살짝 눈을 크게 뜨며 놀랐습니다. 저는 고개를 끄덕였습니다.

"네, 당신입니다. 당신, 고민거리가 있는 얼굴을 하고 있습니다만……? 어떤가요? 잠시 점을 쳐보시겠습니까?"

"점……이라. 나는 그런 건 좀——."

"사실 이래 봬도 저는 인어 씨와 아는 사이라, 그녀에게 직접 배운 방법으로 점을 친답니다. 해보시겠습니까?"

"인어랑 아는 사이……? 저기, 인어라니, 그?"

그것참.

"어느 인어 씨를 말씀하시는 건지는 잘 모르겠습니다만, 최근 마을을 들썩이게 하는 해변의 인어 씨를 말하는 거라면—— 네, 맞습니다. 제 지인입니다. 그녀와는 몇 번인가 만났답니다. 이제 친구라 해도 좋을 테지요. 친한 친구라 해도 과언이 아닐 테지요."

그것참, 정말이지.

인어 씨의 이름만 써두면 돈을 벌 수 있다고 생각하는 건 과연 어떨까 싶습니다만!

"당신도 알고 계실 테죠? 지금, 인어 씨라고 하면 온 마을의 남자들을 사로잡은 대단한 존재. 그런 그녀가 가르쳐준 점이 있습니다. 흥미 없으신가요?"

"…………."

그녀는 앉았습니다. 일단 앉고 나면 독 안에 든 쥐입니다.

"흥미가 있으신 모양이군요."

저는 매우 의외라는 느낌의 미소를 지으며 고개를 끄덕이고, 그녀와 제 앞에 근처에서 발견한 상자를 꺼내놓았습니다. 그리고 그 위에 조개껍데기가 가득 담긴 찻잔을 올려두었습니다.

실제로 거리를 떠들썩하게 하는 인어인 그녀가 가르쳐준 점술이 있다는 말은 사실이었습니다.

"그럼, 당신의 고민은 무엇입니까?"

찻잔을 흔들어 잘그락잘그락 조개를 섞으면서 저는 고개를 갸웃거렸습니다.

그녀는 주저하는 기색으로.

"그게……, 지금, 좋아하는 사람이 있는데…….."

저 말고는 아무도 귀를 기울이고 있지 않건만, 그래도 그녀는 목소리를 낮추고 이야기했습니다.

"그 사람에게 고백할지 말지 고민 중이야."

"과연."

연애 상담입니까. 전문 분야가 아니로군요.

하지만 걱정할 필요 없습니다.

"그럼 한번 점을 쳐보죠."

잘그락잘그락 잠시 더 찻잔 속의 조개를 섞은 다음, 저는 상자 위에 조개를 흩뿌렸습니다. 얼마 전에 주워둔 알록달록하고 크기도 제각각인 조개들이 차르르 상자 위에 흩어졌습니다.

이것이 3개월 정도 전에 배운 점입니다.

"결과가 나왔습니다."

상자 위에 뿌려진 조개껍데기는 전부 열 개로 겉면을 향한 것이 일곱, 뒷면이 셋이었습니다. 마을에서 인기인 인어 씨가 말하길, 겉면의 수가 많으면 많을수록 바람이 이루어지기 쉽다고 합니다.

그러니까, 즉.

"대체로 사귈 수 있을 거라고 봅니다."

저는 자신을 갖고서 대답했습니다.

그러나 눈앞의 그녀는 약간 의심스러워하고 있었습니다.

"두루뭉술하네……. 그 점 맞는 거야?"

"대체로 맞습니다."

"두루뭉술하네……."

"참고로 마법을 쓰면 조개의 앞뒤를 조작할 수 있습니다."

"사기잖아……."

"뭐, 운은 스스로 불러들이는 것이라고 하니까요……."

그런고로.

그렇게 두루뭉술한 느낌으로, 저는 점을 쳤습니다.

인어라는 단어만으로도 상당한 인기몰이를 할 수 있다는 사실을 통해 예상하기는 했습니다만, 이런 반쯤 장난 같은 점이라도 나름대로 주목을 모을 수 있었습니다. 사람들 사이에서 소문은 서서히 퍼져나갔고, 큰길가에 자리 잡고 앉은 지 한 시간이 지났을 때는 일부러 불러세우지 않아도 사람이 찾아오게 되었습니다.

"당신이 인어 씨 친구야? 인어 씨의 연락처를 좀 가르쳐주지 않을래?"

"…………."

저는 조개를 흩뿌렸습니다. 전부 뒷면이었습니다. 돌려보냈습니다.

"저기 있지, 연락처 같은 건 어찌 되든 상관없는데 말이야. 인어 씨는 평소 뭘 먹어? 아니 딱히 이상한 약을 타려는 건 아니고, 진심을 담은 음식을 전하고 싶달까, 뭐랄까."

"…………."

저는 조개를 흩뿌렸습니다만 전부 뒷면이었던지라 돌려보냈습니다.

"인어 씨는 내 얼굴을 기억해주려나? 나에 관해 뭐라고 한 말 없어?"

"…………."

전부 뒷면이었던지라 돌려보냈습니다.

"인어 씨는──."

돌려보냈습니다.

한숨이 나왔습니다.

이제는 아무튼 오는 사람마다 전부 조개 뒷면을 보여주고는 "무리입니다" 하고 인어 씨와의 사이에 아무런 가능성도 없다는 사실을 들이밀고 돌아가게 했습니다.

"이 나라의 남성분은 연애에 지나치게 긍정적인 사람뿐인 겁니까?"

기막힘이 섞인 저의 그런 반응에 그들은 하나같이 분개했습니다.

"딱히 사귀고 싶은 게 아니거든!" "실례잖아! 나는 그래도 아직 멀쩡한 편이라고!" "아니 나 같은 경우는 그래도 나은 편인데?" "나는 이제 막 팬이 된 참이라 그녀에 관해 알고 싶을 뿐이야."

등등.

그들은 하나같이 자신은 정상이라 주장하셨습니다.

인어 씨와 마을 주민인 그들은 그야말로 문자 그대로 사는 세계가 달랐습니다. 그러나 그 이상으로 애초에 인어 씨는 몇 번 악수를 했을 뿐인 불특정 다수의 사람에게 연모를 품을 만큼 순진무구하지 않았습니다. 아니, 인어 씨라기보다는 대부분의 여성이 그러하리라고 봅니다만.

"멀쩡한 손님이 오질 않는군요……."

인어 씨의 친구라고 광고한 것이 실패 요인일까요? 오는 손님은 전부 이상한 분뿐입니다.

이건 어쩌면 일찌감치 문을 닫는 편이 좋은 게 아닐까요……?

"잠시 괜찮을까?"

일반적인 이 나라 남성분의 다소 삐뚤어진 사고 회로에 혼란을 느끼던 중에, 또다시 한 남성이 제 가게를 찾아왔습니다.

나이는 20대 중반 정도. 검은 머리카락에 단정한 생김새의 그는 "연애운을 점쳐 줬으면 하는데" 하고 말했습니다.

"어느 분과의 연애운입니까?"

인어 씨일 테죠? 인어 씨를 상대로 한 연애운일 테죠? 저는 반쯤 단정 짓고서 지팡이를 몰래 준비하며 찻잔을 돌렸습니다.

"…………."

그리고, 이윽고 그는 대답했습니다.

마을에서 인어라고 불리는 그녀의 이름을.

●

바다에서 만난 그녀와 저는 마을까지 함께하게 되었습니다.

"그나저나 대체 어째서 그런 짓을 하는 겁니까?"

해변을 걸으며 저는 물었습니다.

너무나도 의문이었던 점은 그녀가 3개월 전부터 갑자기 해변에 나타났고, 마을에서 소문이 날 만한 일을 계속해서 반복하고 있다는 사실이었습니다.

상당히 자유분방한 분인지, 그녀는 걸음을 옮기는 저를 무시하고 근처에 웅크리고 앉아 모래 위에 조개를 몇 개 굴리더니 "아! 뒤가 많잖아! 다시 다시"라며 다시 조개를 주웠습니다.

결국 저도 걸음을 멈추고 그녀를 바라보았습니다.

지금의 그녀는 인어다운 차림을 하고 있지 않았습니다.

몸에 걸친 것은 수수한 블라우스와 짙은 청색의 롱스커트. 그녀에게는 분명 두 개의 다리가 자라나 있었고, 지금의 모습을 보고 그녀가 인어라는 사실을 바로 눈치채는 인간은 아마도 거의 없을 겁니다.

저의 지극히 단순한 질문에 그녀는 희미하게 미소를 지으며 답했습니다.

"좋아하는 사람과 다시 한번 만나고 싶어서…… 이런 식이 되어버렸어."

"되어버렸다고요?"

상당히 가벼운 동기로 시작되었군요…….

"당신, 마을에서 큰 화제가 되고 있어요. 귀여운 인어가 마을 근처에 출몰했다고."

제가 말하기는 했지만, 그녀 자신도 그러한 사실은 당연히 알고 있을 테지요. 레이셰 씨는 "그러게"라며 고개를 끄덕였습니다. 그리고.

"하지만, 하지만 있지, 어쩔 수 없는걸? 좋아하는 그가 내 소문을 듣고서 다시 한번 만나러 와줄 때까지 인어로서 바닷가에서 활동할 셈이었으니까. 다양한 사람이 만나러 와줬고, 내 소문을 퍼뜨려줬어. 하지만 나는 좋아하는 사람이 있으니까, 절대 여지를 주거나 하지는 않았어."

그렇게 어딘가 변명처럼 말했습니다.

그때 마을에서 들었던 소문이 제 머릿속을 스쳐 지나갔습니다.

──나한테 윙크를 해주지 뭐야! 그건 틀림없이 나한테 반한 거야.

──나는 사인을 받았다고.

──나는 악수도 해주셨다고. 이제 이 손은 씻을 수 없어.

………….

"정말인가요? 정말로 여지를 주지 않았나요?"

"…………."

곤란한 듯이 시선을 피하는 레이셰 씨.

25

"그, 그게…… 살짝, 팬서비스? 같은 건 했지만……."

알고 있었습니다.

그러나 추궁할 마음은 없었습니다. 저 자신도 인어와 만나서 사인 하나라도 받아두자고 생각하기도 했었으니까요. 게다가.

"딱히 주민에게 돈을 뜯어내면서 인어로서 팬 서비스를 하고 있는 것도 아닐 테니, 비난할 것도 없겠지요."

저는 웃었습니다.

"…………."

그러나 그녀는 또다시 시선을 피했습니다.

……어머나?

"돈을, 뜯어내고 있는 건가요……?"

"뭐! 뭐? 무슨 말을 하는 거람! 도도도도돈 같은 걸 받을 리가 없잖아!"

"더할 나위 없이 동요하고 있군요……."

"하, 하지만 정말이야! 정말로 돈은 받지 않았거든! 진짜로!"

"돈은?"

"………… !"

그야말로 실언. 그녀는 양손으로 입을 가리며 침묵했습니다.

그러나 때는 이미 늦었습니다.

"어떻게 된 건가요? 뭔가 나쁜 짓을 하고 계신 건가요? 자세한 이야기를 좀 해주시겠습니까?"

사람과 인어의 모습을 자유롭게 오가면서 대체 무슨 짓을 하고 계신 겁니까?

"아니, 그게……."

매우 겸연쩍어 보이는 그녀가 그곳에 있었습니다.

"마을 사람들이 좀…… 그, 다 좋은 사람들이라…… 사인해주
거나 악수해주거나 하면, 여러 가지 것들을 주거든……."

"흐음. 여러 가지 것들이란?"

"좀 비싼 옷이라든가, 액세서리라든가."

들어보니 3개월 정도 전, 우연히도 인어의 모습을 한 레이셰 씨
를 발견한 마을 남성이 "우와! 인어다! 대단해"라며 큰 소리로 기
뻐했고, 악수를 청했던 일이 있었다고 합니다.

좋아하는 남성을 찾기 위해 인어와 인간의 모습을 왕복하던 그
녀였기에, 그 기분에 답해줄 마음은 털끝만큼도 없었습니다. 그
러나 "그럼 내 소문을 마을에 퍼뜨려줄래요?" 하고 부탁하면서
악수를 해주었다고 합니다.

그 효과는 엄청났습니다.

"한 사람에게 악수를 해주었더니, 다음 날부터 여러 사람들이
찾아오게 되었어. 그러더니 이번에는 사인까지 요구하잖아……."

그래서 사인을 해주었더니 어째선지 돈을 주려 했다고 합니다.

"과연, 그렇군요."

저는 고개를 끄덕였습니다.

"하지만 있지, 저기 있지, 사인을 해준 것만으로 돈을 받는 건
왠지 죄악감이 들어서 거절했어. 나는 소문을 퍼뜨려주는 것만으
로 충분했거든."

"어머나, 그랬나요?"

"하지만 돈을 받지 않았더니 그 대신에 다음 날부터 팬들이 옷이나 액세서리를 선물해주게 되었어……."

"오호라 오호라."

과연.

"그래서, 그쪽은 거절하지 않았던 겁니까?"

"여자아이란, 돈을 그대로 받는 것보다, 선물 받는 걸 기뻐하는 생물인걸."

"…………."

소녀…….

"하지만 나, 애초에 좋아하는 사람이 있으니까…… 선물을 받기 곤란하다고, 남자들에게 제대로 설명했단 말이야. 그런데 그 사람들은 『나는 네 사랑을 응원해!』 같은 말을 하면서 결국 선물을 주잖아……. 모르겠어…… 남자들이 무슨 생각을 하는 건지 모르겠어……."

"…………."

이해할 수 없는 것의 대명사로 여자의 마음을 드는 경우가 종종 있습니다만, 어쩌면 그녀 같은 여자의 입장에서는 세상 남성들의 마음 역시 이해하기 어려운 것일지도 모르겠습니다.

그러나 레이세 씨는 아무래도 악의를 갖고 팬들에게 선물을 징수한 것은 아닌 듯했습니다.

"받은 걸 쓰지 않을 수는 없으니까, 지금은 팬들에게 받은 선물을 쓰고 있는 거야."

그녀는 여전히 모래 위에 조개를 던지며 말해주었습니다.

"하지만 있지, 돈도 인기도, 솔직히 말하자면 그다지 흥미는 없어."

모래로 손을 뻗어 뒤집힌 조개만을 주워 들고, 그녀는 남아 있는 겉쪽을 향한 조개들을 바라보았습니다.

"그럼 뭐에 흥미가 있나요?"

내가 묻자 그녀는 단 한 마디를, 속삭였습니다.

"좋아하는 남자의 마음"이라고.

"그분의 이름은?"

거듭하여 질문하는 제게 그녀는 또다시 속삭였습니다.

"키이스."

다정하고, 이야기를 잘하고, 그러면서 신사적인 멋진 남성분이야——라고.

그녀는 다시 마을을 향해 걸으면서 키이스 씨와의 이야기를 들려주었습니다.

……들려주었습니다만.

"그날 나는 물고기들과 함께 바다에서 헤엄을 치고 있었어. 내가 『안녕하세요』 하고 말을 거니까, 물고기들이 『아, 안녕하십니까!』 하고 웃어줬어. 이 바닷가에서 수영하는 게 내 일과였거든."

좋은 의미에서도 나쁜 의미에서도 소녀이고 몽상가 기질이 있는 그녀이기 때문인지, 그 회상은 어딘가 매우 공상 같은 느낌이었습니다.

"그날은 평소처럼 물고기들과 바닷속에서 술래잡기를 했어. 그들이 도망치고 내가 쫓아가는 거야. 물고기들은 어찌나 잘 도망

치는지, 아무리 쫓아도 언제나 다 도망치고 말았어. 그래서 있
지——."

"아, 죄송합니다본론과관계없는부분은생략해주셨으면합니다."

"…………."

그녀는 잠시 불만스러운 듯 뺨을 부풀리고 입을 다물었습니다.
그리고서.

"내가 키이스 씨와 만나게 된 건, 그날 점심 무렵이었어. 물고
기를 몇 마리인가 잡은 직후에 나, 다치고 말았어."

아주 조금 낮은 목소리로 말하며, 레이셰 씨는 자신의 가슴을
쓸어내렸습니다.

"무슨 일이 있었던 겁니까?"

지금 모습을 본 바로는 흉터가 남을 정도의 상처는 아니었던 모
양입니다만.

"바다의 벼락이, 내 몸을 꿰뚫었어……."

"……뭐라고요?"

"아니, 그러니까 바다의 벼락."

"죄송합니다만저같은사람이라도이해할수있는말로설명해주시
겠습니까?"

"……찔렸어."

"뭐예요?"

"해파리한테."

"…………."

바다의 벼락이라고 하는 어마어마하게 과장된 이름인 것치고

는 상당히 흔해 빠진 상처를 입었던 레이셰 씨에게 저는 그저 입을 다물 뿐이었습니다.

"그래서 있지, 아무튼 너무너무 아파서, 나, 바다에서 일단 나왔었어."

그녀는 거기서 키이스 씨와 만났다고 말해주었습니다.

괴로워하며 모래 위를 기어가는 레이셰 씨를 보고, 키이스 씨는 곧바로 예삿일이 아니라는 것을 알아챘을 테지요. 그녀 곁으로 달려와 상태를 살펴주었다고 합니다.

마법을 쓰지는 못했지만, 키이스 씨는 여행자인 만큼 그 정도의 부상에 대처하는 법에는 나름대로 지식이 있었습니다.

깨끗한 바닷물로 환부를 씻고, 부풀어 오른 부분을 확인한 다음 차게 식혀주었습니다.

"우으……."

아파하는 레이셰 씨. 그는 그런 그녀의 손을 잡고 "괘, 괜찮아!"라고 말해주었습니다. 레이셰 씨는 마음속이 포근포근 따뜻해지는 것을 느꼈다고 합니다. 동시에 바다의 벼락이 말도 안 되게 아팠다고도 이야기해주었습니다. 저는 다시 입을 다물었습니다.

키이스 씨는 어색한 손길로 레이셰 씨의 붉게 부은 피부에 약을 발라주었습니다. 여행자로서 상처 치료에도 다소의 지식은 있었을 터입니다. 그러나 그는 아무래도 여성에 그다지 면역이 없는 모양이었습니다.

레이셰 씨는 그런 그에게 흐뭇함을 느꼈습니다.

"해파리한테 쏘였나 보네……. 이걸 바르고 잠시 기다리면 통

증은 사라질 테니까, 히, 힘내!"

레이셰 씨는 그에게 고개를 저었습니다.

"해파리가 아니야……."

"응? 해파리가 아니라고? 그럼 뭐에 찔린 거지?"

"바다의 벼락……."

이상한 집착을 발휘하는 레이셰 씨였습니다.

키이스 씨는 당황했습니다.

"뭐? 바다의 벼락? 아니 이건 그냥 해파리——."

"바다의 벼락한테 당한 거야!"

"아 응 그렇구나! 바다의 벼락이구나!"

그는 매우 친절하고 신사적인 남성이었습니다.

그렇게 상처의 상태가 나아질 때까지, 그는 레이셰 씨와 함께 있어주었다고 합니다. 그는 그녀가 지루해하지 않도록 이런저런 이야기를 들려주었습니다.

익숙하지 않았지만, 띄엄띄엄 이야기해준 것은 그가 여행하며 나라들을 오갔던 일.

그에게는 꿈이 있다고 합니다.

자연이 풍족한 나라에서 여유롭게 지내고 싶다고, 그는 그런 소박한 꿈을 눈을 빛내며 이야기해주었습니다.

그의 이야기는 꿈결 속에 사는 소녀이자 고향을 떠나본 적 없는 그녀에게 아주 아름다운 동화 속 이야기처럼 느껴졌습니다.

그래서 답례로 레이셰 씨는 자신의 이야기를 들려주었습니다.

"나는 있지, 언제나 여기서 물고기들과 헤엄치고 있어."

"뭐? 아, 으음. 응, 그렇구나……."

두 사람은 모닥불 앞에 둘러앉아 있었습니다. 흔들리는 불꽃은 꼬치에 꿰인 물고기를 휘감고 있었습니다.

"물고기는 언제나 나를 두고 도망쳐버려. 그래서 쫓아가서, 잡는 거야."

"호, 호오……."

적당히 잘 구워진 물고기를 먹으며 레이셰 씨는 "우후후" 하고 웃었습니다.

둘이서 함께 먹은 물고기는 아주 맛있었다고 합니다.

물고기…….

"그래서 있지──."

레이셰 씨는 특별할 것 없는 대화를 나누었습니다. 시간을 잊고, 아픔도 잊을 정도로 푹 빠져서 그와 이야기를 했습니다. 해변에서 모르는 사람과 이야기 같은 걸 해본 적 없었던 그녀였기에, 해가 기울어도 이야기가 계속해서 떠올랐습니다.

그와 함께라면 언제까지고 이야기할 수 있을 것만 같은 기분이 들었습니다.

"…………."

이윽고 키이스 씨는 그녀를 응시했습니다.

기울어가는 햇살 속에서도 그의 뺨이 붉은빛을 띠고 있다는 것을 알았습니다.

──이 사람, 나한테 반했어!

레이셰 씨는 바로 눈치챘습니다. 심지어 만난 직후부터 어렴풋

이 알아차렸을 정도였습니다.

"저기, 키이스 씨. 당신은 어떤 여성이 좋아?"

나지? 나 같은 애가 이상형이지? 그렇지? 그러한 절대적인 자신감을 갖고서 그녀는 물었습니다.

그는 시선을 피하면서 대답했습니다.

"인어, 려나……."

그는 인어 페티시즘이었습니다.

………….

인어 페티시즘이라니 뭡니까?

아직 두 사람은 대화가 부족했습니다. 더욱 가까워지기 위해서는 시간이 필요했습니다.

"……저기, 레이셰 씨."

그래서 키이스 씨는 말했습니다.

"내일도 여기 오면, 너를 만날 수 있을까?"

그의 올곧은 마음은 몹시 눈부셨고, 그녀는 매우 기뻤다고 이야기해주었습니다.

그러나.

"……안 돼."

레이셰 씨는 고개를 저었습니다.

"그건 안 돼."

내일도 여기에서 만나는 것은 가능할지도 모릅니다. 더 많은 이야기를 나누는 것은 가능할지도 모릅니다. 그러나 레이셰 씨는 거절했습니다.

그녀는 아주아주 순정적인 소녀이며.

동시에 조금 성가신 성격을 갖고 있기도 했습니다.

온 세상을 여행하는 키이스 씨와 세계의 다른 나라들을 모르는 레이셰 씨라면, 분명 맺어진다 해도 잘 풀리지 않으리라 생각했던 것입니다.

"내일부터는, 오지 말아줘."

오늘은 고마웠어——라고, 레이셰 씨는 그 말만을 남기고 그의 곁을 떠났습니다.

사실은 키이스 씨와 줄곧 함께 있고 싶었건만.

그리고 맞이한 다음 날.

레이셰 씨는 다시 바닷가에 왔습니다. 거절했으면서도 마음 한편으로는 "어쩌면 키이스 씨가 와줄지도?" 하는 기대를 품었던 것입니다.

그러나 그는 없었습니다.

"아아아아아아아아아아아아이게아냐아아아아아아아아아!"

그녀는 울며 그대로 모래사장에서 데굴데굴 굴렀습니다.

그 후로도 매일같이 바닷가에 왔지만, 결국 그가 나타나는 일은 없었다고 합니다.

"……여기까지가 지금까지의 내 이야기인데, 어떻게 생각해?"

"성가신 여자아이네 하고 생각했습니다."

"…………."

○

"······과연."

연애 상담을 하러 온 그의 이야기를 한바탕 들은 다음, 저는 고개를 한 번 끄덕였습니다.

말하길.

여행자로서 다양한 나라를 오가던 그는 3개월 전에 만난 한 명의 멋진 여성을 잊지 못해 돌아오고 말았다고 합니다.

이름은 레이셰 씨.

최근 이 나라 근처에서 나타나는 인어로 인기를 모으고 있는 여성입니다.

"요컨대, 나는 그녀를 잊을 수 없었어. 그래서 돌아온 거야."

한 번 이 주변 나라를 떠난 후, 분명 어디선가 인어의 소문을 들은 것일 테지요. 그 나라 근처에서 아름다운 인어가 나타나게 되었다──라든가, 그런 느낌으로.

그리고 그 인어의 용모는 들으면 들을수록 과거에 만난 적이 있는 레이셰 씨 그 자체. 그래서 신경이 쓰여 돌아오고 만 것일 테지요.

그의 이야기를 들은 바로는 대략 그러한 인상을 받았습니다.

과연, 그렇군요.

"그런데, 돌아왔다고 하셨습니다만, 구체적으로는 며칠 전에 돌아오셨습니까?"

"어?"

제가 이 나라에 온 것은 어제입니다.

오늘은 아침부터 점을 치며, 상당한 수의 손님과 대면했습니다만.

"당신, 마을에서 소문이 자자하답니다."

저는 조심스럽게 가르쳐드렸습니다.

인어 씨와의 연애운을 점쳐달라고 부탁해 온 남성은 셀 수 없을 정도로 많았습니다만, 그런 그들을 보면서 제가 탄식을 내뱉고 기막혀할 때마다 그들은 하나같이 이렇게 말했던 것입니다.

──아니 아니, 나 같은 경우는 그래도 나은 편인데?

──라고.

처음 그 말을 들었을 때는 그들 자신이 인어 씨에게 홀딱 반했다는 사실을 스스로 깨닫지 못할 만큼 푹 빠져 있는 것이리라고 생각했습니다.

그러나 이야기를 들어보니, 아무래도 그렇지도 않은 모양이었습니다.

한 주민이 이야기해주었습니다.

"인어를 만나러 가서 이야기를 하기만 해도 돈을 주는 이상한 남자가 있어."

혹은 이렇게 이야기해준 분도 있었습니다.

"인어에게 사인을 받기만 해도 돈을 준다고. 뭘 어쩌고 싶은 건지 잘 모르겠지만, 그건 아마도 스토커일 거야."

혹은.

"나 같은 경우엔 얼마 전에 선물을 전달해 달라고 부탁받았어. 뭔지 잘은 모르겠지만 그건 스토커일 거야."

그러한 목격 증언도 있었을 만큼, 요컨대 최소 한 달 전부터 이

스토커 같은 남자는 레이셰 씨에게 간접적으로 관여하고 있는 모양이었습니다.

그래서 "나 같은 경우는 그래도 나은 편" 같은 말을 할 수 있던 것입니다. 더 깊고 깊게 빠진 남성을 한 명 알았기 때문입니다.

그런데 그 스토커의 외모 말입니다만, 흑발에, 부드러워 보이는 생김새에, 나이는 대략 20대 중반 정도라고 합니다.

어라라? 어떤 분과 닮았군요.

"당신 혹시 한 달 전부터 줄곧 레이셰 씨 주변을 살폈던 게 아닙니까?"

"…………."

키이스 씨는 온 힘을 다해 제게서 시선을 돌렸습니다.

"……아, 아니, 무슨 말인지……? 모르겠는데……."

우와정말이지알기쉬운사람이로군요.

"빙빙 돌아서 정보를 모을 것 없이 직접 이야기라도 하러 가보면 되지 않나요?"

대충 조언해드렸습니다. 말을 걸지 않으면 아무것도 시작되지 않습니다만?

하지만 그는 저의 그런 대략적인 조언에 크게 분개했습니다.

"그럴 수 있으면 고생하지 않는다고!"

"하지만 한 번밖에 만나지 못했잖아요? 남을 통해 전해 들은 정보만으로 만족하나요? 당신, 그녀가 지금 어떤 모습이 되었는지도 모르시죠?"

"응? 아는데. 인어잖아?"

"…………."

아니뭐그건그렇습니다만.

"그녀가 인어라는 점에는 놀라지 않는군요."

"응, 뭐. 세상은 넓으니까, 그런 사람이 있어도 이상할 건 없지."

"…………."

그렇게나 세상을 이해하는 폭이 넓으면서…….

"어째서 한 번 거절당한 것만으로 만나지 못하게 되는 걸까요…….."

"아니, 나도 만나고 싶거든? 하지만 무리야…….."

내일부터는, 오지 말아줘.

그것이 그녀와 마지막으로 만났을 때 들은 말입니다. 키이스 씨는 고지식하게 그 말을 그대로 받아들이고, 그것이 레이셰 씨의 진심이라고 이해했는지도 모릅니다.

"나와 함께 있어도, 이야기를 나누어도, 재미없었던 거구나 생각하면, 말을 걸 용기가 사라지고 말아…….. 나도 몇 번이나 바닷가에 가려고 했어. 하지만, 거절당하는 게 무서워서, 갈 수 없었어."

"…………."

"한심하지? 웃어도 돼."

"에헤헤."

"웃지 마!"

"네에…….."

웃으라고 하지 않았습니까…….

"아무튼, 나는 그녀와의 연애운을 점쳐보고 싶어. 여기서 가능성이 없다면 그녀를 포기하겠어. 그러니까 점을 쳐줘. 부탁해."

저를 향해 깊게 고개를 숙이는 키이스 씨.

이것이 그가 나름대로 고민한 끝에 나온 결론일 테지요.

"──알았습니다."

그렇다면 바라시는 대로 매우 어바웃한 방법으로 점을 보기로 하지요. 그가 운을 끌어와 주리라 믿으며 컵을 흔들고, 저는 망설임 없이 안의 조개껍데기들을 촤르르 흩뿌렸습니다.

결과는 바로 나왔습니다.

"…………."

그는 상자 위에 굴러다니는 조개들을 바라보며 잠시 긴장했고, 그리고 저를 올려다보며 고개를 갸웃거렸습니다.

"……이거, 그러니까 결과가 어떤 거야?"

대답하는 것은 상관없습니다만.

"그건 나중의 즐거움이라는 것으로 해두죠."

분명 그편이 좋을 겁니다──하고 저는 나라의 문 쪽으로 시선을 보냈습니다.

"…………?"

저를 따라 뒤늦게 키이스 씨가 그쪽으로 시선을 돌렸습니다.

딱 좋은 타이밍이었습니다.

정말로 딱 좋은 타이밍에, 프랑 선생님이 마을로 돌아와 주었습니다.

"…………."

키이스 씨는 눈을 크게 부릅떴습니다. 분명 그는 놀라지 않았을까요?

그곳에는 제 스승님과 함께, 3개월 전에 딱 한 번 만났던 한 명의 멋진 여성이 있었으니까요.

3개월 전에는 그저 인어였던 그녀의 하반신에, 다리가 두 개, 자라나 있었으니까요.

○

3개월 전의 이야기입니다.

바닷가에서 저는 시신처럼 굴러다니던 인어 씨와 만났습니다.

"나를 여자로 만들어줘!"

그렇게 조금 묘한 표현을 쓰며 제게 매달렸던 그녀는, 인간 여성으로 모습을 바꿔달라고 부탁했습니다.

그녀는 한 남성을 사랑했습니다. 그러나 이뤄질 수 없는 이유가 하나 있었던 것입니다.

레이셰 씨와 키이스 씨는, 사는 세계가 달랐습니다.

그저 그뿐인 이유가, 두 사람의 사이를 갈라놓았습니다.

키이스 씨는 지상을 걷는 인간이었고, 레이셰 씨는 바다에서 사는 인어였으니까요.

사실은 레이셰 씨도 키이스 씨에게 마음을 두고 있었습니다. 그 마음이 이뤄지지 못했던 것은, 두 사람이 연인 사이가 된다고 해도 분명 잘 풀리지 않으리라는 사실을 그녀 자신이 잘 알고 있었기 때문입니다.

그래서 내일부터는 오지 말라고, 그런 말을 했던 것입니다.

그러나 바꿔 말하면 레이셰 씨와 키이스 씨의 사이를 방해하는 것은 고작 그것뿐이었습니다.

뭐, 솔직히 말해 마법으로 해결하지 못할 것도 없는 사안으로도 여겨졌습니다.

그래서 저는 허리춤에 매달리는 레이셰 씨의 팔을 풀고, 내려다보며, 웃어 보였습니다.

"하나, 좋은 방법이 있습니다."

그리고 그녀에게 지팡이를 하나, 내밀었습니다.

"……뭐 하는 거야?"

의심스러워하며 고개를 갸웃거리는 레이셰 씨에게 저는 말했습니다.

"아무튼 마법으로 다리를 만들어버리면 되는 겁니다."

그렇게 하면 만사 해결 아닙니까? 하고.

마법은 상당히 편리한 방법입니다.

저도 몇 번이나 한 적이 있습니다만, 자신의 모습을 바꾸는 것도 불가능하지 않습니다. 그렇다고 한다면, 그녀도 그것을 써서 꼬리를 다리로 만들어버리면 되는 게 아닐까요? 하고 저는 생각했습니다.

인어인 그녀에게 마법의 소양이 있을지 어떨지는 솔직히 그 시점에서는 잘 알지 못했습니다만—— 만약 마법을 쓰지 못한다면 약과 레시피라도 줄까 생각했습니다만, 기우에 불과했습니다.

그녀는 마법을 쓸 수 있었습니다. 그 재능을 갖추고 있었습니다. 어쩌면 평범한 인간과는 다른 것을 가지고 있는 분은 대체로 마법에 대한 재능을 타고나는지, 태어나서 처음으로 쥐어봤을 터인 지팡이를 그녀는 바로 훌륭하게 써 보였습니다.

아무리 재능이 있다고 해도 변신 마법 같은 것은 나름대로 고도의 기술을 필요로 하는 마법이기 때문에 습득에는 조금 시간이 걸렸습니다.

"이렇게?"

변신 마법을 자신에게 거는 그녀.

"실패네요."

꼬리가 약간 변했을 뿐이었습니다.

"그럼, 이렇게?"

다음 날도 변신 마법을 자신에게 거는 그녀.

"다른 생물이 되었네요."

이번에는 하반신이 말이 되었습니다.

"우으…… 그럼 이렇게?"

또 그다음 날도 변신 마법을 자신에게 거는 그녀.

"저기…… 점점 사람에서 멀어지는 것 같은 느낌이 듭니다만……."

하반신은커녕 상반신까지 말이 되었습니다.

그 후로도 시간이 허락하는 한 저는 그녀와 함께하며 마법을 가르쳐드렸습니다. 그녀가 제대로 하반신을 인간의 다리로 바꿀 수 있게 된 것은, 그 후로 대략 닷새 정도가 지났을 무렵이었다고 생각합니다.

"이렇게?"

아름다운 하얀 다리가 그녀의 하반신에는 있었습니다.

"성공이네요."

저는 고개를 끄덕였습니다.

마법 훈련이라기보다는, 하반신을 인간의 것으로 바꾸는 훈련을 닷새간. 결국 그녀는 변신 마법 이외는 아무것도 쓸 수 없었지만, 그러나 남성과 살아가기 위해서라면 그것만으로도 충분할 터입니다.

그래서 저는 그녀에게 다리가 생겨난 것을 확인한 시점에서 "그럼 이제 저는 필요 없겠네요"라며 짐을 정리했습니다.

저는 떠도는 여행자이니 한곳에 오래 머물러서는 안 됩니다.

"뭐? 일레이나 씨, 그건 곤란해. 나는 아직 잠깐만 인간으로 있을 수 있는걸."

노골적으로 얼굴을 찌푸리는 레이셰 씨. 실제로 그러한 불만을 늘어놓은 직후에 바로 다리가 꼬리로 돌아가 버렸습니다.

아직 완전하지는 않은 모양입니다.

그러나.

"뭐, 다음은 스스로 연습해주세요. 그러는 사이에 제대로 걸을 수 있게 될 거라고 봅니다."

"함께 있어주지는 않는 거야……?"

다리가 없는 탓에 그녀는 모래사장에 주저앉아, 그 자리에서 저를 흡뜬 눈으로 올려다보았습니다.

그러나 저는 시원스럽게 고개를 저었습니다.

"이제 제가 없어도 문제없잖아요? 게다가——."

저는 그녀의 머리에 손을 얹으며 말을 이었습니다.

"저는 여행자니까, 한곳에 오래 머물러서는 안 된답니다."

그러니 이만 갈게요, 하고 말했습니다.

"……우으."

불만스레 뺨을 부풀리면서도 그녀는 처음 만났던 그날처럼 떼를 쓰지는 않았습니다.

대신에 그녀는 제게 질문을 하나 했습니다.

"여행이란 게 그렇게 재미있어?"

어찌 대답하면 좋을지 망설여지는 질문이었습니다. 키이스 씨가 여행자라는 것도 있어, 여행에 대한 흥미가 그녀 안에서 희미하게 자리하게 되었을지도 몰랐습니다.

저는 잠시 "으음" 하고 신음하고서, 그녀에게 웃어 보였습니다.

"뭐, 해보면 알 수 있지 않을까요?"

그것은 아마도 매우 애매하고, 약간 성가신 대답이었다고 생각합니다.

●

일레이나와 이 나라를 방문한 것은 어제였습니다.

거리는 인어 이야기로 들끓고 있었고, 저도 적잖이 그 소문에 편승하는 형태로 약간 고양되어 있었습니다만, 일레이나로 말하자면 "인어인가요? 흐응" 하고 그다지 흥미도 없는 모습.

위화감을 느낀 것은 말할 필요도 없었습니다.

"일레이나, 왜 그러나요? 평소의 당신답지 않네요."

"평소의 저는 어떤 느낌인가요?"

"『네에? 인어라고요? 선생님! 잠시 해변에 가서 인어 관찰을 하고 오죠!』 같은 대사를 하면서 제 소매를 잡아당기는 느낌이요."

"대체 그건 누구인가요?"

그런 짓을 한 적은 없어요, 라며 일레이나는 눈을 가늘게 떴습니다.

뭐, 아닌 게 아니라 방금 그건 농담이었습니다.

"하지만 어떻게 된 건가요? 흥미 없는 건가요? 인어."

"아뇨, 흥미가 없는 건 아닙니다만――."

그리고 이어서 일레이나는 말해주었습니다.

3개월 전에 인어와 한 번 만났던 것. 단 한 번밖에 만나지 못했던 남성과의 사랑으로 고민하던 그녀에게 마법을 가르쳐준 것.

흥미가 없는 것이 아니라, 이미 알고 있었기 때문에 딱히 놀라지 않았다는 것을.

"곤란하네요…… 3개월이나 지났는데 여전히 바닷가를 어슬렁거리고 있다니…… 예상외예요……. 역시 조금 더 함께 있어주는 편이 좋았던 걸까요……."

일레이나는 중얼거렸습니다.

그리고서 그녀는 한 가지 제안을 했습니다.

"선생님, 인어를 만나러 가주시겠어요?"

말하길, 그녀는 예의 인어 씨를 마을로 데려와 주었으면 한다고 했습니다.

저는 고개를 갸우뚱했습니다.

"그건 상관없습니다만…… 상대는 인어잖아요? 어떻게 여기까지 데려오나요?"

데려왔다간 큰 소동이 벌어지는 거 아닐까요? 이 마을 사람들은 상당히 인어에게 관심이 많은 모양이던데요——하고 저는 의아해하며 미간을 좁혔습니다.

그러나 일레이나는 그런 제게 말했습니다.

"아, 그건 괜찮습니다. 아마도 소동은 벌어지지 않을 테니, 평범하게 데려올 수 있을 거라고 생각해요."

보아하니 아무래도 3개월 전에 만났을 때, 인어 씨에게 무언가 한 것일 테죠. 네에, 다 압니다.

"……무얼 숨기고 있는 건가요?"

저는 빤히 일레이나를 바라보았습니다.

상당히 오랫동안 알고 지냈습니다. 이런 때 일레이나가 어떠한 말로 대꾸할지도 다 알고 있지만, 일단 만약을 위해 저는 물었습니다.

그리고 일레이나는 예상을 크게 뒤엎는 일 없이, 어디까지나 태연한 태도로, 키득 웃으며 답했습니다.

"그건 나중을 위한 즐거움이란 걸로 해두죠."

그다음 날에 저는 일레이나와 이야기한 대로 인어를 만나러 갔습니다. 다리가 자라나 있던 것에는 놀랐습니다만——과연, 인간이 될 수 있는 마법을 가르쳐주었나 봅니다.

아직 불완전한 상태이기는 하지만, 나날이 그 기량은 향상되고 있는 모양이었습니다. 들어보니 지금은 마을과 바다를 왕복할 수 있게도 되었다던가요.

마을을 찾은 인어 씨, 아니 레이셰 씨는 분명 놀랐을 터입니다.

"…………."

그저 조용히 일레이나 앞에 앉은 한 명의 남성을 바라보고 있었으니까요.

그것이 그녀가 마음에 둔 사람이라는 사실은 일부러 확인하지 않아도 알 수 있었습니다. 천천히 그에게 다가가는 그녀의 발걸음은 망설이면서도 그러나 결코 물러서지 않았습니다.

두 번 다시 떨어지지 않도록, 천천히, 그녀는 그의 곁으로 걸어갔습니다.

"……키이스 씨."

부드러운 목소리가 울렸습니다.

"아, 레이셰 씨……."

한편 남성 쪽은 조금 긴장하고 있는 것처럼 보였습니다.

두 사람은 그렇게 천천히 서로를 향해 다가갔습니다. 서로 거절하는 일은 없었습니다. 어떻게 인어에게 다리가 자라나 있는지, 여행자일 터인 그가 어째서 이 마을에 있는지, 그러한 의문은 나중 문제였습니다. 두 사람은 그저 단둘뿐인 세계에 몰두해 있었습니다.

아마도 저에 관한 것도 일레이나에 관한 것도 완전히 잊었을 테지요.

"⋯⋯⋯⋯."

저는 그 바로 옆을 평범하게 스쳐 지나가 일레이나 곁으로 다가갔습니다.

"변신 마법을 가르쳐줬다는 걸 미리 알려줬으면 좋았잖아요?"

그만 마법사가 인어인 척을 하고 있는 것인가 생각해버렸잖습니까.

그렇게 잔소리를 한마디.

일레이나는 웃었습니다.

"그편이 재미있을 거라고 생각했거든요."

어라? 전혀 반성하고 있지 않군요?

뭐, 상관없지만요.

"제가 인어 씨를 만나러 간 사이에 무얼 하고 있었나요?"

그러자 일레이나는 시선을 내리고.

그리고, 대답했습니다.

"점을 조금."

바라본 곳, 상자 위에는 겉면을 드러낸 조개만이 놓여 있었습니다.

○

레이셰 씨와 키이스 씨, 두 사람이 그 후 어찌 되었는지는 장황하게 이야기할 것까지도 없을 테지만, 만약을 위해 이야기해두지 않으면 안 될 것 같으니 간결하게 전하도록 하겠습니다.

"에헤헤, 일레이나 씨. 들어봐, 들어봐. 실은 있지, 키이스 군이 나랑 함께 여행을 하고 싶다고 말해줬지 뭐야. 그래서 내일부터 둘이서 여러 나라를 가기로 했거든?"

후일의 이야기입니다.

프랑 선생님과 함께 거리를 어슬렁거리던 중에, 그녀는 아주 몹시 기뻐하며 제게 그렇게 이야기했습니다.

들어보니 아직 변신 마법을 완전히 습득하지는 못했지만, 나날이 인간 모습을 유지할 수 있는 시간이 길어지고 있다고 합니다.

마법 연습과 병행하며, 우선은 바닷가 마을을 돌 셈이라고 합니다. 키이스 씨의 팔에 매달려 "에헤헤" 하고 웃으면서 이야기해주었습니다.

"그런가요…… 잘됐네요."

힐끔 바로 옆의 그를 보았습니다.

"아, 잠깐, 저기…… 가, 가까운데……."

얼굴이 새빨갰습니다.

여성에 익숙…… 하지 않군요…… 여전히…….

회상 속에서는 비교적 수다스러웠는데……. 다리가 달려 있으면 어려운 것일까요? 그런 것인가요? 아니, 마법 연습이 필요한 레이셰 씨와 마찬가지로 키이스 씨는 여성에게 익숙해지는 특훈이라도 하는 편이 좋은 게 아닐까요?

그보다.

"저 남자, 저와 대화할 때는 평범하게 이야기했는데 말이죠……
어째서 레이셰 씨 앞에선 저렇게 되어버리는 걸까요?"

"인어 페티시즘이기 때문 아닐까요?"

"인어 페티시즘이라니 뭔가요?"

"글쎄요? 선생님도 모릅니다."

선생님은 다소 될 대로 되라는 듯이 말했습니다. 먼눈을 하고
있었습니다.

저희의 그런 대화 같은 건 그와 그녀에게는 전혀 들리지 않는
것일 테지요. 단둘만의 세계에 완전히 빠져버렸습니다.

"저기, 키이스 군. 다음 나라는 어디로 할래? 나는 키이스 군이
있는 나라라면 어디라도 좋은데!"

있는 그대로 말하고 그대로 떠넘겨버리는 레이셰 씨.

"어, 아아…… 응, 일단 지금은 혼자 있고 싶달까…… 이대로는
죽을 것 같아……."

반면 그는 이미 죽어가고 있었습니다.

"…………"

두 사람은 앞으로 새로운 고향을 찾는 여행을 떠나게 될 터입
니다만.

그나저나.

"갈 길이 멀겠군요……."

그가 레이셰 씨와의 관계에 익숙해지는 것이 먼저일지, 아니면
레이셰 씨가 인간 모습을 유지할 수 있게 되는 것이 먼저일지, 과
연 어느 쪽일까요?

분명 다시 만나는 날이 온다면, 그때는 그 답을 알 수 있을 테지요.

　그렇게 여행에 나선 두 사람을 배웅하고 우리도 나라를 떠날 준비를 했습니다.

　인어가 마을 근처 해변에서 모습을 감추었다는 소식은 금세 온 나라에 퍼질 테지요. 하지만 3개월 전까지는 애초에 인어 같은 건 제대로 본 적도 없었으니, 결국에는 그 당시의 상태로 돌아갈 뿐 큰 문제는 없을 겁니다.

　인어에 편승하여 그저 구운 생선에 이상한 이름을 붙였던 가게 등은 곤란해지겠지만 말이죠.

　"사랑이란 좋군요."

　나라를 나서려던 때, 선생님은 문득 생각났다는 듯이 중얼거렸습니다. 남들 시선을 신경 쓰지 않고 러브러브한 두 사람(이라기보다 일방적으로 레이셰 씨가 들이댈 뿐입니다만)의 여운에 젖어 계신 모양입니다.

　"일레이나는 사랑을 한 적이 있나요?"

　선생님은 우후후, 하고 분위기에 휩쓸려 묘한 것을 물었습니다.

　오호오호, 사랑인가요.

　오호오호.

　저는 대답했습니다.

　"선생님과 만났던 무렵부터 쭉 하고 있답니다."

　——라고.

선생님은 조금 묘한 얼굴을 했습니다.

"……어머나, 누구를?"

그 얼굴은 무언가를 경계하고 있는 듯도 보여, 저는 새삼 웃어버렸습니다.

"여행을요."

"……그게 뭔가요."

이상한 소리를 하는군요, 하고 선생님도 웃었습니다.

그러나 어쩔 수 없는 일입니다.

"사랑을 하면 사람은 조금 성가셔지는 법이랍니다."

선생님과 제가 그날 다다른 곳은 항간에서 문자의 나라라고 불리는 커다란 나라였습니다.

점심 무렵부터 평원을 빗자루로 질주한 덕분에 저는 조금 허기짐을 느끼고 있었던지라, 나라의 문을 발견했을 때는 조금 가슴 설렜고, 그러나 그것이 문자의 나라라는 것을 깨달았을 때는 조금 복잡한 심경도 되었습니다.

"일레이나는 이 나라에 왔던 적, 있나요?"

문 앞에서 빗자루를 세우고 내려선 선생님이 제게 물었습니다.

고개를 끄덕였습니다.

"네. 한 달 정도 전에 한 번요."

선생님과 마찬가지로 저도 빗자루에서 내려섰습니다.

"문자의 나라라고 불릴 정도이니, 문필업에 종사하는 사람이 꽤 많은가 보더군요. 참고로 요리 쪽은, 그다지 기대는…… 못 하겠네요……."

한 번 방문했던 적이 있기 때문에 이 나라에 관해서는 어느 정도 지식도 있었습니다. 우선 첫 번째로 도서관이 엄청나게 크다는 것을 특징으로 들 수 있지 않을까 싶습니다. 서고 수도 나름대로. 아무래도 펜을 잡는 직업을 가진 분들에게 있어서 이 나라는 지내기 편한 모양인지, 방금 말씀드린 대로 유명 작가가 여럿 이 나라에 재적을 하고 계신 모양입니다. 그리고 말씀드린 대로 이

나라에서 요리는 대부분 소박한 것이 많았고, 배 속에 들어가기만 하면 뭐든 괜찮다는 식으로 단순함을 추구한 요리만이 식탁에 올라옵니다.

평소의 저라면 "와아, 책이 한가득! 멋져!"라며 눈을 반짝였을 테지만, 지금은 책벌레가 되기보다 밥벌레가 되고 싶은 바입니다.

아니, 여행자라는 직업상 이렇게 나라에 도착해 식사를 할 수 있게 되는 것만으로도 더할 나위 없이 감사한 일입니다만.

그러나 그래도 복잡한 심경이로군요…….

"우리나라의 입국 심사는 전부 서면으로 진행됩니다. 필수 사항에 전부 기입 부탁드립니다. 다 쓰시면 문 옆에 있는 상자에 넣어주세요."

저희를 맞아준 문지기 병사는 그렇게 말하며 펜과 종이를 저희에게 각각 건네주고, 카운터로 안내해주었습니다.

저는 두 번째이기 때문에 익숙한 손놀림으로 필수 사항을 채워나갔습니다. 나이, 출신국, 이 나라를 방문한 횟수, 이번에 입국한 목적, 직업, 과거 범죄 경력, 취미와 좋아하는 책 등등.

"어머나…… 이름을 쓰는 칸이 없네요?"

제 옆에서 선생님은 이상하다는 듯이 "흐으음……?" 하고 고개를 갸웃거렸습니다.

당황하신 모양입니다.

"입국할 때 이름은 쓰지 않아도 되는 모양이에요. 전에 이름 쓰기를 극단적으로 싫어했던 여행자가 있었던 모양이라, 다툼의 여지가 있으니 폐지가 되었대요."

"어머나…… 그런가요."

이상한 마법사도 다 있네요, 하고 선생님은 키득 웃었습니다. 그리고서 필수 사항을 채워나갔습니다.

"그러고 보니 일레이나는 이 나라에 얼마 동안 체재했었나요?"

서류를 쓰면서 선생님은 시선을 이쪽으로 돌리는 일도 없이 물었습니다. 너무 조용해 귀가 적적해졌는지도 모릅니다. 저는 펜을 입가에 대고서 "으음" 하고 신음했습니다.

"아마도…… 일주일 정도려나요? 체재 기간 중엔 돈이 부족해서 아르바이트를 하며 일당을 벌었죠."

"당신이 아르바이트를 하다니 별일이네요. 어떤 일이었나요?"

"무한의 가능성을 감추고 있는 책이라는 제목의 책을 길거리에서 팔고 다니는 아르바이트였습니다."

"그거, 어떤 책인가요?"

"안은 전부 백지인 책이에요. 근처 서점에 있었습니다."

"요컨대 그냥 노트일 뿐이잖아요?"

"쓸데없이 만듦새가 좋길래 반쯤 재미로 사봤는데, 제목을 달았더니 상당한 가격으로 팔렸답니다."

"그거 사기잖아요."

"그야 뭐, 하지만 백지니까 무한의 가능성을 감추고 있는 건 사실이잖아요?"

"그거 사기거든요."

"선생님, 모든 건 다각적으로 보아야만 합니다. 보는 방식에 따라서는 제가 사회적으로 의의 있는 행동을 한 것으로도…… 보이지 않는 것도 아니지요?"

"미안해요. 어느 방면에서 보아도 당신이 사기를 쳐서 주민에게 돈을 뜯어낸다는 그림밖에 떠오르지 않습니다만."

"수상한 마녀가 길거리에서 파는 책을 안이하게 사면 후회한답니다, 라는 교훈을 제 장사를 통해 얻을 수 있으리라 생각하지 않으시나요?"

"결국 사기가 아닌가요?"

변함이 없네요──하고 기가 막힌다는 듯이 선생님은 탄식하고, 그 후 펜을 내려놓았습니다. 서류 작성을 마친 모양입니다.

저희는 나란히 입국 심사 용지를 눈 옆에 설치되어 있던 네모난 상자 안에 휙 집어넣었습니다. 상자에서 종이가 다시 뱉어져 나오면 정식으로 심사 종료가 됩니다.

뭐, 실제로 제가 이 나라의 입국에 다소 소극적인 것은 그러한 악행이 나라에 들통나 버리지 않았을까 하는 불안이 요인이기도 했습니다.

그러나 재입국 심사 용지를 쓰다가 깨달았습니다만.

──이름을 쓰지 않아도 되니까, 아마도, 괜찮지 않을까요?

정직하게 자백하자면, 지난번에 입국했을 때도 이번에도 심사 용지는 기입란을 적당히 채웠습니다. 즉, 거짓투성이입니다. 하지만 지면만으로는 과거에 사기 같은 행위를 했던 제가 시치미 뗀 얼굴로 다시 입국하려 한다는 것 따위는 알 수 있을 리도 없을 테니, 괜찮겠지요? ……그렇겠죠?

이윽고 띵, 하는 벨 소리가 울리고 종이가 상자에서 튀어나왔습니다.

"어머나."

프랑 선생님의 종이였습니다. 종이 끄트머리 쪽에 『입국 횟수: 2회』『나라에서 보내는 전달 사항: 당신 앞으로 온 책을 보관하고 있습니다』라고 문자가 인쇄되어 있었습니다.

……어라 어라?

"선생님, 이 나라에 두 번째 오신 건가요……?"

"어머나? 말하지 않았던가요?"

"처음 듣습니다만……."

그런 대화를 하던 중이었습니다.

제 몫의 종이가 선생님 때와 마찬가지로 띵 하는 벨 소리를 내며 토해져 나왔습니다.

종이에는 인쇄가 되어 있었습니다. 이것도 선생님 때와 마찬가지로——.

『입국 횟수: 2회』

『나라에서 보내는 전달 사항: 사정 청취를 요청합니다』

………….

응?

좀 다른데요?

"자네, 잠깐 괜찮겠나."

고개를 갸웃거린 직후에 누군가가 제 어깨를 쳤습니다. 날뛰는 심장 소리와 함께 머뭇머뭇 뒤를 돌아보니 몇 명의 병사가 서 있었습니다.

"……………저기, 무슨 용건, 이신가요……?"

목소리를 짜내고, 그리고 시선을 피하는 저를 향해서 한 병사가 말했습니다.

"이전 이 나라의 노상에서 사기를 벌인 마녀 맞지? 자세한 이야기를 들려주겠나?"

"네? 네? 사기……? 대, 대체 무슨 말씀이신가요?"

"방금 쓴 입국 심사 용지의 필적이 한 달 전에 나돌았던 묘한 책의 표지에 쓰여 있던 필적과 일치했다."

"…………."

"그리고 우연히도 한 달 전 입국 심사 용지의 필적과도 일치했다. 신기하게도 출신국도 나이도 전부 달랐지만, 필적만은 어째선지 일치했지."

"…………."

"동행을 부탁해도 되겠나?"

말하고자 하는 바는 알고 있겠지? 라는 뉘앙스를 충분히 담고 있는 말이었습니다.

"…………."

저는 선생님을 보았습니다.

선생님은 저를 가엾게 여기고 계실까요?

"일레이나. 모든 건 다각적으로 봐야 한다, 잖아요?"

제 발언을 그대로 빌려 그렇게 말씀하셨습니다.

그렇게 말씀하신들.

"죄송해요. 어느 방면에서 보아도 제가 호되게 야단맞는 미래밖에 안 보입니다만……."

"인과응보로군요."

선생님은 역시 기가 막힌다는 듯이 탄식했고, 그러면서도 살짝 웃고 있었습니다.

그 얼굴은 어째선지 어딘가 옛날을 그리워하는 듯도 보였습니다.

●

문자의 나라 입국을 마친 이 타이밍에, 나쁜 마녀가 병사들에게 포위되었습니다.

과연 누구일까요?

그렇습니다. 제 애제자입니다.

"단호하게 거부하겠습니다! 단호하게 거부하겠습니다!"

그렇게 막무가내로 사정 청취를 거부하면서도 결국 일레이나는 반강제로 병사들에 의해 연행되고 말았습니다.

상황이 이렇게 된 이상 어쩔 수 없습니다. 나쁜 짓을 한 것은 틀림없는 사실이니, 저는 다소나마 위로가 되길 바라며 "그…… 열심히 하세요?" 같은 의미불명의 응원을 하면서 팔랑팔랑 손을 흔들며 배웅을 해드렸습니다.

"밤까지 돌아오지 못하겠죠……."

하지만 어쩔 수 없습니다.

그리고 저는 가까이에 있던 병사 한 명을 붙들고서 일레이나가 풀려나면 건네주길 부탁하며 편지를 맡겼습니다. 『큰길의 분수 광장 근처에 있는 숙소에서 기다리겠습니다』라고, 그저 그 말만을 적은 편지였습니다. 이전, 이 나라에 체재했을 때 묵었던 숙소에서 이번에도 묵을 셈이었기 때문입니다.

애초에 제가 이 나라를 맨 처음 방문한 것은 상당히 오래전의 일이기 때문에, 지금도 그 숙소가 있는지 없는지는 알지 못하지만 말이지요.

어떠한 나라든 예전 그대로의 모습으로 머물러 있는 경우 같은 건 없으니까요. 사람도 장소도 변하지 않는 일은 결코 없습니다.

변하지 않는다고 느끼는 것은, 그만큼 함께 있기 때문에 그리 느끼는 것뿐입니다.

만약 제가 과거에 묵었던 숙소가 망해서 없어졌다고 한다면, 뭐, 그때는 분수 광장에서 기다리면 될 테지요.

이리하여 저는 입국 심사 용지에 쓰여 있던 대로, 두 번째 입국을 마쳤습니다.

그리움이 느껴지는 거리 풍경이 저를 맞아주었습니다.

이 마을은 아주 잘 기억하고 있습니다.

이곳은 제가 여행자가 된 이후, 처음으로 혼자서 걸었던 거리였습니다.

"……반갑네요."

정말로 상당히 오랜 시간이 지났습니다.

고향에서 간신히 목숨을 건지고 도망친 저는 그 당시 한 마법사와 함께 여행을 했습니다.

흰색에 가까운 잿빛 머리카락을 길게 늘어뜨리고, 몸에 걸친 것은 검정 로브와 삼각 모자. 가슴께에는 별을 본뜬 브로치가 있는, 마녀였습니다.

그리고 그녀가 바로 제 생애 두 번째 선생님이 되어준 사람이었습니다.

따라서 당시에 저는 그녀를 '스승님'이라고 불렀습니다. 선생님은 이미 있었으니까요. "알겠니? 지금부터 나를 스승님이라고 부르렴" 하고 반쯤 강제로 부르게 했기 때문이기도 했습니다만. 아무튼 저는 그녀를 스승님이라고 불렀습니다.

그런 스승님이 나라에 들어오기 직전에 딱 잘라 한 말이 있었습니다.

"단호하게 거절하겠습니다."

당시의 저로 말하자면 아직 나라 밖을 모르는, 세상 물정 모르는 상태였습니다. 예를 들면 눈에 보이는 것 전부가 멋진 광경으로 여겨졌고, 심지어 그렇게 문지기 병사에게 포위되면서도 단호하게 자신의 의견을 양보하지 않는 마녀님의 모습조차 어머나, 멋져! 하고 생각했습니다.

"이름 같은 거 쓰지 않을 거야. 절대로 쓰지 않을 거야. 신분증명서도 제출하지 않을 거야."

참고로 스승님이 떼를 쓰는 요인은, 입국 심사 용지에 있었습니다. 이름을 쓰는 칸이 있었던 것입니다. 그녀는 어째선지 이름쓰기를 극단적으로 싫어했습니다.

참고로 당시의 제 심경은 이러했습니다.

'병사들에게 둘러싸여서도 의연하다니……! 역시 마녀님은 대

단해!'

그냥 바보였습니다.

당시를 다시 떠올려보면, 스승님이 병사들에게 포위되어 있던 이유라는 것은 사실.

"너, 지난번에 우리나라에서 사기를 쳤지?" "목격 증언이 잔뜩 나왔다고." "피해 신고서도 말이야." "이름 써주겠어?" "일단 사정 청취를 받아줬으면 하는데."

병사들이 끝없이 던지는 말을 통해 대략 눈치채셨으리라 생각합니다만, 역시 아이는 부모를 닮는 법인지 당시 저의 스승님도 마찬가지로 사기적인 행위를 벌였던 것입니다.

즉, 이름을 쓰면 "어라? 당신, 저번에도 입국했었지? 게다가 사기를 쳤었지? 잠깐 뒤로 따라오겠어?"라며 연행되리라는 것은 불을 보듯 뻔했습니다. 그녀에게 있어서 이름을 쓰지 않는 것은 스스로를 지키기 위한 최후의 수단이었던 것입니다.

그러나 부모도 아이도 서로 똑같은 전말을 맞이할 운명인지도 모르겠습니다.

"됐으니까 어서 따라와! 연행이다!"

반강제로 수갑을 채우는 병사님.

"그만둬! 나를 누구라고 생각하는 거야!"

"사기꾼." "수전노." "범죄자."

"그렇게 직구로 말하면 상처 입으니까 그만둬."

그대로 스승님은 제가 지켜보는 와중에 병사들에게 연행되고 말았습니다.

즉, 지금의 저처럼 당시의 저도 또한 그렇게 홀로 남겨지고 말았던 것입니다. 그러나 당시의 제가 놓여 있던 상황은 지금과는 전혀 달랐습니다.

"어라? 스승님, 어? 에에엑……?"

돌연 혼자 남겨져 불안해서 어찌할 바를 모르고 당황하게 된 당시의 제가 그곳에는 있었습니다.

"너는 가도 된단다."

병사님은 저를 나라의 문 너머까지 들여보내 주었습니다만, 거듭거듭 말씀드렸듯이 애초에 당시의 저는 혼자서 바깥세상을 걸었던 적이 없었습니다.

태어난 후로, 기억하고 있는 한 줄곧 깊은 숲속의 비엘라 안에서 지냈으니까요.

그래서 혼자서 나라 안에 내던져진 저는 망연자실했습니다.

"어, 어쩌죠……."

주변을 둘러보았습니다.

돌길이 곧장 뻗어 있었습니다. 양옆에 늘어선 건물들의 벽은 하얬고, 햇볕을 받아 눈부셨습니다. 길에는 서점과 우체국, 책을 읽을 수 있는 카페와 유명 작가의 기념관과 문장에 관련된 가게 간판이 눈에 들어왔습니다. 이곳이 문자의 나라라고 불린다는 사실을 안 것은 훗날의 일이었습니다.

처음 보는 광경에 저는 바로 마음을 빼앗겼습니다.

끝없이 펼쳐진 아름다운 바깥 세계가 저를 맞아주었습니다. 그래서 나라의 평범한 길 하나하나가 저에게는 아주 눈부시게 보였습니다. 무한히 이어질 것처럼 보이는 길을 정처 없이 걷던 저는 이윽고 분수가 있는 광장에 다다랐습니다.

띄엄띄엄 놓인 벤치에서 마을 사람들이 휴식을 취하고 있었습니다. 바로 옆에 자리한 도서관에서 책을 빌린 사람이 그대로 휴식 겸 독서를 즐기기 위해 이용하고 있는지, 책을 손에 든 사람이 여럿 보였습니다.

그렇다고 해서 모두가 책을 읽고만 있는 것인가 하면, 그렇지도 않은 모양이었습니다.

"으음…… 이건……! 아니, 틀렸어…… 으으음…….."

분수를 등지고 배치된 벤치 하나에 아저씨가 한 명 앉아 있었습니다.

얇은 책자에 술술 글자를 적어 내려가는가 싶더니만, 그는 직후에 백발이 섞인 머리를 쥐어뜯고, 쓰고 있던 페이지를 찢었습니다.

나이 탓인지, 아니면 신경질적인 표정을 짓고서 머리를 끌어안고 있기 때문인지, 아저씨는 그럭저럭 나이를 드신 듯 보였습니다.

그래서 그의 곁으로 아직 젊은 여성이 다가가는 것을 보았을 때, 부끄럽게도 저는 따님이라고만 생각했습니다. 그러나.

"여보, 이런 데서 집필 활동 중?"

부부였습니다.

부부였던 모양입니다. 자세히 보니 두 사람의 왼손 약지에는 커플링이 끼워져 있었습니다.

"갑자기 말 걸지 마!"

아저씨는 책자를 허둥지둥 등 뒤로 감추고, 아내를 올려다보더니 "어디서 쓰든 내 자유잖아? 내버려 둬!" 하고 언성을 높이며 쏘아붙였습니다.

"나 이제부터 옷가게를 돌아볼 건데, 같이 갈래?"

아저씨의 대응에는 익숙한지, 아내분은 지극히 온화한 말투였습니다.

"갈 리가 없잖아. 나는 신작 준비로 바쁘다고!"

"옷을 본 다음에 식사라도 하면 어떨까?"

"됐어!"

혼자 멋대로 다녀와, 아저씨는 그렇게 내뱉었습니다. 세상에, 정말이지 차가운 아저씨.

"어머, 그래."

우후후 하고 아내분은 기품 있게 입가를 손으로 가리며 웃더니 "그럼 잠깐 여기서 기다려줘"라는 말을 남기고서 다시 아저씨 곁을 떠났습니다.

"…………."

아저씨는 그런 아내분의 뒷모습을 잠시 바라본 다음 "……갔나"라고 중얼거리며 다시 책자를 펼쳤습니다.

"으으음…… 역시 무얼 써도 와닿지를 않네…… 으으음……."

그리고 머리를 끌어안고 펜을 움켜쥐었습니다.

그나저나 제가 나라 밖을 걷는 것이 처음이라는 사실은 이미 알고 계시리라고 생각합니다만, 실은 제가 태어난 고향에는 오락이라고 부를 만한 오락거리도 없었고, 그래서 문필업에 종사하는 사람을 본 것도 이번이 처음이었습니다.

"…………."

그래서 제가 신기해하는 눈빛으로 아저씨를 빤히 관찰하고 말았다고 해도 그것은 어쩔 수 없는 일이었다고 말할 수 있지 않을까요?

"첫머리는 뭐가 좋을까……? 애초에 무얼 쓰는 게 정답이지……? 으으음…… 모르겠어."

"…………."

지근거리에서 그 책자를 들여다보려고 빤히 바라보았다고 해도 잘못은 아니지 않을까요? 어쩔 수 없는 일이 아닐까요?

"역시 이 부분에서는 수상쩍은 대사를 하나 써버리면── 응?"

"…………."

아저씨와 시선이 마주쳤습니다.

"…………."

아저씨는 입을 다물었습니다.

"안녕하세요."

일단 적당히 인사를 했습니다.

"…………."

아저씨는 그래도 여전히 입을 다물고 있었습니다. 그리고 탁, 하고 책자를 닫더니.

"너, 넌 뭐야! 빤히 보지 말라고!"

아내분에게 그리했던 것처럼 다시 언성을 높였습니다. 다가오는 사람이 있으면 조건 반사적으로 노성을 지르는 습성을 가진 모양입니다.

"아, 죄, 죄송합니다……."

그러나 당시의 저는 아직 세상 물정을 몰랐던지라, 갑자기 혼 났다는 사실에 조금 당황했습니다.

"소설가님을 보는 게 처음이라……."

"웃…… 뭐야? 애잖아……."

상대가 아직 어린 소녀였다는 사실을 뒤늦게 눈치챘는지, 아저 씨는 그제야 겨우 어른다운 태도를 떠올린 모양이었습니다.

"소설에 흥미가 있니?"

"…………."

끄덕. 저는 고개를 끄덕였습니다.

"그렇구나."

아저씨의 손에 있는 책자 표지에는 『아내에게』라고 적혀 있었 습니다.

책 제목인 것일까요?

"그건 신작인가요?"

저는 책자를 손가락으로 가리켰습니다만, 아저씨는 고개를 저 었습니다.

"아냐."

"……응? 아니라뇨?"

무슨 의미인가요?

"이건 소설이 아니야. 모르겠니?"

저는 고개를 끄덕였습니다.

"흐음…… 타지 사람인가."

제 차림을 빤히 바라보는 아저씨.

"이건 도서관에 보관하기 위한 책이야."

그리고 아저씨는 천천히 분수 너머── 도서관을 돌아보며 재미있는 이야기를 하나 해주었습니다.

아무래도 이 나라에는 조금 특이한 도서관 이용 방법이 존재하고 있는 모양이었습니다.

본래 도서관이라는 곳은 아시는 대로 일반에 유통되고 있는 책을 소장하고, 무료로 읽게 해주는 시설을 가리킵니다. 그러나 이 나라에서는 또 하나의 역할이 있다고 합니다.

"이 나라의 도서관은 개인이 소유한 책자를 창고에 보관해주지. 메모장이나 수기 같은 것들을."

말하길, 이 나라는 옛날부터 문필업에 종사하는 인간이 많았던 모양이고, 동시에 도서관에서 작업을 하는 작가님이 나름 있었다고 합니다. 작가님들은 자신의 소재 메모장을 가져와 책을 읽거나 자료를 찾거나 하며 새로운 이야기를 도서관에서 만들었습니다만, 소재 메모장의 권수가 늘어나면 늘어날수록 매번 전부 가지고 오는 것이 귀찮아지는 데다, 동시에 작가님들 사이에서 교대로 책자에 문장을 적어 소설을 쓰는 일종의 놀이도 유행하기 시작하기도 하여 도서관 측에서 개인 책자를 일시적으로 보관할 수 있도록 배려했던 적이 있다고 합니다.

매일 무거운 짐을 들고 다니지 않아도 가볍게 도서관에서 작업을 할 수 있게 된 작가님들은 매우 기뻐했습니다.

도서관이 책자를 보관해주기 시작했다는 소식은 일반에게도 금세 알려지게 되었고, 이윽고 연인끼리 주고받은 교환 일기를 보관하기 위해, 혹은 미래의 자신에게 보내는 메시지를 보관하는 데 이용할 수 있게 되었다고 합니다.

오히려 지금은 그렇게 이용하는 방식이 일반적이라고도 아저씨는 가르쳐주었습니다.

그러나, 그렇다면, 요컨대.

"아저씨가 쓰고 있는 것은, 아내분께 보내는 러브레터인가요?"

뭐, 간단히 말하자면 그렇게 되는 것이지요?

"…………."

아저씨는 잠시 입을 다물었습니다만, "……뭐 그렇지" 하고 쓴 웃음을 지었습니다.

여전히 머리를 싸매고 있을 뿐, 머리말조차 쓰지 못했으리라는 것은 상상하기 어렵지 않았습니다.

"직접 말로 해서 전하는 건 어려우니까…… 문장으로 쓰면 조금은 제대로 할 수 있으려나 했는데 말이지, 여전히 잘 나오질 않아."

이래 봬도 내가 소설가인데 말이지——하고 아저씨는 머리를 긁적였습니다.

아내분을 대하는 태도를 두고 고민하고 있다는 것도, 상상하기 어렵지 않았습니다.

"뭐, 이런 걸 새삼 쓰지 않아도 내가 아내에게 어떤 마음인지는, 분명 전해지고 있을 테지만 말이야."

아저씨와 대조적으로 지극히 온화했던 아내분을 저는 떠올렸습니다. 신작 준비로 바쁘다고 소리치는 그를 지켜보듯 웃던 그녀는 분명 그가 무얼 쓰고 있는지, 무얼 고민하고 있는지를 전부 내다보고 있는 것처럼도 보였습니다.

하지만.

"전해지고 있다고 해서, 쓰지 않아도 된다는 건 아니지."

아저씨는 몇 번이나 찢은 탓에 완전히 얇아지고 만 책자를 쓰다듬으며 이야기했습니다.

"어떤 이야기든, 어떤 마음이든, 언어로 표현했을 때 비로소 의미를 가지지. 머릿속에 있는 동안에는 존재하지 않는 것이나 마찬가지야."

그래서 이렇게 쓰는 거라고── 그는 아내를 찾듯이, 거리를 바라보며 이야기했습니다.

"쓰고 싶은 건 정하셨나요?"

저의 무난한 질문을 듣고서 그는 고개를 끄덕였습니다.

"그래. 정해져 있지. 하지만 너무 많아."

오호라.

"그래서 머리를 싸매고 있는 거로군요."

쓰고 싶은 게 너무 많아서 고민하고 있는 거군요.

저는 그렇게 혼자 납득했습니다.

그러나 아저씨는 웃으며 고개를 저었습니다.

"머리를 싸매고 있는 건 그저 쑥스러워서야."

그날, 저녁 무렵이 되어 저는 스승님과 합류했고, 분수 광장 근처 숙소에 묵었습니다.

"그래."

스승님은 그날 제게 일어났던 일을 듣더니, 혼자서 납득한 것처럼 고개를 끄덕였습니다.

"그래서 이 나라의 서점에서는 이상한 책자를 잔뜩 팔고 있었던 거군……."

그렇게 말하면서 그녀가 품에서 꺼낸 것은, 길에서 아저씨가 손에 들고 있던 것과 아주 똑같은 책자였습니다.

"그걸 어디서……?"

"이전에 이 나라에 왔을 때 장사를 위해 몇 권 사뒀던 거야. 한 권 줄게."

"아, 네에……."

장사라니 대체 무슨 말이지? 조금 의문을 품었지만 일단 받아두었습니다.

"이 나라에 오는 건 두 번째인데, 그런 문화가 있다는 건 몰랐어. 내일 도서관에 가보자. 미래의 자신에게 메시지를 보낸다니 재미있겠어."

스승님은 갑자기 흥미 있어 했습니다.

아니, 흥미 있어 하시는 것은 전혀 문제가 없습니다. 하지만 책자도 받고 했으니, 꼭 좀 묻고 싶었습니다.

"스승님, 병사님에게 주시당하고 계시지 않나요? 도서관 같은 데 가도 괜찮은가요?"

낮에 다툼을 일으켰던지라, 저는 분명 내일이면 이 나라를 떠나게 되리라고 생각하고 있었습니다.

"문제없어. 돈으로 해결했는걸."

"돈으로……!"

끈질긴 것 같지만 당시의 저는 세상 물정을 몰랐기 때문에 "곤란할 때는 돈으로 해결해버리는 스승님 멋져!"라고 생각했습니다. 어찌할 도리도 없는 바보입니다.

"그런데, 이 책자를 쓴 장사란 건 뭔가요?"

소박한 의문이었습니다.

그러자 스승님은 "훗" 하고 조금 의기양양한 미소를 지었습니다.

"연금술이야."

그리고 그렇게 대답했습니다.

책자의 표지를 자세히 보니 『무한의 가능성을 감추고 있는 책』이라고 적혀 있었습니다.

…………．

부모와 자식은 역시 닮는 법이로군요…….

●

추억담은 적당히 해두기로 하고.

어른이 되어, 다시 걷는 거리는 어딘가 예전보다 작고 조촐한 인상을 주었습니다. 혹시 그저 제가 커졌을 뿐인 걸까요?

이 나라에 온 것은 꽤 오래전의 일이니, 안타깝게도 과거의 거리 모습을 선명하게는 기억하고 있지 못했습니다. 그런고로 저는

©Azure

예전처럼 거리를 이리저리 돌아다니며, 추억을 그러모으듯 마을을 구경하고 다녔습니다.

여전히 문자의 나라라고 불리는 만큼, 많은 서점이 늘어서 있었습니다.

어려운 학술서 종류를 취급하는 가게부터, 오락 소설을 다루는 가게, 그리고 도서관에 맡기는 책자 전문점 등등.

몇몇 가게를 구경했습니다.

"……어머나."

이윽고 한 가게에 다다랐을 때, 눈에 익은 얼굴과 조우했습니다.

미간에 주름을 잡고 있는 신경질적인 얼굴. 예전에 만났던 때와 변함이 없는 한 남성의 모습이 서점 앞에 있었습니다.

"…………."

다만 그는 과거와 달리 저에게 말을 해주지 않았습니다. 반사적으로 언성을 높이는 일도 없었고, 머리를 끌어안거나 하지도 않았습니다. 그저 가만히 이쪽으로 날카로운 눈빛을 보내고 있을 뿐입니다.

심지어 옛날과 달리, 그저 얄팍한 종잇장이 되어 계셨습니다.

"……유명한 작가님이었군요."

저는 서점 앞, 그의 모습을 바라보며 몸을 굽혔습니다.

오락 소설을 취급하는 그 가게에서는, 제가 옛날 대화를 나누었던 그의 소설로 페어를 진행하며 가게 앞에 책들을 진열해두었습니다. 대강 훑어본 바로는 그의 작품이 쭉 놓여 있었습니다.

모처럼 서점에 와서 반가운 얼굴을 만나게 되니, 어쩐지 이대로 자리를 뜨는 것도 조금 쓸쓸한 느낌이 들었습니다. 저는 책장에서 책을 한 권 꺼내 들고 샀습니다.

이 기회를 놓치면 두 번 다시 만나지 못할 것만 같은 느낌이 강하게 들었기 때문입니다.

갓 산 책을 품에 안고 가게를 나서던 때, 저는 뒤를 돌아보았습니다.

사후 5년.

제가 알던 아저씨는, 옆에 그러한 글자를 달고서 자그마한 포스터 속에서 답답하다는 듯이 계셨습니다.

『나라에서 보내는 전달 사항: 당신 앞으로 온 책을 보관하고 있습니다』

입국할 때 건네받은 종이를 보며 저는 과거의 발자취를 따라갔습니다. 말하길, 입국 심사 용지를 보여주면 제 앞으로 온 책을 도서관에서 받을 수 있다고 합니다.

제 앞으로 온 책이라고 하지만, 기억하고 있는 한 저는 이 나라에 친구라고 부를 만큼 친한 사이인 사람은 없었고, 연인 같은 것은 당치도 않았습니다.

그러나 발송인으로 짚이는 사람이 없는 것도 아니었습니다.

다름 아닌 제가 제게 보낸 책자가, 아마도 도서관에 보관되어 있을 테죠.

과연 대체 어떠한 내용을 썼을까요? 유감스럽게도 도서관에 갔던 것은 기억하고 있지만, 스승님에게 건네받았던 『무한의 가능성을 감추고 있는 책』이라는 것에 적은 내용에 관해서는 이미 제 머릿속에서 모조리 싹 지워져 있었습니다. 머리를 아무리 굴려보아도, 분수 광장에 도착할 때까지 떠올린 것은 없었습니다.

"안녕."

오히려 분수 광장에 온 직후에, 그때까지 기억의 실을 더듬어 찾던 손을 딱 멈추고 말았습니다.

고개를 들자, 분수를 등 뒤로 두고서 한 여성이 벤치에 앉아 이쪽을 바라보고 있는 모습이 보였습니다.

"그 책, 좋아하니?"

여성의 눈은 제 손에 들린 한 권의 책을 향하고 있었습니다.

"아직 읽은 적이 없어서, 좋아하는지 아닌지는 모르겠네요."

"아아, ……그렇구나. 미안해. 반가워서 그만."

여성의 손은 기품 있게 입가를 가렸습니다.

눈에 익은 동작으로, 그녀는 웃고 있었습니다.

그 무릎 위에는 너덜너덜한 책자가 하나 있었습니다.

제가 그 책자를 빤히 바라보고 있었기 때문인지, 혹은 입국 심사 용지가 눈에 띄었기 때문인지, "당신, 다른 나라 사람?" 하고 여성은 부드럽게 물었습니다.

그렇다며 고개를 끄덕였습니다.

"그렇습니다. 멀고 먼 나라에서 왔답니다."

"무슨 용건으로?"

저는 대답하는 대신에 여성의 손을 가리켰습니다.

그것만으로 눈치챈 모양인지 "어머나" 하고 그녀는 환한 표정을 지었습니다.

"상대는 누구?"

"옛날의 저 자신입니다. 무얼 썼는지는, 잘 기억나지 않지만 말이죠."

"그래."

그렇다면 기대되겠네, 하고 그녀는 말했습니다.

저는 고개를 끄덕였습니다.

"그 책자는 남편분께 받은 건가요?"

그리고 고개를 갸웃거리며 물었습니다.

"맞아."

이미 알고 있던 대답이 돌아왔습니다.

"서툴고, 금방 소리를 지르는 남편이었어."

본래는 솜씨 좋게 잘 만들어졌었을 터인 책자는 상당히 낡았고, 그리고 잘 살펴보면 모서리가 얇아져 있었습니다. 분명 저와 만난 후에도 몇 번이고 몇 번이고 고쳐 썼을 테지요. 줄곧 머리를 끌어안고 고민한 흔적이, 거기에는 있었습니다.

그녀는 너덜너덜해진 책자를 사랑스럽다는 듯이 쓰다듬더니, "하지만 좋은 남편이었어"라고 속삭였습니다.

"……그 책자에는 무엇이 쓰여 있나요?"

조금 흥미를 느꼈습니다. 아저씨는 결국, 고민을 거듭한 끝에 무엇을 전했을까요?

"딱 한 마디야."

여성은 웃으며 책자를 이쪽으로 건네주었습니다.

"얼굴을 마주하고 말하는 게 정말 부끄러웠던 모양이야."

저는 그녀에게서 책자를 건네받고, 펼쳤습니다.

"…………."

그곳에는 분명, 직접 말로 하기에는 조금 쑥스러운 말이, 적혀 있었습니다.

●

도서관 안은 보이는 모든 곳이 책으로 가득했습니다.

역시 문자의 나라라고 자칭할 만했습니다. 유리로 된 천장에서 새어든 빛이 책장에 늘어선 책들을 빠짐없이 비추었습니다.

"도서관에 오신 걸 환영합니다."

스승님과 둘이서 접수창구를 찾아가자, 카운터 너머에 앉아 있던 여성은 소문으로 들은 대로 이 도서관에서는 일반 서적을 빌리는 것도 자신이 가져온 책자를 보관하는 것도 가능하다고 이야기해주었습니다.

"그럼, 이 아이의 책자를 보관해주겠어?"

스승님은 창구 직원에게 말하며 제 등을 밀었습니다. 저는 반사적으로 스승님을 올려다보았습니다.

"스승님은 괜찮으신가요?"

"응" 하고 스승님은 가볍게 고개를 끄덕였습니다.

"나, 이 나라에서 나쁜 짓만 했는걸."

쓴다고 해도 가지러 올 수 없을 거야──라고 스승님은 어깨를 으쓱였습니다.

이렇게 말하는 것처럼도 들렸습니다.

언젠가 어른이 됐을 때 다시 이곳으로 돌아오렴, 이라고.

"……그럼, 이거 부탁드립니다."

저는 양손으로 접수창구 직원에게 책자를 건넸습니다.

지난밤에 내용은 적어두었습니다. 무얼 쓸지 몇 번이고 머리를 쥐어짠 결과, 결국 저는 언젠가 이런 것을 썼다는 사실조차 잊을 정도로 어른이 되었을 때 읽으면서 키득 웃을 수 있을 정도의 귀여운 내용을, 적었던 것입니다.

어른인 저를 향해서.

"받았습니다."

제 책자를 받아 든 접수창구 직원은 그것을 이상하다는 듯이 잠시 바라본 다음, 다시 이 나라에 왔을 때 입국 심사 용지를 도서관으로 가져오면 책자를 돌려받을 수 있다고 가르쳐주었습니다.

그래서 어른이 되었을 때, 또 이곳에 오리라고 생각했습니다.

무엇을 썼는지를 잊을 만큼 어른이 된 후에.

"어떤 내용을 썼어?"

도서관에서 나오던 도중에 스승님이 물었습니다.

저는 대답했습니다.

"미래의 제게, 한 가지 질문을 했어요."

입으로 말하기는 조금 부끄러운 내용을, 이라고.

○

나라의 병사들에게 둘러싸여 밤이 될 때까지 장시간 질릴 만큼 혼나고, 결국에는 벌금을 내고, 최종적으로는 "이제 절대 하지 마!"라고 단단히 잔소리를 들은 다음, 겨우 저는 자유의 몸이 되었습니다.

그러한 고로 선생님과 합류했을 때는 이미 녹초가 되어 식사를 할 기력조차 남아 있지 않을 정도였습니다.

"다녀왔습니다……."

숙소에 도착한 저의 목소리는 몹시 힘이 없었습니다. 다 죽게 생겼습니다.

"어서 와요. 힘들었나 보네요."

선생님은 평소처럼 상냥하게 저를 맞아주었습니다. 아무래도 독서 중이었는지, 침대에 누운 그녀의 손에는 책이 있었습니다.

편해 보이시는군요…….

저와는 달리 충실한 하루를 보내신 모양입니다…… 부러워…….

그렇게, 그런 식으로 저는 조금 자포자기한 심정으로 선생님을 바라보고 있었습니다만.

"…………?"

문득, 침대 옆에 놓인 책자가 눈에 들어왔습니다.

눈에 익은 책자였습니다. 눈에 익은 표지였습니다.

『무한의 가능성을 감추고 있는 책』이라고 적혀 있었습니다.

어라어라?

"……제가 선생님께 그 책자를 드렸던가요?"

기억에 없는 일입니다만?

"아뇨."

선생님은 시원스럽게 고개를 저었습니다.

"이건 제가 전부터 갖고 있던 거랍니다."

"그런 이상한 제목을 쓰는 인간은, 저 말고는 없을 것 같은데요?"

"아뇨, 의외로 또 있답니다."

"누구인가요?"

"이상한 사람이랍니다."

"그야 그렇겠죠. 보면 압니다."

"…………."

선생님은 뭐라고 표현하기 어려운 얼굴을 하고 계셨습니다. 아니, 그건 제쳐두고.

"일단 오늘은 몹시 피곤하니까, 얼른 목욕을 하고서 일찍 자겠습니다……."

숙소에 오자마자 피곤이 밀려드는 듯한 착각이 들었습니다. 이제 오늘은 아무것도 하고 싶지 않습니다.

"그러네요."

침대 위에서 선생님은 고개를 끄덕였습니다.

"푹 쉬세요."

프랑 선생님은 그렇게 말하며 손을 팔랑팔랑 흔들었습니다.

평소보다 한층 상냥한 목소리에 뒤를 돌아보니, 선생님은 어딘가 그리운 듯이 웃고 있었습니다.

선언한 대로, 일레이나는 목욕을 한 다음 식사도 하지 않고 머리를 가볍게 말리고서 "안녕히 주무세요"라며 침대에 풀썩 누워버렸습니다.

　야단을 맞고 상당히 지친 모양입니다. 이윽고 고른 숨소리가 그녀의 침대 쪽에서 들려왔습니다.

　그 무렵에는 책도 다 읽은지라, 저는 책을 탁 덮고서 자리에서 일어났습니다.

　옆에는 얇은 책자가 하나, 놓여 있었습니다.

　오래전에 제가 제게 쓴 글이 있었습니다.

　"…………."

　책자를 펼쳤습니다.

　얇은 책자에는 단 한 페이지만 남아 있었습니다. 몇 번이고 몇 번이고 쓰고 고치고. 그래도 말로 잘 표현할 수 없어서, 당시의 저는 그때마다 페이지를 찢어버렸던 모양입니다.

　"결국 단 한 마디밖에 쓰지 못했었네요."

　오래전에 만났던 아저씨처럼 쓰고 싶은 말이 너무 많아서, 무얼 써도 쑥스러워서, 정리되지 않았던 것일 테지요.

　과거에서 미래로, 저에게 보내는 메시지가 적혀 있었습니다.

　혹은, 저 이외의 누군가를 향한 메시지이기도 했습니다.

　"…………."

　저는 침대에서 고른 숨소리를 내고 있는 일레이나를 들여다보았습니다.

옆을 향해 누워 조용히 잠든 숨소리를 내는 그녀는 역시 지쳤는지, 완전히 꿈속에 빠져든 것처럼 보였습니다.

일어날 기척은 없었습니다.

"…………."

여기서 저는 조금 장난기가 들었습니다.

"……에잇."

뺨을 꼬집어 보았습니다.

"우웅……."

조금 성가시다는 듯이 미간을 좁혔습니다. 하지만 역시 그녀는 잠 속 세계에 있는지, 여전히 조용한 숨소리가 이어졌습니다.

자고 있군요.

"…………."

조금 전까지, 예전에 만났던 아저씨의 책을 읽고 있었기 때문일까요.

머릿속을 스쳐 가는 말이 있었습니다.

──어떤 이야기든, 어떤 마음이든, 언어로 표현했을 때 비로소 의미를 가지지. 머릿속에 있는 동안에는 존재하지 않는 것이나 마찬가지야.

그런 말을, 그는 예전에 했었습니다.

기분이 전해졌든 아니든, 결국 말로 하지 않으면 의미가 없다고.

"…………."

그녀가 잠들어 있는 지금 제가 일레이나에게 말을 한다고 해도, 그다지 의미는 없겠지요.

결국 전해지지는 않을 테니까요.

그러니까 이것은 어디까지나 예행연습이라고 하지요.

저는 그녀의 길고 부드러운 머리카락을 쓰다듬었습니다. 간지러운지 살짝 미간을 좁힌 그녀의 드러난 귀에 손을 가져다 대고서 저는 한마디를 속삭였습니다.

"그때, 저를 도와줘서 고마워요."

오래전에 목숨을 구해주었기에, 지금의 제가 당신 옆에 있답니다.

오래전의 제가 지금의 제게 묻습니다.

단 한마디, 소리 내 말하기에는 조금 부끄러운 내용을.

『지금도 일레이나 씨를 좋아하나요?』

그러네요.

"아주 많이 좋아합니다."

●

다음 날이 되어 저와 일레이나는 숙소에서 잠에 어린 눈을 비비며 아침 식사를 하고, 적당히 시간이 지났을 때 나라를 떠나기로 했습니다.

조금 더 관광을 해도 좋았겠지만, 일레이나 쪽에서 "오늘 중에 이 나라를 나가는 게 어떨까요?" 하고 제안했기 때문에 그렇게 하기로 했던 것입니다. 뭐, 혼쭐이 난 곳에 그리 오래는 머물고 싶지 않을 테지요.

부모와 자식은 닮는다고 하는데, 분명 옛날 도서관으로 향했던 스승님도 사실은 당장에라도 나라를 떠나고 싶었을 테지요. 그렇게 하지 않은 것은 분명 제가 있었기 때문.

　"…………."

　마지막이 될 나라의 정경을 멍하니 바라보며 저는 걸었습니다.

　돌길이 곧장 뻗어 있었습니다. 양옆에 늘어선 건물들의 벽은 하얬고, 햇볕을 받아 눈부셨습니다. 길에는 서점과 우체국, 책을 읽을 수 있는 카페와 유명 작가의 기념관과 문장에 관련된 가게 간판이 눈에 들어왔습니다.

　많은 말이 늘어선 멋진 나라였습니다.

　"으음……."

　그리하여 이윽고 나라의 문이 보이기 시작했을 무렵이었습니다. 일레이나는 옆에서 가만히 제 눈을 보고, 무언가 할 말이 있는 것처럼 입가를 초조하게 움직이기 시작했습니다.

　…………?

　"왜 그러나요?"

　제가 묻자 일레이나는.

　"…………."

　역시 저를 바라본 채 가만히 입을 다물고, 그리고서도 역시 마찬가지로 "으음" 하고 생각에 잠겼습니다. 그리고.

　"사실을 말하자면, 한 가지 선생님에게 말하는 걸 잊은 게 있습니다."

　그렇게 말씀했습니다.

어라 어라.

"뭔가요? 아직 여죄가 있는 겁니까……?"

사기인가요? 사기 이야기가 이어지는 겁니까? 선생님 이번에야말로 화낼 겁니다?

그렇게 약간 얼굴을 찌푸린 다음이었습니다.

하지만 제 예상은 크게 어긋났나 봅니다.

"그런 게 아니에요."

그녀는 조금 차갑게 대꾸했습니다.

그 모습은 다소 불만스러운 듯 보였습니다.

"그럼 뭔가요?"

문 바로 앞.

저는 멈춰 서서 그녀에게 물었습니다. 고개를 갸웃거렸습니다.

일레이나는 다시 입을 다물고 고민하듯이 곤란한 얼굴을 하며 큰 한숨을 쉬는가 싶더니.

"선생님."

한 걸음 내디뎌 제 곁으로 다가와 쭉 까치발을 들고서.

그리고 제 머리카락을 쓰다듬듯 만지며 귓가에 손을 가져다 댔습니다.

그리고서 그녀는, 단 한마디를 속삭였습니다.

"천만에요."

그 말이 의미하는 바가 무엇인지를, 무엇에 대한 말인지를 이해할 때까지는 조금 시간이 필요했습니다.

아주 잠깐 까치발을 하고 섰던 그녀는 곧장 제 앞으로 걸음을 옮겼습니다.

"그럼 갈까요?"

그리고 그대로 문을 향해서 걸어갔습니다.

그 후 한동안 일레이나가 이쪽을 돌아보는 일은 없었습니다.

"……그러네요."

저는 그녀의 걸음을 뒤쫓았습니다.

그녀가 돌아보지 않았던 것에 조금 안심하면서.

"지금부터 재판을 개정합니다."

단상에서 들려온 한마디에 제 의식은 깨어났습니다.

"……네?"

어째선지 저는 수갑이 채워진 채 낯선 방 한가운데 세워져 있었습니다.

과연 여기는 어디일까요? 저는 주변을 둘러보았습니다.

이곳은 엄격한 분위기가 감도는 방이었습니다. 오른쪽에 긴 책상, 왼쪽에도 긴 책상. 앞을 바라보면 익숙한 얼굴이 단상에서 이쪽을 내려다보고 있었습니다. 그 찌르는 듯한 시선에서 도망치듯 뒤를 돌아보자 간소한 울타리 너머에서 많은 사람들이 저를 올려다보고 있었습니다. 모두 술렁거리고 있었습니다.

"저 사람이 예의 일레이나 씨……?"

"쉿! 시선을 마주치면 안 돼! 흐물흐물해질 거야!"

"분명 범죄자 면상이네……."

"나라를 넘나들며 사기를 쳤대."

소곤소곤 오가는 말들이 저를 향한 칼날처럼 날아들었습니다. 분명 제게 적의를 보내고 있었습니다.

그러나 저는 영문도 모른 채 당황할 뿐, 과연 대체 어째서 이러한 곳에 서 있게 된 것인지도 알 수 없었습니다.

저는 분명 어제 숙소에서 자고, 그리고서──.

"정숙."

땅, 하고 의사봉이 두들겨지자 조용해졌습니다. 사고의 바다로 가라앉아가던 제 의식은 그 순간 다시 이곳으로 돌아왔습니다.

그때가 되어서야 겨우 이 장소가 죄를 재판하는 곳이라는 사실을 저는 깨달았습니다.

이곳은 법정.

단상에 있는 인물은, 즉 재판장이라는 것일 테지요.

"그럼 가장 먼저, 피고인."

재판장은 그렇게 고하며 저를 바라보았습니다.

"이름은?"

피고인……? 제가 말인가요?

죄를 범했는지 어떤지는 제쳐두고, 법정으로 연행된 기억 같은 게 없습니다만……?

"그게…… 일레이나입니다."

그러나 거부할 수 없는 분위기인지라 질문에 답하지 않을 수 없었습니다.

"직업은?"

"……여행자입니다."

저는 답했습니다. 직후였습니다.

"이의 있음!"

제 왼쪽에 있는 긴 책상에서 일어서는 기척이 느껴졌습니다.

"피고인은 거짓 진술을 하고 있습니다. 여행자는 직업이 아니라고 생각합니다."

재판장을 향해 분명하게 잘라 말하는 그녀는 검은 머리카락을 길게 기른 성인 여성이었습니다. 어째선지 묘하게 위풍당당하게 서 있는 그녀는 검은 로브와 삼각 모자를 몸에 걸쳤고, 가슴께에는 별을 본뜬 브로치가 있었습니다.

그녀는 마녀.

그렇다기보다 프랑 선생님이었습니다.

"변호인."

재판장이 프랑 선생님을 노려보았습니다.

"지금은 인정신문 시간입니다. 앉아주세요. 그리고 피고인의 거짓말을 밝히는 건 저쪽 검찰의 역할입니다."

의외로 진심으로 화를 내고 있습니다.

"……죄송합니다. 좀 말해보고 싶어서, 그만."

프랑 선생님은 추욱 몸을 웅크리고 앉았습니다.

"피고인. 출신지는?"

"평화의 나라 로베타입니다."

"과연. 수고했습니다."

어쩐지 잘 모르겠습니다만, 질문이 끝났나 봅니다.

마침 그때 깨달았습니다만.

"빠안……."

검찰이 저를 보고 있었습니다. 대사로까지 표현할 정도로 빠아안히 구멍이 뚫릴 정도로 저를 바라보고 있었습니다.

"…………."

검찰을 보았습니다.

"빠안……."

검찰 측 자리에 앉은 그녀는 아는 얼굴이었습니다. 하얀 머리카락은 부드럽게 늘어뜨렸고, 머리에는 리본. 나이는 저보다 조금 아래 정도일 테지요.

어떤 이유에서인지 이쪽도 프랑 선생님과 마찬가지로 아는 얼굴이었습니다.

"……어라?"

그렇다기보다 아빌리아 씨였습니다. 그녀가 왜 여기에……?

어떻게 된 겁니까?

저는 다시 뒤를 돌아보았습니다.

자세히 보니 울타리 너머—— 방청석에 앉아 있는 것은 눈에 익은 얼굴들뿐이었습니다.

"아아…… 여자가 잔뜩 있어……!"

어째선지 눈을 빛내며 주변을 둘러보고 있는 것은 안경을 낀 고고학자님. 비올라 씨.

"불결."

그런 비올라 씨의 옆에서 퉤 하고 내뱉는 것은 갈색 마법사. 아트리 씨.

"후후후후후후후후……."

의기양양한 미소를 지으며 사과를 쓰다듬는 것은 서브컬처 여자 씨.

"여기에 구울이 왔다가는 전원 바로 공격당해서 구울화될 게 틀림없어……."

심각하게 주변을 경계하는 것은 안나 씨.

"일레이나…… 믿었는데……."

어째선지 울고 있는 붉은 머리카락의 여학생. 아리아드네 씨.

"인간의 업보는 깊구나……."

먼눈을 하고 있는 백발의 여성. 루세라 씨.

그 외에도 보이는 모든 곳에 면식이 있는 사람들뿐이었고, 애초에 어디서 열리고 있는지도 정확하지 않은 이 재판에는 제가 이름을 아는 인간만 모여 있었습니다.

지금까지 여행 중에 만났던 사람들이, 여기에 있었습니다.

"……그런 건가요?"

대체 무얼 재판받는지는 여전히 잘 모르겠습니다만, 이 시점에서 깨달은 것이 하나 있었습니다.

이거 꿈이로군요?

절대 꿈이지요?

"그럼 지금부터 재판을――."

"이의 있음!"

"변호인."

"죄송합니다."

뭐가 어찌 되었든 꿈속의 뒤죽박죽인 분위기 속에서, 제 죄는 재판받게 되는 모양입니다.

○

"기소장을 읽어드리겠습니다."

제 기준으로 오른쪽 긴 책상에서 일어선 것은 아빌리아 씨. 지극히 진지한 표정을 짓고 있었습니다.

"피고인은 지난주부터 이 나라에 체재하고 있습니다만, 길을 걷던 여성을 갑자기 유혹하고, 거기에 더해 여성을 정신 못 차리게 만드는 데서 그치지 않고 『두 배로 돌려드릴 테니 돈을 좀 빌려주시겠어요?』하고 돈을 뜯어내고, 그대로 카지노로 사라진 후 연락이 두절되었습니다."

"아니 그런 짓을 한 기억이 없는데……."

그건 어디 사는 누구의 이야기인가요?

"피고인은 그러한 행위를 온 마을에서 반복했고, 피고인에게 돈을 뜯긴 피해자는 수십 명에 달합니다. 오늘에 이르러, 일주일 동안의 총 피해액은 금화 천 닢 정도. 최악의 쓰레기입니다."

"표현이 지나친 거 아닌가요?"

"이러쿵저러쿵해서 사형이 타당하다고 생각합니다."

"어째서 그런 두루뭉술한 이유로 사형 구형을 받아야만 하는 겁니까……?"

그러나 재판장은 그런 저의 의문 따위는 깔끔하게 흘려들었습니다.

"알았습니다. 검찰, 수고하셨습니다."

그리고 그렇게 인사치레를 했습니다.

어라어라? 아무래도 제 이의는 받아들여 주지 않는 모양입니다.

뭐, 그건 상관없습니다만.

그나저나.

"어째서 고양이 귀인가요? 아빌리아 씨."

"시끄럽답니다."

털썩하고 착석한 아빌리아 씨의 고양이 귀가 쫑긋쫑긋 움직였습니다. 꿈속인지라 현실에서는 있을 수 없는 일이 간단히 벌어지는 모양입니다.

……뭐, 애초에 제가 온 마을의 여성을 유혹하고 다녔다고 하는 기소장이 가장 말도 안 됩니다만.

"피고인. 기소장의 내용은 틀림이 없습니까?"

재판장이 저를 내려다보았습니다.

아뇨 아뇨.

"틀린 것투성이입니다. 애초에 저는 유혹을 당한 적은 있어도 유혹을 한 적은 없습니다."

"……범죄 혐의를 부정한다, 라는 겁니까?"

"뭐, 그런 겁니다. 애초에——."

"이의 있음!"

위풍당당하게 저와 재판장의 대화를 가로막으며 일어서는 프랑 선생님.

"일레이나, 잠깐요. 저기, 유혹당한 적은 있다는 건 무슨 뜻인가요? 그 부분을 자세히 가르쳐주시겠습니까?"

"변호인."

재판장이 눈을 가늘게 떴습니다.

"구체적으로 어느 정도의 빈도로 유혹을 당했습니까? 그래서 식사 자리 같은 데 따라간 적은 있습니까?"

"변호인."

"재판장. 선생님은 신경이 쓰입니다."

가능하다면 흘려들어 주길 바랐던 부분입니다만…….

"그렇군요. 재판장도 그 부분은 조금 걸렸습니다."

재판장…….

법정이 묘한 분위기에 휩싸였을 때, 제 우측에서 불쑥 손이 올라왔습니다.

"재판장님."

일어선 것은 아빌리아 씨.

"오늘은 피고에게 돈을 뜯긴 피해자들을 증인으로 불렀습니다. 증인신문을 요청합니다."

그 자리의 흐름을 완전히 무시해버렸습니다. 재판장은 "으음……" 하고 신음했습니다. 프랑 선생님도 "어머나……" 하고 조금 아쉬운 듯 미간을 좁혔습니다.

신경 쓰이는 건가요……? 그렇게나 제 연애 사정이 신경 쓰이는 건가요……?

딱히 누군가와 함께하게 된 적은 없다는 것쯤, 지금까지의 여행 이야기라도 들으면 알 수 있으리라고 생각합니다만…….

아니, 하지만.

지금 증인신문이라고 하셨나요?

"……저기, 혹시 피해자 전원을 부른 겁니까?"

"대부분 다 불렀답니다."

그렇다며 아빌리아 씨는 제게 고개를 끄덕여 보였습니다.

그리고 재판장은 의사봉을 쳤습니다.

"그럼 지금부터 증인신문을──."

"이의 있음!"

"변호인."

"실례합니다. 슬슬 말해도 괜찮은 타이밍이 아닐까 싶어서…….'

"진짜로 쫓아낼 겁니다."

"…………."

재판장에게 의외로 진심으로 혼나고 있는 프랑 선생님을 무시한 채 저는 뒤를 돌아보았습니다. 노골적일 정도로 이곳에는 낯이 익은 이들밖에 없었습니다. 그것은 뭐 꿈이니까, 제 기억이니까, 당연한 일일 터입니다.

………….

이 흐름을 보았을 때, 안 좋은 예감만 들었습니다…….

○

증인신문이 시작되어 저는 물러나게 되었습니다. 프랑 선생님 옆에 착석했습니다.

"선생님. 대체 어떻게 된 건가요?"

선생님의 소매를 잡아당기며 저는 물었습니다.

그녀는 저에게 평소와 같은 부드러운 미소를 지어 보이며 답했습니다.

"글쎄요…… 꿈 아닐까요?"

그리고 겸사겸사라는 듯이 "저기, 그런데 어느 정도의 빈도로 유혹을 당하는 건가요……?" 하고 조금 전의 질문을 이어서 하기 시작했습니다.

무슨 말씀을 하시나 했더니.

"이 자리에서 대답해야만 하는 겁니까……?"

아무리 저라도 수치심 정도는 있답니다.

"변호인으로서 피고인에 관한 것은 전부 알아두어야만 한다고 생각하지 않나요?"

"하지만 선생님, 저에 관한 거라면 거의 다 알고 계시잖아요?"

"그 말은?"

"1년이나 함께 있었는데, 지금도 함께 여행하고 있는데, 새삼 선생님께 감추고 있는 커다란 비밀 같은 건 없어요."

"어머나……."

선생님의 뺨이 살짝 누그러졌습니다.

"재판장님. 변호인과 피고인이 시시덕거리고 있답니다."

검찰인 아빌리아 씨는 그런 저희를 매섭게 노려보고 있었습니다.

"진짜로 쫓아낼 겁니다."

재판장도 노려보고 있었습니다.

제 꿈인데 그녀들은 어째서 이렇게나 저에게 엄격한 걸까요……?

꿈속에서 벌어지는 의미불명의 사태에 탄식을 흘리는 저였지만, 선생님은 무언가를 착각하신 것처럼 제 어깨를 두드렸습니다.

"괜찮아요. 일레이나. 제가 일레이나의 무죄를 증명해 보이겠어요."

그리고 어째선지 자신만만하게 말했습니다.

……아니 무죄인지 어떤지는 이 상황에서 어찌 되든 상관없으니 일단 꿈에서 깼으면 좋겠습니다.

아무튼 곧바로 증인신문이 시작되었습니다.

첫 번째로 소환된 것은 어디선가 본 적 있는 보라색 머리카락의 여성. 몹시 기합이 들어간 로브를 차려입고, 별을 본뜬 브로치를 단 그녀는.

"나야."

의기양양한 얼굴이었습니다.

아빌리아 씨는 그녀를 "이쪽은 피해자인 샤론 씨입니다" 하고 소개한 후, 주신문에 들어갔습니다.

"샤론 씨. 당신은 저 피고인에게 유혹당한 적이 있습니까?"

"응."

가볍게 고개를 끄덕이는 샤론 씨.

"저기 있지, 내가 길을 걷고 있었는데, 갑자기 일레이나 씨가 『귀엽군요, 샤론 씨. 귀여워요, 우후후』 하고 접근해 왔어."

그건 대체 누굽니까?

"그래서 있지, 나 『이러지 마, 뭐야, 일레이나 씨이』 하고 그녀를 거절했거든──."

당신은 또 누굽니까? 캐릭터가 붕괴되었잖습니까?

그러나 이런 웃기지도 않는 흐름을 타고 그녀의 증언은 막을 열었습니다.

요약하면 대략 이런 이야기였습니다.

『그나저나, 샤론 씨. 지금 괜찮은 돈벌이가 있는데…… 어떤가요?』슬쩍, 어깨에 손을 올린 회상 속의 저는 그녀에게 귓속말을 했다고 합니다.

『잘만 하면 일확천금을 노릴 기회입니다만…….』

『뭐어?! 일확천금……? 뭐야? 조금 관심이 생기는데!』

『후후후. 그렇죠? 하지만 이 돈벌이, 조금 문제가 있어서요……. 당신의 마법이 꼭 좀 필요하답니다. 우수한 마녀인 당신의 마법이, 말이죠?』

말하길, 길에 굴러다니는 돌멩이를 모아서 샤론 씨의 마법으로 그걸 보석으로 바꾸고, 전당포에 팔아버린다고 하는 참으로 그런 작전을 저는 샤론 씨에게 제안했다고 합니다.

『그게, 저, 마녀지만 그런 마법은 못 쓰거든요…… 샤론 씨의 힘이 없으면 분명 아무것도 못 할 거예요…….』

그렇게 말하며 어깨를 축 늘어뜨렸다고 합니다.

샤론 씨는『흐흥』하고 의기양양한 표정을 지었습니다.

『과연 그건 분명 우수한 마녀인 내 힘이 필요하겠네. 일레이나 씨는 마녀인 것치고는 나보다 실력이 없으니까.』

『잠깐만요. 샤론 씨, 아무리 저라도 화낼 거예요? 정말.』

콩하고 샤론 씨의 머리에 꿀밤을 때리는 저.

『후후후.』

『우후후.』

회상 속의 저는 그렇게 샤론 씨에게 부탁하여 돌멩이를 보석으로 바꾼 후『그럼, 다 팔고 올게요!』라는 말을 하고선, 그러나 그대로 돌아오지 않았다고 합니다.

회상의 마무리에 아빌리아 씨가 "최악의 쓰레기로군요"라고 내뱉었습니다.

…………

여러 가지로 따지고 싶은 부분이 넘쳐납니다만…….

애초에 샤론 씨는 마법 못 쓰잖아요? 꿈속에서는 마법을 쓸 수 있다는 설정입니까?

"자, 아무튼 일레이나 씨 때문에 곤란하다는 얘기야."

과장되게 어깨를 움츠리는 샤론 씨. 주신문은 거기서 끝났습니다. 말할 것도 없지만 그녀가 진술한 내용에 관해서 저는 전혀 기억하지 못합니다.

프랑 선생님이 일어서서 샤론 씨에게 반대신문을 시작했습니다.

"반대신문 전에 잡담부터 해볼까요? 샤론 씨. ……당신은 마녀죠? 가슴에 단 브로치는 바로 마녀라는 증거. 제 제자도 제법 어린 나이에 마녀가 되었습니다만, 당신도 우수하군요. 대단해요."

화기애애한 분위기로 반대신문이 막을 올렸습니다. 긴장감이라고는 눈곱만큼도 없습니다.

"그렇지. 뭐, 나는 재능을 타고난 타입이니까."

의기양양한 얼굴을 했습니다.

"어머나, 대단해요!"

프랑 선생님은 이어서, 샤론 씨 앞에 지팡이를 내려놓았습니다.

"그나저나, 혹시 괜찮다면 이 자리에서 마법을 좀 써주시겠어요?"

아마도 흥미가 일었기 때문일 테지요. 선생님은 부드러운 표정을 지은 채로 "저, 이런 답답한 분위기는 아무래도 힘들어서…… 분위기를 띄울 만한 마법을 하나, 부탁드릴게요. 네?" 하고 샤론 씨에게 물었습니다.

"……어? 마법? 지금, 여기서?"

"네. 부탁드려요."

거리를 좁히는 프랑 선생님.

"…………"

입을 다무는 샤론 씨.

"어라? 왜 그러시나요?"

더욱 거리를 좁히는 프랑 선생님.

"…………"

고개를 돌리는 샤론 씨.

"뭔가, 할 수 없는 이유가, 있으신가요……?"

어깨에 손을 올리는 프랑 선생님.

"…………"

움찔하고 놀라는 샤론 씨.

"샤론 씨……?"

속삭이는 프랑 선생님.

"마법을 써달라고, 부탁드렸는데요?"

마녀라면 쓸 수 있을 테죠? 하고 선생님은 키득 웃었습니다.

익숙한지라, 제 눈에 선생님은 그저 평범하게 웃고 있을 뿐입니다만.

?

©Azure

"…………!"

샤론 씨의 표정은 딱딱하게 굳어졌습니다.

애초에 그녀는 마법사 같은 게 아닌, 그저 마법사를 동경하여 그런 차림을 하고 있는 일반인입니다.

아마도 눈앞에 지팡이가 놓인 순간 그녀는 이렇게 생각했을 테지요.

『이 사람, 내가 마법사가 아니라는 걸, 눈치챈 거야……?』

뺨을 타고 흐르는 땀이 그녀의 속마음을 그대로 드러내고 있었습니다. 참으로 알기 쉽군요. 역시 꿈속이라도 마법은 쓰지 못했던 모양입니다.

"……왜 그러시나요?"

샤론 씨를 들여다보는 프랑 선생님.

지근거리에서 주시당한 샤론 씨는 더욱 굳어졌습니다.

『어, 어어어어어어어어쩌지……. 나 마법 같은 거 못 쓰는데……흐에엥…….』

그렇게 생각하고 있었는지, 당장에라도 울음을 터뜨릴 것 같은 표정이 되었습니다.

그런 그녀의 안색을 살피던 프랑 선생님은.

"어머나……? 당신 혹시──."

말했습니다.

"몸 상태가, 안 좋은가요?"

"!"

그것은 그야말로 동아줄. 샤론 씨는 몇 번이고 크게 고개를 끄덕였습니다.

"마, 맞아! 감기 기운이 있나 봐!"

"어머나……. 그건 큰일이네요……."

선생님은 미간을 좁혔습니다.

"몸 상태가 좋지 않은 상태에서 증언대에 서서는 정확한 증언 같은 건 할 수 없는 게 아닐까요? 지금도 머리가 멍해서 힘들죠?"

"맞아! 당장에라도 쓰러질 것 같달까?!"

"그렇겠죠, 그렇겠죠. 그만 돌아가고 싶죠?"

"돌아가고 싶어!"

법정이 소란스러워졌습니다.

아마도 프랑 선생님에게 그럴 마음은 없었을 테지만, 반대신문의 결과 샤론 씨가 한 증언의 정확성이 의심스러워졌고, 이러저러하여 그녀의 증언은 인정되지 않았습니다.

대체로 이런 느슨한 분위기의 증인신문이 막을 올렸습니다.

두 번째 증인은 밤색 머리카락을 머리 뒤에서 둘로 나눠 묶은 소녀.

유리 씨였습니다.

"나도 저 피고인에게 유혹을 당했어."

그녀는 터무니없게도 증언대 위에 책상다리를 하고 앉은 데다, 커피 향을 맡으며 쓸데없이 시원스러운 표정을 짓더니, 심지어는 "역시 법정과 커피의 조합은…… 최고야……" 같은 의미를 알 수 없는 말을 지껄이며 잠시 여운에 잠긴 다음, 겨우 증언을 시작했습니다.

"그래. 그건 그저께 밤, 내가 하드보일드하게 커피를 정하고 있을 때——."

"응? 죄송합니다만. 하드보일드하게 커피를 정한다는 게 대체 무슨 뜻이죠?"

"…………."

프랑 선생님에 의한 예상외의 딴죽에 잠시 입을 열지 못하는 유리 씨.

꼼짝하지 못한 채 그 자리에서 가만히 굳어져 있기를 약 30초.

"그래, 그건 그저께 밤——."

결국 그녀는 말참견이 애초에 없었던 것처럼 시원스러운 얼굴로 처음부터 다시 시작했습니다.

"내가 하드보일드하게 커피를 정하——."

"네?"

고개를 갸웃거리는 프랑 선생님.

"아니, 그러니까 그…… 하드보일드하게——."

일찌감치 횡설수설하기 시작하는 유리 씨.

"저기, 죄송합니다. 저, 그런 면으로는 둔한지라 부디 꼭 좀 가르침을 받고 싶습니다만……. 구체적으로 하드보일드라는 것은 대체 무엇인가요?"

"어? 하드보일드가 뭐냐고……? 그게……."

유리 씨는 노골적으로 곤란해했습니다.

"지금의 나 같은 느낌……이려나?"

그런 탓에 대답이 의문형이 되고 말았습니다.

"과연. 요컨대 버릇없이 테이블 위에서 커피를 마시면 그게 하드보일드가 된다, 라는 뜻인가요? 세간에서 하드보일드라고 불리는 분들은 하나같이 책상 위에 앉아서 커피를 마시는 것을 매너라 여기고 있는 거로군요?"

"아, 아니, 이건 좀 멋져 보이려나 싶어서 해봤을 뿐이라고 할까……."

"네? 어째서 책상 위에서 커피를 마시는 게 멋진가요?"

"아니, 그……."

아마도 별다른 의미도 없이, 그냥 그때 기분대로 증언대 위에 앉았을 테지요. 유리 씨는 이미 얼굴이 붉게 물들어 있었습니다.

"어머나!"

그런 그녀를 보고 프랑 선생님은 다시 미간을 찌푸렸습니다.

"재판장님! 이번 증인도 몸 상태가 좋지 않아 보입니다만."

역시 이러저러하여 유리 씨의 증언도 인정되지 않았습니다.

"선생님…… 대단하시네요."

"네? 무슨 말인가요?"

프랑 선생님은 이상하다는 듯이 고개를 갸웃거렸습니다.

자각이 없는 모양입니다만, 아마도 이대로 선생님이 장소에 전혀 어울리지 않는 느긋한 분위기를 두른 반대신문을 계속해준다면 증인은 조만간 바닥을 드러낼 테지요.

바라건대, 그전에 잠에서 깨어나고 싶은 바입니다만.

그 후로도 증인신문은 계속되었습니다.

이어서 증언대에 선 것은 드레스를 차려입은 금발의 왕녀님.

쇼콜라 씨였습니다.

"우선 나는 혼자서 산책을 하다가 일레이나 씨에게 유혹을 당했어요——."

흐음흐음 하고 그녀의 증언에 고개를 끄덕이는 프랑 선생님. 그 손에는 쇼콜라 씨에 관한 자료가 쥐어져 있었습니다.

"과연. 그런데, 쇼콜라 씨? 당신은 현재 사귀는 여성이 있는 모양입니다만?"

"사귀는 여성은 없습니다."

"어머나, 그런가요?"

"결혼했습니다."

"어머나 어머나. 그럼 불륜이라는 거로군요?"

"그녀가 제게 못된 불장난을 가르쳐주었죠……."

뺨을 붉히며 저를 바라보는 쇼콜라 씨.

아니…… 그런 기억은…… 없습니다만……?

저는 온 힘을 다해 시선을 피했습니다.

그때였습니다.

"이의 있음!"

방청석에서 그런 목소리가 울렸습니다.

"공주님! 어떻게 된 겁니까? 공주님! 듣지 못한 이야기입니다!"

붉은 머리카락의 여성이 검을 뽑아 들고 이쪽으로 걸어오고 있었습니다.

공주님이라 불린 쇼콜라 씨와 아주 사이가 좋은 기사님. 로자미아 씨였습니다.

어라어라 이건 좋지 않은데요.

아무리 꿈속이라지만 법정 안에서 날붙이를 휘두르고 그냥 넘어갈 수 있을 리 없었고, 그녀는 그 자리에서 경비원들에게 제압을 당했습니다.

"공주니이이이이이이이임!"

질질 끌려 나가는 로자미아 씨.

"멋져……."

그런 로자미아 씨를 바라보며 쇼콜라 씨는 기쁜 듯 활짝 미소 지었습니다. 이러저러하여 그녀의 증언은 "역시 일레이나 씨보다 로자미아 쪽이 와일드해서 멋져"라는 결론에 이르렀고, 아무것도 안 했는데 제가 멋대로 차인 느낌인 채 증언은 끝났습니다.

"……일레이나."

톡, 제 어깨에 손을 올리는 프랑 선생님.

"아무런 위로도 되지 못하니까 그만둬 주세요……."

이어서 증언대에 선 사람은 연두색 쇼트커트. 연두색 코트를 차려입고, 어쩐지 손에는 편지지를 쥐고 있었습니다.

그녀는 그 편지에 글을 적었습니다.

『나는 쿠치나시. 내가 일레이나 씨에게 유혹을 당한 건 며칠 전의 일——.』

"어라? 어째서 말을 하지 않는 건가요?"

"…………."

쿠치나시 씨는 약간 성가셔하는 표정을 지으며 펜을 놀렸습니다. 이윽고 한마디.

『이게 나의 아이덴티티.』

예에 따라 의기양양한 얼굴이었습니다.

"아! 잠깐! 그건 내 결정적 대사라고! 표절이야!"

어째선지 방청석에 숨어들어 있던 샤론 씨가 자신의 결정적 대사를 빼앗겼다며 소동을 벌이기 시작했습니다. 그러나 쿠치나시 씨는 무언가 착각을 하신 모양이었습니다.

『편지로 의사소통을 하는 계열의 캐릭터는 표절인 거야? 그럼 이쪽으로 할게』라며 스케치북을 꺼내 들었습니다. 그쪽이 아닙니다.

『그건 내 아이덴티티야!』

방청석에서 이의를 제기하는 자가 나왔습니다. 과거 정직한 자의 나라에서 만났던 유사(流砂)의 마녀인 에이헤미아 씨였습니다. 그녀도 입 대신에 스케치북을 쓰는 부류의 분이었습니다.

『그것도 내 결정적 대사야! 표절이야!』

그리고 어째선지 대항심을 불태우며 스케치북을 치켜드는 샤론 씨. 결국 그 후 세 사람은 결정적 대사는 자신의 것이라느니 아이덴티티가 어쩌느니 하며 소동을 벌였고, 이쪽의 증언도 이러 저러하여 인정되지 않았습니다.

"나는 미래가 보일지도."

미래가 보인다고 증언하는 것치고는 어째선지 다소 말꼬리가 애매한 그녀는 아네모네 씨. 격식을 갖춘 옷차림을 한 그녀는 역시 증언대에 서 있는 만큼, 당연하게도 "나도 일레이나 씨에게 유혹을 당했을지도"라고 말했습니다.

흐음흐음 하고 고개를 끄덕이는 주신문 중인 아빌리아 씨.

"유혹을 당했을지도, 라는 건 어떤 의미입니까? 미래가 보이는 대신에 과거는 애매한 겁니까?"

"아닐지도. 이건 그냥 말버릇일지도. 나는 미래가 보이기 때문, 일지도. 그렇다고 해도 실제로는 확실히 그렇다, 라는 의미일지도."

"말버릇…… 저의 『랍니다』와 거의 비슷한 거로군요."

"대체로 그런 걸지도."

"과연이랍니다."

"그럴지도."

"랍니다."

"지도지도."

"랍니다랍니다."

"지도지도지도."

"재판장님. 대체로 이런 느낌이랍니다."

빙글, 어째선지 자신만만한 표정으로 돌아보는 아빌리아 씨.

"잘 이해되지 않습니다."

재판장은 분명하게 답했습니다.

이 지나치게 적당적당인 재판은 재판장이 상당히 적당적당인 것인지, 아니면 검찰로서 자리하고 있는 아빌리아 씨가 적당적당인 것인지, 증언대에 선다고 해도 제가 위기에 몰리는 일도 없이 잠시 대화를 하고서 바로 물러나는 사람들뿐이었습니다.

이분도 그랬습니다.

"……어째서 내가 증언 같은 걸 해야만 하는 건데?"

황금색 머리카락. 하얀 로브를 걸친 그녀는 담뱃대를 문 채 탄식을 흘렸습니다.

어두운 밤의 마녀 실라 씨였습니다.

"실라…… 당신……."

놀라는 프랑 선생님.

"언제인가요? 대체 언제 일레이나와 그런 관계가 된 건가요? 솔직히 자백하세요."

"아니 유혹당한 기억 없는데."

"그럼 유혹한 겁니까?"

"유혹 안 했고 돈 빌려준 기억도 없다고."

"그렇습니까…… 설마 기억에조차 남지 않을 만큼 열중해버렸던 건가요……."

선생님은 먼눈을 하고 계셨습니다.

"제자가 관련되었을 때의 넌 정말 뭐냐고……."

실라 씨도 실라 씨대로 먼눈을 하고 있었습니다. 그렇다기보다 가볍게 경멸의 눈빛을 하고 있었습니다.

본래는 증언 도중에 제가 자유 발언을 하는 일 같은 게 허락될 리 없을 테지만, 이곳은 어차피 꿈속이고, 뭐든 가능하다는 것은 지금까지의 흐름으로 짐작할 수 있었습니다.

그런고로 저는 손을 들었습니다.

"선생님. 저, 흡연자는 좀."

"과연."

선생님은 분명하게 고개를 끄덕였습니다.

"그렇다면 당신이 여기에 오게 된 건 무언가가 잘못되었기 때문이겠군요. 감사했습니다."

"아, 그래……."

한숨과 함께 담배 연기를 내뱉는 실라 씨.

"그나저나, 법정 안에서는 흡연 금지예요. 실라."

"시끄러워."

결국 실라 씨는 빈틈없이 벌금만 내고 증언대를 내려왔습니다.

그 후로도 증언대에는 차례차례 여성이 섰습니다만, 어느 분이나 유력한 증언 같은 건 하지 못하셨습니다.

장난삼아 증언대에 서 있는 것인가 하는 착각이 들 뿐입니다.

혹은.

여기가 내 머릿속이라고 한다면.

그야말로 오랜만에 제 머릿속에 놀러 온 것 같은 분들만이 증언대에 올랐습니다.

"다음은 저로군요."

증언대에 불쑥 나타난 것은 열 살 정도의 금발 여자아이. 프리실라 씨.

"당신은 저쪽의 피고인을 본 적이 있습니까?"

프랑 선생님은 저를 가리키며 물었습니다.

프리실라 씨는 끄덕 고개를 끄덕였습니다.

115

"어떤 관계인가요?"

"진한 어른의 관계……입니다."

뺨을 붉히는 프리실라 씨.

부끄러운 듯이 저를 힐끔 보는 프리실라 씨.

………….

무슨 소리를 하는 겁니까?

"어른의, 관계……?"

프랑 선생님의 목소리가 살짝 흔들렸습니다.

"그것은 구체적으로, 어떠한…….'

"구체적으로, 말인가요……?"

프리실라 씨는 귀엽게 꼬물꼬물 몸을 배배 꼬면서 "언젠가 함께 약을 마시면서 농밀한 날들을 보내자고 맹세한 관계예요"라고 답했습니다.

"………….'

프랑 선생님이 표정을 잃은 얼굴을 이쪽으로 돌렸습니다. 이제 경멸을 넘어 인간이 아닌 무언가를 보는 눈으로 변해 있었습니다.

오해받는 건 곤란합니다…….

"저기, 그런 걸 맹세한 기억은 없습니다만——."

그러한 약속을 다소 일방적으로 당한 기억이라면 있습니다만. 승낙한 기억은 없습니다.

"너무해! 나와는 장난이었던 거로군요!"

프리실라 씨는 눈물을 흘리며 법정에서 나가버렸습니다. ……
참고로 그녀가 떠난 후의 증언대에는 눈약이 굴러다니고 있었다고 합니다.

이어서 증언대에 선 것은 어린 티가 조금 남은 생김새를 한 산호색 머리카락의 소녀.

"마트리시카입니다냥."

"잠깐 기다려랍니다."

증언대에 선 그녀에게 기다려를 외친 것은 검찰인 아빌리아 씨였습니다.

"고양이계열 캐릭터는 이미 내가 있으니까 안 된답니다."

수수께끼의 프라이드를 내세우는 아빌리아 씨.

"저기, 마트리시카는 딱히 고양이 계열 캐릭터를 노리고 있는 게 아닌데……."

아군일 터인 검찰에게서 날아든 예상하지 못한 트집에 당황하는 마트리시카 씨가 그곳에는 있었습니다.

"아무튼 안 됩니다. 그런 건 바라지 않는답니다."

"저기…… 바라지 않는다고 한들……."

"아무튼 안 된답니다."

단호하게 안 돼를 주장하는 아빌리아 씨.

더할 나위 없이 불합리하군요…….

"…………." "…………."

법정 문이 열려 있었습니다. 그 틈으로 걱정스레 이쪽을 들여다보고 있는 것은 고양이신 님과 만났을 때 조우했던 루시에 씨와 고양이 카페라는 찻집에서 일했던 미스티 씨.

"……캐릭터가 겹치면 안 되는 거구나." "……그럼 우리도 안

117

되겠네."

두 사람은 아빌리아 씨의 고양이 귀를 바라본 후 낙담하여 돌아갔습니다.

그리고 프랑 선생님에 의한 마트리시카 씨에 대한 반대신문이 시작되었습니다.

"저기…… 실례합니다. 이쪽 자료에 따르면 마트리시카 씨, 당신의 나이. 100세가 넘는다고 되어 있습니다만……."

"맞아요. 마트리시카는 대략 100년 살았어요."

여담입니다만 마트리시카 씨는 현재 불사의 병을 앓고 있습니다. 요컨대 불로불사라는 겁니다.

"100세를 넘었는데, 피부가 탱탱하네요."

그런 사실도 모른 채, 평범하게 일상적인 대화를 펼치는 프랑 선생님.

"저기, 뺨을 살짝 만져봐도 될까요?"

"뭐어? 부끄러운데."

정말이지, 같은 말을 하면서도 그다지 싫지만도 않아 보이는 마트리시카 씨. 그리고 그러한 태도를 긍정으로 받아들인 프랑 선생님은 사양치 않고 그녀의 뺨을 콕콕.

"대단해요……! 어떻게 하면 이렇게 깨끗한 피부를 유지할 수 있는 건가요?"

"으음? 그런가요……?"

그만 하세요, 라고 입으로는 싫다고 말하면서도 미소를 감추지 못하는 마트리시카 씨.

"이런 깨끗한 피부를 가진 100살을 본 건 처음이에요."

"에헤헤헤······."

"대체 어떻게 하면 이런 젊음을 유지할 수 있는 건가요?"

"그러네요, 정기적으로 죽는 걸까요?"

"네?"

"응?"

묘한 위화감을 남기고서 마트리시카 씨는 퇴장했습니다. 증언은 딱히 없었습니다. 뺨 콕콕을 당했을 뿐입니다.

그리고 오늘 마지막으로 증언대에 선 것은, 이분이었습니다.

"나도 일레이나 씨에게 유혹을 당한 적이 있어."

하얀 머리카락을 어깨 언저리까지 기른 그녀는 머리에 카추샤를 하나. 어딘가의 기사단 제복을 갖춰 입고 있었습니다.

"증인, 이름은?"

지금까지 증언대에 선 누구보다도 익숙한 그녀에게 검사인 아빌리아는 질문을 했습니다.

그리고 그녀는 대답했습니다.

"암네시아."

············.

파란의 예감이 들었습니다.

○

주신문으로 아빌리아 씨가 암네시아 씨에게 물었습니다.

"당신이 저쪽 피고인에게 유혹을 당한 것은 언제입니까?"

"분명…… 그건 어제 일이었어."

입가에 손을 대며 그녀는 "음" 하고 신음하고, 그리고 기억을 더듬은 후 대답했습니다.

"어제 있지, 내가 혼자서 걷고 있을 때, 일레이나 씨가 말을 걸어왔어. 오랜만에 만났으니까, 길가에서 이야기꽃을 피웠던 걸 잘 기억하고 있어."

"그렇군요. 제가 부재일 때 둘은 밀회를 가졌던 거로군요."

아랫입술을 깨물며 "크으으읏" 하고 신음하는 아빌리아 씨.

보지 말아주세요.

부탁이니까 그런 눈으로 저를 보지 말아주세요…….

"그리고 이야기를 나누던 중에 일레이나 씨가 갑자기 『지금 좀 돈이 부족해서 말이죠』라고 말했어. 일레이나 씨 성격으로 보아 돈이 부족해지는 일은 드무니까, 나 물어봤어. 무슨 일 있어? 하고. 그랬더니——."

그 부분부터의 전개는 암네시아 씨의 증언을 바탕으로 한 회상으로 이야기하도록 하지요.

암네시아 씨가 말하길, 어제의 저는 이러한 말을 지껄였다고 합니다.

『도박으로 갖고 있던 돈을 전부 날려서…… 주머니가 텅 비어 버렸어요…… 어쩌면 좋아…… 이대로는 저, 저…….』

울면서 그러한 말을 지껄였다고 합니다.

보기 드물게 기운이 없는 저를 본 암네시아 씨는 그런 제 모습에.

'일레이나 씨가…… 연약해……!'

가슴 두근거렸다고 증언했습니다.

아빌리아 씨는 그 타이밍에 가슴을 눌렀습니다. 아마도 그것은 다른 이유에서일 테지요.

애초에 제가 도박으로 가진 돈을 전부 날려서 침울해진 상태로 운다고 하는 전개는 제 성격상 있을 수 없다고 말하지 않을 수 없습니다만, 꿈속이니 쓸데없는 지적은 소용없을 테지요.

『이, 일레이나 씨. 괜찮아? 얼마 필요해?』

우는 저를 달래며 지갑을 내미는 암네시아 씨. 저는 눈물을 훔치며 대답했다고 합니다.

『참고로 지금 얼마 갖고 있나요?』

『응?』

『얼마 갖고 있나요?』

『저기, 그게…… 금화 열 닢 정도.』

『그럼 금화 열 닢 필요해요.』

『아니……. 그만큼 주고 나면 나는 돈이…….』

『훌쩍…….』

『아아 미안해, 일레이나 씨. 울지 마. 응? 돈 줄 테니까.』

『와아, 고맙습니다! 이거 배로 만들어서 돌려줄게요!』

그리고 저는 그러한 대사를 남긴 후, 카지노로 사라졌다고 합니다.

그리고 대략 예상대로 저는 돌아오지 않았던 것입니다.

그것참 지독한 여자도 다 있군요.

그것은 누구인가.

그렇습니다. 저입니다.

………….

아니, 제가 아닙니다만……. 꿈속의 제 소행이 나쁘다는 이야기일 뿐입니다만. 하지만 그래도 이 꿈속의 제 악랄함은 말로 다할 수 없는 점이 있었고.

"역시 사형을 구형하겠답니다! 이상입니다! 뒈져버려!"

아빌리아 씨가 더없이 분노한 채 주신문은 막을 내렸습니다.

그리고 프랑 선생님이 자리에서 일어났습니다.

"안녕하세요. 암네시아 씨. 저는 일레이나의 스승인 프랑이라고 합니다."

천천히 암네시아 씨에게로 걸어가는 프랑 선생님.

"방금 이야기를 듣고 한 가지 의문이 생겼습니다만── 당신, 일레이나와는 어떠한 관계인가요?"

"친구예요."

"친구? 그런가요. 친구인가요."

프랑 선생님은 조금 납득이 되지 않는다는 투였습니다.

"하지만 친구라고 한다면, 조금 전의 진술과 맞지 않는 부분이 있지 않나요?"

"?"

고개를 갸웃거리는 암네시아 씨.

선생님은 그런 그녀를 똑바로 바라보며 지적했습니다.

"당신은 조금 전, 일레이나에게 두근거렸다고 진술했습니다.

그것은 친구에 대한 감정으로 적절하다고 할 수 있을까요……?"

……재판과는 상당히 관계없는 부분을 지적했습니다.

그 부분이 중요한가요? 명확하게 하지 않으면 안 되는 겁니까?

"…………."

예상외의 추궁에 암네시아 씨는 순간 머뭇거렸습니다. 그리고 그 직후에 "그게……" 하고 그녀는 당황하면서도 입을 열었습니다.

조금 부끄러운 듯, 입을 열었습니다.

"저기, 그…… 조금 평범한 친구와는 다를, 지도……."

"언니……."

아빌리아 씨가 "우으으!" 하고 신음 소리를 내며 책상에 머리를 박았습니다.

무서워…….

"과연."

그러나 선생님은 어디까지나 냉정했습니다.

"지도, 라는 것은 틀림없이 그렇다는 뜻이지요? 선생님 아까 배웠습니다."

선생님 그건 다른 아이의 말버릇입니다.

"…………."

그러나 암네시아 씨는 그야말로 그렇다는 느낌으로 제게 시선을 보내고서 고개를 떨구었습니다.

"언니……!"

한편 맞은편 자리에서는 아빌리아 씨가 "크으으으으!" 하고 다시 신음하고, 이번에는 바닥을 굴렀습니다.

"재판장님, 검찰이 한계입니다."

그렇게 저는 참견을 하기에 이르렀습니다만, 그래도 선생님은 추궁을 계속했습니다.

"참고로 구체적으로 어떠한 점에 있어서 평범한 친구와는 다른 겁니까?"

"실은 나는 일레이나 씨와 함께 여행을 한 적이 있는데, 그때 일레이나 씨, 나한테 아주 다정했고, 그래서 평범한 친구와는 조금 다른 감정이 있다고 할까, 그⋯⋯."

"과연."

선생님은 역시 냉정했습니다.

"언니⋯⋯!"

아빌리아 씨가 바닥에서 암네시아 씨를 향해 떨리는 손을 뻗었습니다.

"재판장님, 검찰이 피를 토하고 있습니다."

그래도 추궁은 계속되었습니다.

"즉 당신은 저쪽 피고인에게 적지 않은 특별한 감정을 가진 부분이 있다, 라는 것입니까?"

"⋯⋯⋯⋯."

암네시아 씨는 말없이 고개를 끄덕였습니다.

"과연."

선생님도 고개를 끄덕였습니다.

"⋯⋯크으으으."

아빌리아 씨는 이미 의식이 여행을 떠났습니다.

"재판장님, 검찰이 위험합니다."

결국 아빌리아 씨는 그대로 법정에서 실려 나가고 말았습니다.

검찰 부재인 상황에서는 더는 재판 재개가 불가능하지 않은가요? 하고 저는 생각했고, 실제로도 어딘가 모르게 폐정 분위기가 감돌았습니다.

암네시아 씨를 증언대에 세운 채, 그러나 방청석 사람들 중에는 서둘러 짐을 정리하기 시작하거나, 심지어 자리를 뜨는 자도 있었습니다.

드디어 끝이 나는 모양입니다.

"일레이나, 해냈네요."

선생님은 제 옆에서 우후후 하고 웃었습니다.

"그러네요."

바라건대 어서 잠에서 깨어나 이 꿈의 기억을 깔끔하게 잊어버리고 싶은 바입니다.

이대로 아무 일 없이 끝나준다면 좋겠습니다만.

그러나.

"증인, 암네시아 씨."

끝나지 않았습니다.

검찰 부재 속에서 증인신문을 재개하려 하는 녀석이 나타났던 것입니다.

"당신은 조금 전 피고인과는 특별한 관계라고 말했습니다만, 그것은 사실입니까?"

그 말이 날아온 곳은 암네시아 씨의 정면.

단상에서 법정 전체를 내려다보고 있는 인물—— 재판장이 직접 묻고 있었습니다.

"사실입니까?"

생긋 미소를 지으며 재판장은 다시 물었습니다.

재판장.

검은 머리카락을 어깨 정도까지 기른 소녀. 어디를 어떻게 보아도 너무나도 눈에 익은 소녀. 마법 총괄 협회에서 일하는 그녀.

사야 씨가 그곳에는 있었습니다.

두려움을 느낄 만큼 만면에 미소를 머금고 있는 그녀가 그곳에 있었습니다.

"…………."

아무래도 진짜 악몽은 지금부터인 모양입니다.

○

사야 씨는 의사봉을 탕탕 두드리며 크게 화를 냈습니다.

"저기요! 대체 어떻게 된 건가요? 일레이나 씨! 바람입니까? 바람을 피운 거로군요! 나 일단 재판장이라는 역할이라서 재판 중에는 쭉 잠자코 있었는데요! 여자아이를 너무 많이 유혹한 거 아닌가요? 어디까지 여자아이를 꾀야 만족할 건가요?! 이 바람둥이!"

"말이 너무 심하네요."

"하지만 그런 난봉꾼 같은 부분도 싫지 않아요!"

"어느 쪽입니까."

"사귄 시간이 길어지면 상대의 어떤 부분이든 전부 받아들일 수 있게 되는 법이로군요……."

"깨달음을 얻은 것 같은 눈을 하고서 무슨 말을 하는 겁니까 당신은……."

꿈속의 사야 씨는 평소의 사야 씨와 똑같았습니다.

아니, 이걸 평소의 사야 씨라 불러도 괜찮은 것인가 하는 부분에서는 약간 의문이 생깁니다만, 아무튼 제가 잘 아는 사야 씨의 모습이 그곳에는 있었습니다.

"일레이나 씨! 대체 어떻게 된 겁니까? 그녀와는 어떤 관계인 겁니까?!"

"이야기하자면 긴데요──."

"길어질 정도의 관계를 구축하고 있다는 겁니까?! 어떻게 된 겁니까?!"

"…………."

이거 뭐라고 대답해도 화를 내는 흐름이지 않습니까? 이미 사야 씨의 분노는 가라앉을 줄을 몰랐습니다. 질투의 불꽃이 활활 타오르고 있었습니다.

"나와 일레이나 씨는 한동안 함께 여행을 했어."

불에 기름을 냅다 부어버리는 암네시아 씨.

"함께! 여행을? 정말입니까?!"

장난 아니게 물고 늘어지는군요.

"나와 일레이나 씨도 그런 건 한 적 없는데!"

"아니 그게 이야기의 흐름으로 그렇게 되었을 뿐인데……."

특별히 깊은 관계였기 때문에 함께 여행을 했다든가 그런 이야기는 아니거든요?

아니아니정말로.

하지만 지금의 꿈속 사야 씨가 그러한 이야기를 받아들여 줄 리도 없었고.

"나도 일레이나 씨와 함께 여행하고 싶어요."

그저 뺨을 뾰로통하게 부풀릴 뿐이었습니다.

"아니, 저…… 그러니까 그때는 사정이 사정이라 함께했을 뿐인데……."

이제 여기서 어떠한 설명을 한들 그저 변명으로만 들렸습니다.

"일레이나 씨 너무해…… 나와는 비즈니스 관계였던 거구나……."

"오해를 부를 법한 말투는 그만둬 주세요."

법정 안은 혼돈에 빠졌고, 사야 씨에서 그치지 않고 암네시아 씨까지 묘한 분위기에 편승하기 시작했습니다.

이제 수습할 도리가 없었습니다.

"일레이나."

그런 중에 프랑 선생님이 제 로브 자락을 살짝 잡았습니다.

선생님은 자애로 가득한 표정으로 저를 바라보았고, 그리고 한마디.

"저도 지금 함께 여행을 하고 있는데 말이죠?"

"어째서 대항심을 불태우시는 겁니까? 선생님."

"즐거워 보이는 분위기라서……."

법정은 장난 같은 분위기에 휩싸였습니다.

그리고 이러한 가벼운 분위기는 대체로 한 번 불이 붙으면 손 댈 방법이 없어지는 법이라.

"그럼 앞으로 누가 일레이나 씨와 함께 여행할지 정하도록 하죠."

사야 씨가 수수께끼의 제안을 했습니다.

"과연."

"받아들이죠."

그리고 암네시아 씨와 프랑 선생님까지 태연하게 제안을 받아들이고 말았습니다.

"저기, 제 의사는……?"

무시입니까? 인권 없는 겁니까? 여기 제 꿈입니다만?

그리고 그녀들은 한데 모여 이러니저러니 이야기를 나누기 시작했습니다.

"일단 누가 앞으로 일레이나 씨와 여행을 할지 정하죠." "나는 이미 한 번 여행을 했으니까 사야 씨만큼 욕심은 없지만." "저도 지금 일레이나와 함께 여행을 하고 있으니까 딱히……." "앗! 그럼 내가 함께 여행해도 괜찮은 건가요?" "아니 그것도 좀." "단둘이서 하는 건 일레이나의 신변이 걱정돼요." "내 평가 너무한 거 아닌가요?"

지금 이 자리에서 제 취급만큼 너무하지는 않지 않을까요? 그렇지 않은가요? 저 완전히 무시당하고 있지 않은가요?

"아! 좋은 생각이 떠올랐어!"

이야기 도중에 암네시아 씨가 무언가를 떠올렸습니다.

"일레이나 씨의 좋은 점을 가장 많이 말한 사람이 함께 여행을 하는 걸로 하죠."

"저기——."

무슨 말을 하는 겁니까? 제정신입니까? 정말입니까? 바보입니까?

그러나 프랑 선생님은 고개를 끄덕였습니다.

"좋네요."

그리고 사야 씨마저 고개를 끄덕였습니다.

"명안이로군요."

아니아니아니아니.

"저기 정말로 무슨 말을 하는 겁니까? 저기 세 사람 다——."

그러나 제가 세 사람을 말리려 했을 때는 이미 늦었습니다.

진정한 악몽이 시작되고 말았습니다.

"그럼 나부터 시작할게! 얼굴이 귀여워!" "그럼 다음은 나네. 상냥해." "다음은 저군요. 돈에 더러워요." "아니 세 번째에 이미 좋은 점이 아니지 않은가요?"

그러나 제 참견 따위가 이야기에 푹 빠진 세 사람에게는 들릴 리 없었습니다.

"그럼 다음이네요! 마법을 잘해!" "아침 일찍 일어나." "빵을 좋아해."

그렇게 세 사람은 끝없이 저를 칭찬했습니다. 제 눈앞에서.

하필이면 제 눈앞에서.

"저기, 그러니까…… 의외로 부끄럼쟁이!" "으음……, 머리카락이 예뻐!" "그게…… 젊어." "그리고, 아…… 귀여워!" "저기…… 귀여워." "그러네요 귀엽네요."

·············.

"귀여워!" "귀여워." "귀엽네요."

·······················.

"귀여워!" "귀여워!" "귀엽네요!"

······························.

브레이크가 망가져버린 그녀들은 그렇게 저를 둘러싸고 귀여
워를 반복해 외쳤습니다.

"어라? 일레이나 씨 부끄러워하시는 건가요?" "부끄러워하잖
아. 귀여워." "그러네요 귀엽네요."

"······저기."

"귀여워!" "귀여워!" "귀여워!" "귀여워!" "귀여워!" "귀여워!"

"아니, 그만······ 정말 그만둬 주세요······."

얼굴이 열기를 띠기 시작했습니다. 지근거리에서 귀여워 귀여
워 같은 말을 연호 당하는 일의 부끄러움이란. 저는 비교적 농담
으로 자기 자신을 미소녀라느니 말하고 있지만, 이렇게나 연호
당하니 견디기가 힘들었습니다.

그야말로 악몽.

이보다 더한 고문은 없습니다.

"······저기."

저는 세 사람에게서 전력으로 시선을 돌리며, 말했습니다.

"이제 차라리 사형을 선고해주세요······."

○

그리고 눈을 떴습니다.

시야에 들어온 세계는 간소한 방의 천장. 열어놓은 창에서는 부드러운 공기가 흘러들고, 마을 사람들의 소란스러운 소리가 울렸습니다.

아침입니다.

저는 겨우 악몽에서 해방되었던 것입니다.

"일레이나…… 괜찮은가요? 심하게 가위에 눌리는 것 같던데 요……."

부드러운 목소리가 들렸습니다.

침대에서 몸을 일으키자 프랑 선생님이 커피를 마시며 이쪽을 바라보고 있었습니다.

귀여워 귀여워, 하고 연호하던 꿈속의 프랑 선생님과는 달리, 눈앞의 프랑 선생님은 평소와 같은 온화한 그녀였습니다.

"나쁜 꿈이라도 꿨나요?"

선생님은 키득 웃었습니다.

저는 탄식하며 대답했습니다.

"지독한 꿈을 꿨어요……."

"어머나 어머나. 어떤 꿈인가요?"

"제가 여자아이들을 속여서 최종적으로는 사형에 처해지는 꿈이었어요."

"뭔가요? 그 꿈은."

"악몽이요."

"어머나 어머나……."

선생님은 커피잔을 내려놓고, 그리고서 제 침대에 걸터앉았습니다.

"하지만 조금 좋은 꿈도 꾸지 않았나요?"

무슨 말씀을 하시는 것인지?

"더할 나위 없이 부끄러운 경험을 해야만 했던지라 그건 아니라고 생각합니다."

"어머나 어머나? 정말로 그런가요?"

어라? 묘한 반응인데요?

"뭔가요?"

그러자 선생님은 웃었습니다.

"당신 도중까지는 아주 기분 좋게 자고 있었거든요. 아주 좋은 꿈이라도 꾸는 것처럼."

그렇게 말하면서.

"…………."

분명 이제 두 번 다시 만나지 못할지도 모를 사람들과 꿈속이라 해도 만날 수 있었던 것은 저에게 있어 기쁜 일이었을지도 모릅니다.

꿈속에서 불만을 늘어놓으면서도, 그러나 현실 세계의 저는 아주 신이 났었는지도 모릅니다.

그런 모습을 선생님에게 보이고 말았는지도 모릅니다.

부끄럽군요.

그야말로 사형이라도 당하고 싶은 기분입니다.

"하지만 마지막 무렵에는 엄청나게 괴로워했어요……. 일레이나의 그런 얼굴은 좀처럼 보기 힘들어서 귀여웠답니다."

………….

귀여, 웠나요…….

"선생님."

저는 창밖으로 시선을 돌리며.

한없이 먼 곳을 바라보며, 말했습니다.

"일단 당분간 제 앞에서 『귀여워』는 금구로 부탁드립니다……."

제 5 장

내게는 깊은 후회가 있습니다.

후회해도 다 후회할 수 없는 후회가 있습니다.

있을 리 없는 죄를 뒤집어쓰고, 기억 전부를 잃은 언니가 나라 밖으로 쫓겨나고, 내 곁으로 돌아온 후. 이미 상당한 시간이 흘렀습니다.

그러나, 여전히, 나는 과거의 실수를 후회하고 있습니다.

주변 사람들이 언니를 멀리하고, 언니가 나라에서 쫓겨났을 때, 나는 아무것도 할 수 없었습니다.

내가 조금 더 똑똑했다면, 억울한 죄를 증명할 수 있었을지도 모르건만. 내게 조금 더 용기가 있었다면, 언니를 덫에 빠뜨린 마녀에게 대항하는 것이 가능했을지도 모르는데.

나에게는 아무것도 없었습니다.

결국 나는 그때의 언니에게 아무것도 해주지 못한 채, 돌아오기를 기다리는 것밖에 하지 못했던 것입니다.

그때 언니의 편이 되어줄 수 있었던 것은 동생인 나뿐이었는데.

그랬는데.

○

나와 언니는 고향을 찾는 여행을 하고 있었습니다.

고향이 저절로 어딘가로 가버린 것이 아닙니다. 혹은 고향이 망해서 사라져버린 것도 아닙니다.

우리는, 새 고향을 찾아서 여행을 하고 있는 것입니다.

"…………."

여행 중 나와 언니의 역할은 정해져 있습니다. 나는 마법을 쓸 수 있기 때문에 언니를 빗자루에 태우고 나라에서 나라로 이동합니다. 이동이 나의 역할입니다.

반면, 언니는 마법을 쓰지 못합니다. 하지만 내 곁에 줄곧 앉아 있기만 하는 것도 지루할 테니, 길 안내는 언니에게 맡겨두고 있습니다.

"아빌리아, 여기서 쭉 앞으로 나아가면 목적지야."

쭈욱 하고 언니의 아름다운 팔이 빗자루가 나아가야 할 방향을 향해 뻗어졌습니다. 돌아보니 언니가 "이제 곧 도착할 거야"라며 웃었습니다.

검은 카추샤를 한 희고 짧은 머리카락, 비취색 눈동자를 가진 언니의 이름은 암네시아. 마법을 쓰지는 못하지만, 검을 다루는 데는 능숙합니다. 그리고 길 안내도 잘합니다.

"구체적으로는 얼마나 곧장 나아가면 도착하나요?"

"응? 나라에 도착할 때까지 나아가면 도착하지 않을까?"

"…………."

……길 안내를, 잘합니다. 잘한다고 생각하고 싶은 바입니다.

나는 언니를 바라보며 조금 뺨을 부풀렸습니다.

"언니, 정말로 지도를 봐주고 있는 건가요? 정말로 맞는 건가요?"

"어? 맞다고 생각하는데……? 그게, 봐. 저기 앞에 나라가 보이잖아? 아마도 저게 하늘 아래 오르트린네 아닐까?"

언니가 가리키는 곳에는 분명 나라의 모습이 있었습니다.

"어라……?"

그러나 나는 고개를 갸웃거렸습니다.

아마도 한 시간도 걸리지 않아 나라에 도착할 테지요. 나라는 커다란 성문을 갖추고서 우리가 나아가는 앞에 서 있었습니다. 우리가 볼 수 있었던 것은 그것뿐이었습니다. 문을 넘어 보일 만큼 높다란 건물 같은 건 없는 모양입니다. 나라의 크기는 그럭저럭. 하루 만에 다 돌아보기는 어려울 듯했습니다.

전에 방문했던 나라에서 모은 정보와 대부분 일치합니다.

하지만 나는 앞에 자리한 나라가 하늘 아래 오르트린네라고는 도저히 생각되지 않았습니다.

"……저건 뭔가요?"

나라의 영토 조금 안쪽, 바다 위에 하나, 커다란 성이 보였습니다. 하늘 위에 둥실둥실 떠 있는 성이, 보였습니다.

"떠 있네."

호오, 멍하니 바라보는 언니.

"저건 대체 어떻게 된 건가요?"

사전에 입수한 정보에 따르면 하늘 아래 오르트린네는 딱히 이렇다 할 만한 재미있는 것도 없고, 특수한 것도 없는—— 게다가 마법사도 없는 지극히 평범, 혹은 특별할 것 하나 없는 쇠퇴한 나라라고 들었습니다. 그렇기에 흥미를 느꼈던 것입니다.

137

분명 평범한 나라라면 언니가 안심하고 살 수 있는 멋진 곳이 되리라 여겼기 때문입니다.

그랬건만, 하늘 위에 성이 떠 있다니.

"들은 이야기랑은 다르답니다."

"하지만 재미있을 것 같은 나라인걸."

조금 침울해지는 나와 달리 언니는 고양된 듯 보였습니다.

"하지만 저곳에서 살기는 어려울 것 같답니다."

머리 위에서 성이 떨어지지는 않을까 조마조마 가슴 졸이게 될 것만 같습니다.

"언니가 안심할 수 있는 곳엔 언제쯤 갈 수 있는 걸까요……."

"나는 빗자루 뒤에서도 충분히 안심하며 지내고 있는데?"

덜컹!

빗자루가 균형을 잃었습니다. 하마터면 떨어질 뻔했습니다.

"어째서 흔든 거야?"

뒤에서 목소리가 울렸습니다.

"언니가 이상한 말을 해서 그런 거랍니다."

나는 뒤돌아보지 않고 대답했습니다.

○

하늘 위에 있는 이질적인 성은 이 나라 사람들에게도 똑같이 이질적인 존재인 모양이었습니다.

문을 통과한 직후였습니다.

"당신은 마법사님이지요?! 빗자루로 나는 것을 봤습니다! 그 옆에 계신 분은 검사님입니까? 이 무슨 행운인지!"

마구 밀어붙이는 병사님이 나타났습니다.

"잠시 와주십시오! 마침 잘됐습니다! 당신들을 만나고 싶어 하는 분들이 있습니다!"

그대로 마구 밀어붙이는 병사님은 우리를 유도하더니, 나라의 관청까지 마구 연행.

그대로 관청 문을 있는 힘껏 열어젖혔습니다.

"실례합니다! 여러분! 여행자님이 이 나라를 방문하셨습니다!"

기세에 맡긴 목소리가 관청에 울렸습니다. 안에는 어른들이 가득 모여 있었고, 그 시선이 일제히 이쪽으로 모였습니다.

직후였습니다.

어른들이 우리 옆으로 달려왔습니다.

"마법사와 검사!" "오오, 이건 대체 무슨 행운인지!" "어찌 된 거야! 이건 기적이야!" "부탁입니다! 이 나라를 구해주세요!" "제발 부탁드립니다. 마법사님!"

마구 몰려들잖아……!

이 자리에 양보하는 정신은 존재하지 않았습니다. 우리를 둘러싸며 어른들은 제각기 이 나라에서 벌어진 참사를 이야기했습니다만, 거의 알아들을 수 없었습니다. 나도 언니도 시종 허둥지둥할 뿐이었습니다.

"부탁입니다! 부디 우리나라를 위해 애써주세요!"

이윽고 관리로 보이는 아저씨가 우리에게 금화를 보여주며 말

쓱하셨습니다. 보니, 그 손에는 금화 열 닢이 있었습니다.

언제나 돈이 부족해 고민하는 우리에게 있어 그것은 그야말로 큰돈.

"우와아." 언니는 큰돈을 눈앞에 두고 비틀거렸습니다.

"흐와아." 금화로 손을 뻗으려 하는 못된 나.

안 돼요!

사정도 모른 채 돈을 받았다간 일을 수락한 것으로 여겨질 겁니다! 나중에 "선금 냈잖아? 일하라고" 같은 말을 듣게 되고 말 겁니다! 이야기를 들은 다음이 아니면 돈은 받아서는 안 됩니다!

"잠깐 기다려."

혼란스러워하는 나를 멈추게 한 것은 한 명의 언니.

아마도 이 자리에 있는 이들 중에서 가장 어릴 그녀가 목소리를 내자 제각기 말을 내뱉던 어른들이 딱 멈추었습니다. 이 중에서 가장 발언권이 있는 것은 명백했습니다.

그녀는 우리를 빤히 바라보며 이야기했습니다.

"나라를 지켜달라는 의뢰를 하는 거잖아? 이 정도는 줘야지."

짤랑짤랑짤랑짤랑.

우리 손에 큰돈이 굴러들어 왔습니다.

"우와아." "후와아."

우리는 비틀비틀 현기증을 느꼈습니다.

"이 나라에 저 성이 나타난 것은 바로 어젯밤의 일이야."

언니는 자신을 디아나라고 소개하고, 큰돈을 떠넘긴 후에 "일단 이야기를 좀 들어주겠어? 만약 안 되겠다 싶으면 거절해도 되니까"라며 우리를 자리에 앉히고 사정을 이야기해주었습니다.

그녀가 말하길.

"저 성은 오래전에 이 나라에서 살던 마법사들이 쓰던 거야."

이 나라에 마법사가 존재하지 않게 된 것은 최근의 이야기입니다. 15년 정도 전까지 마법사들은 나라의 성에서 살며 생활했다는 이야기는 우리도 이미 들어 알고 있었습니다.

15년 전의 어느 날을 기점으로, 마법사들은 하늘에 뜨는 성과 함께 이 나라에서 사라졌다고 합니다.

"그랬는데, 갑자기 돌아왔어. 그게 무얼 위한 건지는 모르지만——."

갑작스러운 성의 귀환에 온 나라가 혼란에 빠졌습니다. 하늘 위에 돌연 나타난 성은 둥실둥실 떠 있기는 했지만, 자세히 보면 서서히 그 고도를 낮추고 있었습니다.

게다가 갑자기 돌아온 목적이 분명하지 않았습니다.

하늘의 성은 공중에 뜨기 위한 힘을 마법사들의 마력으로 조달한다고 합니다. 즉, 마법사들이 성에서 내리는 것은 불가능하다라는 뜻이 됩니다. 그러나 대신에 성을 자유자재로 조종하고, 예를 들면 과거에 떠나갔을 때처럼 지상에서 저 멀리까지 올라가거나, 혹은 지상을 스칠 듯이 날거나 하는 것도 가능하다고 합니다.

그 성이, 지금, 나라 아주 가까운 곳에 멈춰 있었습니다.

무언가를 하는 일도 없이, 그저 가만히 머물러 있는 것입니다.

목적을 알 수 없었습니다. 게다가 성안의 마법사들이 무슨 생각을 하고 있는지를 알 방법도, 나라 사람들에게는 없었습니다.

이 나라에 마법사는 없었으니까요.

그런 타이밍에 나와 언니—— 마법사와 검사가 나라를 방문했다는 사실에 마을 사람들은 쌍수를 들고 기뻐했을 테지요.

마법사들의 성으로 직접 찾아갈 수 있는 인간이 나타났으니까요.

즉, 요약하자면.

"우리한테 저 성을 조사해줬으면 한다는 건가요?"

언니가 고개를 갸웃거렸습니다.

"말귀가 빨라서 다행이야."

그렇다며 디아나 씨는 고개를 끄덕였습니다.

그렇겠죠. 역시 그렇게 되겠지요.

"…………."

나는 언니 옆에서 그저 입을 다물고 있었습니다.

돈을 받고 일을 맡게 되는 것은 상관없지만—— 그렇다고 해도 너무 큰 돈입니다.

조사하고 올 뿐인 간단한 일, 인 걸까요?

정말로?

"……사정을 전부 감추지 말고 이야기해주실 수는 없겠습니까?"

나는 물었습니다.

"감추고 있는 것은 없습니까?"

"…………."

"나도 언니도, 이 나라에 관한 건 이웃 나라에서 들었답니다. 옛날, 이 나라가 무어라 불렸는지도, 지금 이 나라가 특별할 것

하나 없는 나라라고 불리고 있는 것도."

나의 그 말에 디아나 씨의 눈동자가 한순간 흔들린 느낌이 들었습니다.

아무런 뒷사정도 없이 큰돈을 지불하는 일 따위 있을 리가 없습니다. 돈은 그에 걸맞은 보수로서 지불되어야만 합니다. 금액이 많은 것은, 그만큼 위험이 동반된다는 사실을 말이 아닌 말로 이야기해주고 있다고 생각합니다.

우리에게서 시선을 돌리고 잠시 침묵하는 디아나 씨.

"……그러네. 미안해."

그리고 한숨을 내쉬었습니다.

역시 숨기는 것이 있었던 모양입니다.

그녀는 그 부분을 다시, 사정을 전부 이야기해주었습니다.

옛날엔 마법사가 있었던 이유, 이 나라가 지금 아무런 특별할 것도 없는 나라라고 불리는 이유를, 마법사들이 하늘 위로 가버린 이유까지, 숨김없이 전부.

"…………."

"…………."

그것은 무거운 이야기였습니다.

둥실둥실 떠 있는 성과 달리, 현실적이고 괴롭고 가혹하고 무거운 이야기였습니다.

그 이야기를 전부 들은 후, 다시 한번 디아나 씨는 "염치없는 얘기지만, 부탁할게. 이 나라를 구하기 위해 부디 힘을 빌려줘"라고 말했습니다.

나는 입을 다물었습니다.

잠시 입을 다물었습니다. 침묵이 방 안을 지배했습니다.

시곗바늘이 계속해서 끈질기게 귀를 때린 후, 언니는 자리에서 일어났습니다. 책상 위에 놓인 돈 따위에는 시선도 주지 않고.

"아빌리아, 빗자루를 날려줄 수 있을까?"

내게 그렇게 말했습니다.

아주 조금 냉정한 말투에 두근거리며 나는 언니를 올려다보면서 물었습니다.

"어디까지요?"

그러자 언니는 웃었습니다.

"하늘 위까지."

돈은 돌아왔을 때 받으면 되겠지. 짐이 될 테니까.

그렇게 말하며, 분명하게 웃었습니다.

○

15년 전까지, 하늘 아래 오르트린네는 조금 특이한 나라로 알려져 있었습니다.

옛날, 이 나라는 밤 동안만 성이 하늘로 떠오르는 기묘한 곳이었던 것입니다.

성에는 마법사들이 살고 있었습니다.

낮에는 지상으로 내려와 나라를 둘러보고, 밤에는 하늘 위에서 나라를 감시한다. 마법사들은 그렇게 나라를 지켰다고 합니다.

하늘 아래 오르트린네에 사는 마법사들은 모두가 뛰어난 실력자라고 알려져 있었습니다.

범죄자가 마을에 나타나면 그들이 모두 나서 온 마을을 수색하고, 몰아넣고, 잡아서, 가차 없이 벌을 내렸습니다. 죄를 범하면 예외 없이 마법사들에 의해 숙청되었습니다.

낮에는 마법사들이 나라 이곳저곳을 순찰했고, 밤에는 하늘 위에서 감시했기 때문에 하늘 아래 오르트린네에서는 악의에 의한 범죄에 손을 대는 자는 거의 없었습니다. 물론 이웃 여러 나라에도 그러한 강력한 마법들의 소문이 퍼졌기 때문에 무리하게 이나라를 노리는 자도 없었다고 합니다.

그러나 이 나라가 평화로웠는가 하면, 그렇지 않았습니다.

이 나라에는 범죄가 거의 없었지만 동시에 평온도 없었던 것입니다. 이 나라의 모든 사람들은 마법사들을 두려워하며 살았습니다.

마법사들이 걸으면 사람들 모두가 굽신거렸습니다.

마법사가 가게로 향하면 다른 손님들은 전부 도망쳤습니다.

마법사들은 온 나라에 있어 공포의 대상이었던 것입니다.

"우리에게 반항하는 자는 누구든 관계없이 죽이세요. 힘없는 것에게 살아갈 가치는 없습니다."

마법사들의 대표인 마녀는 자주 그러한 말을 했다고 합니다. 마법사들의 악랄함에 견디지 못하게 되어 무기를 든 기사와 상인들은 누구든 상관없이 망자가 되어갔습니다.

힘없는 마법사도 마찬가지였습니다. 동료들에게 따돌림을 당했고, 하늘에 뜬 성에서 밀려 떨어졌다고 합니다. 그들에게는 힘이야말로 세상의 전부였고, 강한 마법을 쓸 수 있는지 아닌지는 무엇보다 중요했던 모양입니다.

뜻을 거스르면 어떤 꼴을 당할지 알 수 없었기에, 마을 사람들은 순종할 수밖에 없었습니다.

오랜 시간 마을은 공포에 지배당했습니다.

그리하여 지금으로부터 15년 정도 전.

별것 아닌, 작은 사건을 계기로 이 마을의 균형은 무너졌다고 합니다.

마을 주민들은 마법사들의 횡포를 더는 참을 수 없었던 것일 테지요. 한계가 찾아온 것일 테지요. 이 마을에 마법사 따위는 필요 없다는 목소리가 여기저기에서 터져 나왔습니다.

그리고 15년 전의 어느 날. 마법사들의 성은 평소처럼 밤하늘로 떠올랐습니다.

그러나 다음 날 아침이 되어도, 성이 지상으로 돌아오는 일은 없었습니다.

그날 성이 텅 비었을 때, 민중은 성안으로 숨어들어 어떤 수를 써두었던 것입니다.

도움을 준 것은 동료들에게 쫓겨난 한 마법사였습니다.

성의 동력은 마법사들의 마력이었습니다. 마법사들에게서 마력을 흡수하여 밤 동안만 떠올랐다가 아침 해가 떠오르면 마력 흡수를 멈추는 구조로 되어 있었습니다.

마법사는 민중을 이끌고서 그 장치에 살짝 손을 댔고, 영원히 마력 흡수를 멈추지 않도록—— 성이 내려오지 않도록 했던 것입니다.

그 결과, 마법사들은 하늘에 떠오른 채 내려오지 못하게 되었습니다. 마력을 끝없이 흡수당했기에 빗자루를 타고 성에서 도망치는 것도 불가능했습니다.

그들은 사람들을 내려다보아 왔던 하늘 위에 사로잡힌 채, 돌아올 수 없게 되었던 것입니다.

그리하여 마을에 평화가 찾아왔습니다.

이것이 바로 우리가 이웃 나라에서 들었던 이야기이며.

이 나라의 마법사들과 민중의 관계에 관한 이야기였습니다.

"…………."

이웃 나라에서 그리고 디아나 씨에게서 이야기를 전부 듣고 난 후, 나도 언니도 그녀들의 부탁에 협력하기로 했습니다.

『성의 마법사들이 돌아온 이유를, 알아내 줘.』

그것은 분명 디아나 씨가 말했던 대로 제멋대로인 이유일지도 모릅니다. 하지만, 우리는 그녀의 바람에 협력하는 길을 택했습니다.

하늘 위에 솟은 성을 향해서 우리는 빗자루를 타고 날았습니다. 저 높은 곳까지, 지금까지 날아본 적 없을 만큼 높게.

돌아보는 일은 없었습니다. 무서우니까요.

분명 그것은 언니도 마찬가지였을 터입니다.

"……미안해. 내가 마법을 쓸 수 있었다면, 혼자서 왔을 텐데."

언니의 손은 단단히 나를 붙들었습니다.

"언니가 사과할 일은 아무것도 없답니다."

나는 언니의 감촉을 확인하듯이 그 팔을 잡으며 돌아보지 않고 답했습니다.

갑자기, 나라의 머리 위로 돌아온 마법사들의 성.

분명 그곳에는 과거 이 나라를 공포로 뒤덮었던 무시무시한 마법사들이 있을 테지요. 분명 그들의 존재는 과거 이 나라 그 자체였을 테지요.

그들이 떠나고 이 나라에는 평온만이 남았습니다.

그래서 지금은 특별할 것 하나 없는 지루한 나라라고 불리고 있는 것입니다.

"──도착했답니다."

힘이 다하여 움직임이 조금 거칠어진 내 빗자루는 착지했습니다.

여기서부터는, 이제 나는 마법을 쓸 수 없습니다. 성이 내게서 마력을 흡수하여 힘을 가두었기 때문입니다.

우리는 이 시점에서 이미 각오를 다지고 있었습니다.

둥실둥실 떠 있는 하늘의 성. 우리가 내려선 곳은 그 정원이었습니다.

형형색색의 꽃이 온통 흐드러지게 피어, 넓은 정원에서 흔들리고 있었습니다. 지상에서 멀리 떨어진 상공일 터이건만, 아주 부드러운 산들바람에 흔들리며 피어 있었습니다. 마치 지상에 뿌리를 내리고 있는 것처럼.

"……예뻐라."

언니는 먼 곳을 바라보며 중얼거렸습니다.

멀리서 바라볼 때는 굳건하게 솟아 있는 것처럼 보였건만, 그곳에 있던 것은 손을 대기만 해도 무너지고 말 정도로 낡고 허름하고 녹색으로 뒤덮인 성의 모습이었습니다.

그러나 아주 아름다웠습니다.

하지만 넋을 잃고 바라볼 때가 아닙니다.

아름답고 시선을 빼앗길 정도로 환상적인 광경이었습니다. 그러나, 이곳은 나라를 공포로 지배했던 마법사들이 사는 곳입니다.

방심해서는 안 됩니다.

"아빌리아, 내 뒤로 숨어."

빗자루에서 내려서자 언니는 사벨을 뽑았습니다. 이 성의 부지 내에서 나는 제대로 마법을 쓸 수 없습니다.

돌아갈 때를 대비해 일시적으로 마력을 조금 회복할 수 있는 마법약을 디아나 씨에게 받았지만, 어찌 쓸지는 생각해두어야만 합니다. 도망칠 때 마시지 않으면 우리는 결국 이 성에 남겨지고 말테니까요.

그러니 기본적으로는 언니 뒤에 숨게 되었습니다.

언니에게 매달려 주변을 살피는 내가 그곳에는 있었습니다.

"………."

대각선 뒤쪽에서 나는 언니를 빤히 바라보았습니다. 단정한 생김새의 언니는 평소와 달리 진지한 표정으로 주변을 살피고 있었습니다.

긴장감이 우리 주변을 감싸고 있는 듯 느껴졌습니다.

"아빌리아."

조용히, 언니가 속삭였습니다.

"왜요?"

고개를 갸웃거리는 나.

그러자 언니는 내게 시선을 맞추지 않고 "그렇게 바라보면 좀, 그…… 거북한데……"라고 말했습니다.

"…………."

무슨 말을 하는 겁니까?

"언니. 긴장감을 가져야 한답니다."

"긴장감, 이라…… 응. 아니, 나도 조금은 긴장하고 있거든? 하지만 있지, 조금 그런 분위기도 아니려나 싶어져서."

말하면서 언니는 조금 전 뽑아 들었던 사벨을 검집에 돌려놓았습니다.

어라라?

"언니? 뭘 하는 거죠?"

여기에는 무서운 마법사가 우글우글할지도 모르는데요? 사벨을 집어넣어도 괜찮은 건가요? 진짜인가요?

나는 의아한 표정으로 언니를 더욱 주시했습니다. 더욱 바라보았습니다만, 역시 언니는 어디를 어떻게 보아도 아름다웠습니다.

"그러니까 그렇게 보지 말라니까."

부끄러운 듯 언니는 한숨을 내쉬더니 "저길 봐"라며 꽃밭 쪽을 가리켰습니다.

"?"

언니가 말한 대로.

나는 그쪽으로 시선을 돌렸습니다.

그곳에는 여성이 한 명 서 있었습니다.

15년 전에 하늘 아래 오르트린네를 떠났던 마법사 중 한 명이 서 있었습니다.

"어서 오세요!"

낙천적이라는 단어를 그림으로 그린 듯한 목소리로, 그 자리에 서 있던 그녀는 이쪽을 향해 손을 흔들었습니다.

"안녕하세요! 저는 마법사 클레아노르라고 합니다!"

나이는 아마도 20대 중반 정도로 보였고, 머리카락은 황녹색. 눈동자는 황혼색. 로브를 걸치고, 롱스커트를 입고 있었습니다. 겉모습만 본다면 한창때의 차분한 여성 같았습니다.

그러나 나와 언니는 그녀를 바라본 채 그저 굳어질 뿐이었습니다.

"어이! 어라? 혹시 안 들리는 건가? 아, 언어가 다른 거구나! 어쩌지! 하늘 위에서 15년이나 있던 탓에 시대에 뒤처지고 말았어!"

어찌할 바를 몰라 하는 그녀.

그 손에는 바람에 펄럭이는 커다란 깃발이 들려져 있었습니다. 엄청나게 요란한 글자체로 『환영합니다!』라고 쓰여 있었습니다. 환대 분위기가 가득했습니다.

"세상에, 세상에. 어쩌지?! 사람과 이야기하는 게 오랜만이라 대응 방법을 모르겠어! 혹시 질려 하는 걸까? 세상에, 세상에……."

뺨에 양손을 대고서 몸을 배배 꼬며 고개를 획획 젓는 그녀. 두 개로 나눠 묶은 긴 머리카락이 격렬하게 흔들렸습니다.

"…………."

나는 아무 말 없이 언니 옆에 섰습니다.

"…………."

언니는 그저 한결같이 차가운 눈을 하고 있었습니다.

우리는, 이 성에 무서운 마법사가 있다고 생각했습니다.

그러나 대체 어찌 된 일일까요?

"어머나…… 나 지금, 시선을 받고 있는 거야……? 몹시 차가운 시선을 받고 있는 거야……? 아아, 그래도 안 돼. 포기하지 마! 클레아노르! 저 사람들은 손님 1호야! 정중하게 대접해야 해!"

풍성한 트윈테일을 한 여성이 『환영합니다!』라고 쓰인 깃발을 흔들며, 살짝 무리해가며 웃고 있었습니다.

………….

"이건 대체 어떻게 된 걸까요?"

"……환대, 받고 있는 거 아닐까?"

"그건 대체 어떻게 된 걸까요?"

전혀 의미를 모르겠습니다.

○

"마법사의 성 투어 가이드! 예이."

클레아노르 씨는 성으로 우리를 안내하더니, "첫 손님이 왔다!"라며 깃발을 붕붕 휘두르면서 말했습니다.

어두컴컴하고 인기척이 없는 낡은 성안, 겨우 사람이 지나갈 수 있을 정도의 좁은 복도를 걷는 그녀의 흥분은 처음부터 최고조였습니다.

©Azure

"아무래도 15년이나 지상에서 떨어져 있었으니까, 분명 지금의 성에 관해선 아무도 모르겠지? 그래서 나, 생각했어.『성 견학 투어를 개최하면 재미있지 않을까?』라고!"

그녀는 잘 이해할 수 없는 이유로 잘 이해할 수 없는 말을 했습니다.

"그런고로 여기서부터는, 분명 당신들이 알지 못할 성 이야기를 투어 가이드인 클레아노르 씨와 함께 공부하기로 하죠!"

나는 어떻게든 그녀가 하는 말의 의미를 알아내려 했습니다만 역시 뭐가 뭔지 알 수 없었던지라 생각하는 것을 그만두었습니다.

"네! 그럼 지금부터 성 견학 투어를 시작할게! 마법사들의 성의 비밀, 알고 싶지?"

우리를 투어 손님으로 착각하신 걸까요?

아니 이런 곳에 갑자기 투어를 올 리가 없답니다. 바보인 겁니까?

그렇게 말하고 싶은 바입니다만, 상대는 위험한 마법사 집단 중 한 명. 이것은 교묘한 덫일 가능성도 있습니다.

"…………." 그런고로 나는 입을 다물었습니다.

"…………." 언니도 입을 다물었습니다. 살짝 곤란해했습니다. 머뭇머뭇했습니다. 귀엽답니다.

"응? 어라? 대답이 안 들리네?"

그러나 아무래도 흥이 오른 클레아노르 씨는 대답할 때까지 이 이상한 상황극을 계속할 모양입니다.

"마법사들의 성의 비밀, 알고 싶지?"

"…………." "…………."

그러나 우리는 역시 갑작스러운 상황에 좀처럼 반응하지 못했답니다. 얼굴을 마주 볼 뿐, 그녀의 요망에는 답해줄 수 없었습니다.

"⋯⋯훌쩍."

이윽고 클레아노르 씨는 울상이 되었습니다. 즉흥적인 대응력이 전혀 없었습니다.

"역시, 성 견학 투어 따위엔 아무도 흥미가 없는 거구나⋯⋯."

그대로 풀이 죽어버렸습니다.

"저기⋯⋯."

언니는 더욱 머뭇거렸습니다.

"저기, 있지. 우리는 딱히 투어를 온 게 아닌데⋯⋯."

여기에는 조사를 하러 왔답니다. 일이랍니다. 비즈니스랍니다.

"우으⋯⋯ 훌쩍. 역시 마법사는 몹시 미움받는 존재인 거구나⋯⋯! 손님이 오는 게 보이길래 힘내서 이것저것 준비했는데⋯⋯."

클레아노르 씨는 에구구 하고 복도 구석에 웅크려 앉았습니다.

나는 언니를 바라보았습니다.

'언니, 일단 여기는 저 사람의 기분을 상하게 하지 않도록 노력해야 한다고 생각한답니다. 그녀의 목적을 알지 못하는 지금은 경솔하게 움직일 수 없답니다.'

직접 말하지 않아도 나와 언니 사이에는 분명한 연결고리가 있습니다. 시선을 마주한 것만으로도 분명 내 마음은 언니에게 전해졌을 터입니다.

나의 눈짓을 깨달은 언니는 이윽고.

"⋯⋯?"

그러나 언니는 귀엽게 고개를 갸우뚱할 뿐이었습니다.

결국 내 쪽에서 "투어 참가하겠습니다"라고 제안했습니다.

"그, 그렇지?! 역시 너희는 투어에 참가하기 위해 멀리서 와준 거였어!"

"아, 아니 그건 아니랍니다."

비즈니스입니다.

"······훌쩍."

"투어 참가자랍니다. 두 명이랍니다."

"만세! 고마워! 사랑해!"

복도 구석에서 나를 향해 뛰어든 클레아노르 씨.

히, 힘이 넘치잖아!

"이, 일단 성을 안내해주었으면 한답니다······."

그리고 나는 다시 언니에게 눈짓을 했습니다.

'언니, 동료가 숨어 있을지도 모른답니다. 주의하면서 그녀의 상황극에 어울려주도록 하죠.'

그런 의미를 담아서.

"그렇게 바라보면 부끄러운데······."

언니는 부끄러워하며 시선을 돌렸습니다.

"············."

역시 전혀 전해지지 않았어······.

아무튼, 그러한 경위를 거쳐서 클레아노르 씨가 주도하는 성 견학 투어가 시작되었습니다.

"자, 여기가 성의 중앙 홀이야. 예전에는 여기서 무도회 같은 게 열렸어."

쓰레기 더미로 된 산이었습니다.

"자. 다음은 식당이야! 예전에는 요리가 특기인 마법사 셰프님이 궁정 요리를 대접해줬어."

쓰레기 더미로 된 산이었습니다.

"이 성은 예전에 마법사들의 주거지로 쓰였어. 그래서 주거 공간도 있지! 이 일대가 바로 거기야."

어디를 어떻게 보아도 그저 쓰레기 더미로 된 산이었습니다.

전혀 투어가 아니잖아……

어느 정도 돌아보고 안 것은, 잡초로 뒤덮인 성안은 온통 쓰레기투성이로 사람이 살 수 있을 만한 상황이 아니라는 사실이었습니다. 낡은 정도를 보았을 때, 꽤 오래전부터 하늘의 성은 이러한 가혹한 상태에 빠져 있었던 듯합니다만——.

사람이 살 수 있는 환경이 아니건만 대체 어떻게 그녀는 살아남을 수 있었던 것일까요?

아니, 그보다 다른 마법사님들은?

"네, 그럼 다음은 대욕탕이야! 아주 넓으니까! 이미 쓰레기투성이지만!"

이제 그녀의 페이스에 완전히 휩쓸리고 있었습니다. 클레아노르 씨는 그곳에서 우리를 데리고 대욕탕(그냥 쓰레기 더미가 쌓인 곳)까지 안내하고, 그것을 마치자 이번에는 또 다른 쓰레기 더미가 쌓인 곳까지 찾아가고, 쓰레기 더미가 쌓인 곳까지 향하고, 그리고 쓰레기 더미가 쌓인 곳까지 걸음을 옮겼습니다.

"자, 여기는 쓰레기 더미가 쌓인 곳이야!"

최종적으로는 본인이 쓰레기 더미라는 말을 꺼내기에 이르렀고, 아무래도 그녀도 어디가 어디인지 모르는 게 아닐까 싶을 지경이었습니다.

이제 이 성에는 멀쩡한 곳이 없는 것일까요?

"아, 혹시 지금 『이제 이 성에는 멀쩡한 곳이 없는 것일까요?』 하고 생각했나요? 우후후. 그렇겠죠, 신경 쓰이겠죠!"

마음을 읽기라도 한 것처럼 거침없이 의기양양하게 말하는 클레아노르 씨.

그리고 그녀는 "실은 유일하게, 아직 보존되어 있는 곳이 있지"라고 말하더니 방긋방긋 미소를 지으며 우리를 안내했습니다.

과연 어디일까요?

보이는 곳 전부가 쓰레기투성이입니다만?

의문을 품은 나와 언니를 이끌고서 그녀는 성안, 지하로 이어지는 계단을 내려갔습니다.

"네! 여기가 유일하게 유지되고 있는 곳! 지하실!"

어두컴컴하고 왠지 모르게 기분 나쁜 공간. 그녀는 그 가장 안쪽에 있는 문을 열었습니다.

"여기가 이번 투어의 중요 포인트!"

그리고 그녀는 그 방으로 우리를 불러들인 다음 양손을 펼치며 말했습니다.

"이 성의 동력로!"라고.

반짝반짝 눈 부신 빛을 발하는 것은, 파란 구체였습니다. 크기는 대략 우리의 키 정도. 그 정도의 구체가 희푸른 빛을 내뿜으며 빛나고 있었습니다.

방 한쪽에는 이불이 놓여 있었고, 거기에 더해 조리도구도 몇 개 굴러다녔습니다. 이곳에서 숙식을 하고 있는 모양이었습니다.

클레아노르 씨가 말하길, 이 방의 구체가 마법사들에게서 마력을 빨아들여 성을 하늘로 띄우고 있다고 합니다.

"15년 전에 망가졌는데, 그보다 전에는 낮 동안에는 마력 흡수를 멈추고 지상으로 내려갔었어."

지금 이렇게 빛을 발하고 있다는 것은 아마도 여전히 우리에게서 멋대로 마력을 빼앗고 있다는 뜻일 테지요.

유일하게 유지되어 있는 곳, 이라는 것도 납득이 됩니다.

이 방까지도 엉망이 되고 말았다면, 분명 성은 지금쯤 바다 위로 떨어졌을 테지요. 이렇게 우리가 하늘 위에 있을 수 있는 것도 동력 그 자체가 아직 살아 있기 때문입니다.

"……예전에는 있지, 여기서 자주 여동생과 함께 놀았어."

멍하니 희푸른 빛을 바라보며 클레아노르 씨는 자그맣게 중얼거렸습니다.

"……이런 곳에서 말인가요?"

상당히 눈에 안 좋을 것 같은 곳입니다. 오래 있다간 마력과 함께 시력까지 빼앗기고 말 것 같은 느낌이 듭니다.

그녀는 눈을 찌푸리는 나를 향해 키득 웃어 보였습니다.

"우리 아빠는 있지, 이 동력으로 조정과 정비를 담당했거든. 15년 전 당시 나는 여덟 살이었어. 여동생은 다섯 살이었으니까, 좋아하는 아빠 옆에서 떨어지고 싶어 하지 않았지."

그래서 줄곧, 여기에서 아빠와 함께 놀았어.

그녀는 그렇게 말했습니다.

"어머니와는 놀지 않았던 건가요?"

언니가 고개를 갸웃거렸습니다.

클레아노르 씨는 표정을 무너뜨리는 일 없이, 그러나 눈동자에는 아주 조금 슬픔을 드러내며 고개를 숙였습니다. 그리고.

"놀아주지 않았어."

담담히 대답했습니다.

"엄마한테는, 다른 마법사들을 거느린다는 일이 있었거든."

그 말이 의미하는 바는 하나밖에 없는 듯 여겨졌습니다.

과거 이 나라를 지배했던 무시무시한 마법사들. 그 대표로서 온갖 악랄한 짓을 했던 것은 한 마녀였다고 들었습니다.

따님이 있었다고 해도, 이상하지 않을지도 모릅니다.

"여기에는 당신밖에 없는 건가요?"

끄덕, 희푸른 빛을 등지고서 그녀는 고개를 끄덕였습니다.

"보이는 대로야. 다른 사람들은 죽어버렸으니까."

그녀의 목소리는 조금 차분해졌습니다. 조금 전까지의 그녀는 아마도 무리하게 밝은 척을 했던 것일 테지요.

어쩌면 이쪽이 진짜 그녀의 모습일지도 모릅니다.

"그나저나 당신들은 누구한테 부탁받아서 이 성까지 온 거야?"

아름다운 황혼색 눈동자가 우리를 들여다보았습니다. 눈동자 안쪽은 아주아주 어두컴컴했고, 빨려들고 말 만큼 깊은 어둠이 감춰줘 있는 것처럼도 느껴졌습니다. 그녀의 등 너머가 온통 밝아서 그렇게 느껴지는 것뿐인지도 모릅니다.

하지만 그렇게 생각할 만큼 어두운 표정을 한 것처럼도 보였습니다.

"하늘 아래 오르트린네에 마법사는 없을 텐데?"

누구한테 듣고 여기에 온 거야?

그녀는 물었습니다.

이미 목소리에 감정은 실려 있지 않았습니다.

그녀가 유도하는 대로, 우리는 너무나도 간단히 그녀가 안내하는 대로 여기에 오고 말았습니다만.

이 순간에 이르러서야 겨우 떠올렸습니다.

그녀는, 이 성에 사는 마법사들의 생존자.

잔학하고 잔인한 마법사 중 한 명입니다.

이것이 길고 긴 덫일 가능성은 여전히 버릴 수 없었습니다.

우리가 있는 이곳은 지하실. 아무래도 당장 도망칠 수 있을 만한 곳이 아니었고, 내가 약을 마신다고 해도 마력은 곧바로 흡수되어 빼앗기고 말 테지요.

"…………."

짧은 침묵 중에 언니가 사벨로 손을 가져갔습니다.

"우리는 여행자. 우연히 이 나라를 지나가던 차였는데, 이 나라 사람들에게 이 성을 조사해달라는 부탁을 받았어."

지극히 온화한 말투 속에 약간의 긴장이 담겨 있는 듯 느껴졌습니다.

"아아, 그런 거야?"

짝, 하고 양손을 마주치고서 그녀는 말했습니다.

"이 나라 사람들, 우리를 잊고 있지 않았어? 우리를 잊지 않고 기억하고 있었어?"

"…………."

어찌 대답하면 좋을지 조금 망설였습니다. 하지만.

"그러네요. 잘 기억하고 있었답니다."

결국 나는 무난한 대답을 했습니다. 클레아노르 씨는 여전히 어둠 속에서 표정을 지우고 있었습니다.

"그건 다행이네."

키득, 웃음을 지었습니다.

그리고 그녀는 말했습니다.

"나도, 한시도 잊은 적 없어. 이 성에 관한 것도. 이 성에 살던 동료들에 관한 것도. 마을 사람들이 한 짓에 관한 것도."

그리고 15년 전의 일도.

전부, 전부, 확실하게 기억하고 있어.

그녀는 그저 그 말만을 하고서 웃었습니다.

그녀가 기억하고 있는 것은 원망일까요? 아니면 다른 무언가일까요?

적어도 나는 그녀의 표정에서 아무것도 읽어낼 수 없었습니다.

"투어는 이제 마무리하고, 이야기라도 좀 하지 않을래?"

그녀는 우리를 향해 고개를 갸우뚱해 보였습니다.

언니와 나는 서로 얼굴을 마주 본 후.

내가 물었습니다.

"……어떤 이야기인가요?"

그 말에 그녀는 단 한마디, 답했습니다.

손에 든 깃발을 가볍게 휘두르면서.

"분명 당신들이 모를 이야기."

15년 정도 전──보다도, 조금 더 거슬러 올라갑니다.

클레아노르 씨가 아직 세 살이었을 때 여동생이 태어났습니다. 작고 귀여운 여동생의 탄생에 아버지도 클레아노르 씨 자신도 아주 기뻐했습니다.

"귀여워."

어머니의 품 안에서 잠든 여동생의 뺨을 쓰다듬으며 아버지는 미소 지었습니다.

어머니는, 그 말에 답했습니다.

"분명 우리처럼 훌륭한 마법사가 되어줄 거야."

두 사람의 시선이 마주치는 일은 없었습니다.

어머니는 어딘가 먼 곳을 바라보고 있었으니까요.

아버지는 매우 다정한 사람이었습니다. 언제나 웃고 있었고, 종종 클레아노르 씨와 여동생을 성의 동력로로 데려가 함께 놀아 주었습니다.

클레아노르 씨가 막 세 살이 된 당시에 아버지는 성의 동력로 정비와 여동생을 돌보는 틈틈이 빗자루 타는 연습을 하는 클레아노르 씨도 봐주었습니다.

그런 날들이 이어졌습니다.

다른 마법사들은 낮엔 바깥 순찰, 밤엔 하늘 위에서 나라 밖을 감시했기 때문에 제대로 이야기를 나눌 상대도, 어린 클레아노르 씨들과 놀아주는 사람도 아빠밖에 없었습니다.

클레아노르 씨가 성장할수록 여동생도 당연히 성장해갔습니다. 처음에는 걷지도 못했던 그녀는, 이윽고 두 다리로 서게 되고 말을 할 수 있게 되었습니다.

여동생이 할 수 있는 일은 사소했지만, 천천히 하나하나 늘어 갔습니다.

그때마다 아버지와 클레아노르 씨는 크게 기뻐했습니다.

어느 날 식사 자리에서 아버지는 흥분한 기색으로 그때의 모습을 이야기한 적이 있었습니다.

"오늘은 처음으로 걸음을 내디뎠어. 둘째지만, 역시 아이의 성장을 가까이에서 보는 건 기쁜——."

"마법은?"

차가운 목소리가 아버지의 말을 가로막았습니다. 어머니는 아버지의 이야기에는 별다른 흥미도 없는 듯, 그저 그렇게 묻기만 했습니다.

그때 클레아노르 씨의 눈에 아버지의 모습은 아주 몹시 당황한 것처럼 보였습니다.

"그, 아직인데……."

"그래."

어머니는 마음에 들지 않는다는 양 먼 곳을 바라보았습니다.

클레아노르 씨가 여섯 살이 되고 여동생이 세 살이 되었을 무렵부터, 빗자루를 타는 훈련도 시작하게 되었습니다.

기억하고 있는 한 클레아노르 씨는 빗자루를 타는 데도, 마법을 다루는 데도 별달리 고생한 적이 없었습니다. 1년도 채 안 되어 초보적인 마법도, 빗자루 조작도 할 수 있게 되었습니다. 언제나 차갑던 어머니가 빗자루 위에 있는 클레아노르 씨를 바라보며 "역시 내 딸이야" 하고 웃었던 것을 분명하게 기억하고 있었으니까요.

그러나 여동생은, 그렇지 못했습니다. 클레아노르 씨와는 달랐던 것입니다.

마법에 재능이 없었던가 봅니다.

아무리 연습해도, 여동생은 빗자루에 올라타 하늘을 날기는커녕, 공중에 뜨는 것조차 못했습니다.

"언제쯤에나 빗자루를 타고 하늘을 날 수 있을는지." "아직 제대로 마법도 쓰지 못하는 거야?" "클레아노르는 훨씬 일찍 마법을 썼었잖아?"

어머니가 직접 여동생에게 말을 거는 일은 없었습니다. 대신에 아버지는 자주 어머니에게 그런 질책을 들었습니다. 그때마다 "괜찮아. 분명 곧 클레아노르처럼 할 수 있게 될 테니까"라고 답했습니다.

여동생이 아주 작았을 때, 클레아노르 씨는 여동생이 무언가를 할 때마다 기뻐하고 자주 말을 걸어주었습니다. 그러나 마법 훈련을 시작한 후부터, 어째서인지 그런 일이 없어졌습니다. 여동생에게 말을 거는 일도, 아버지와 훈련할 때 함께하는 일도 없어졌습니다.

"…………."

때때로 언니를 바라보는 여동생의 눈동자는 슬픔으로 가득했습니다. 그렇기에 더욱더, 다가갈 수 없게 되었습니다.

그저 멀리서 두 사람이 서로를 바라볼 뿐인 날들이 지나갔습니다.

그러나 결국, 몇 년이 지나도 여동생이 빗자루를 탈 수 있게 되는 날은 오지 않았습니다.

그리고 여동생이 다섯 살 되었을 때.

"실패였어."

단 한마디.

그 말만을 내뱉고서, 어머니는 여동생을 밤의 성에서 밀어 떨어뜨렸습니다.

성의 저 먼 아래를 뒤덮은 바다를 내려다보면서 아버지는 슬퍼하며 정신없이 울었습니다.

그때가 되어서야, 클레아노르 씨는 겨우 깨달았습니다.

힘없는 존재에게는 살아갈 가치가 없습니다.

어머니가 자주 했던 그 말은 마법사에게도, 자신의 가족에게도 마찬가지라는 사실을.

마법사들의 성이 하늘에서 지상으로 돌아갈 수 없게 된 것은, 그로부터 약 2주일 후였습니다.

민중이 반기를 들었다는 사실을 깨달은 것은 2주 후의 아침이 되고부터였습니다.

성의 동력로는 치명적인 고장을 일으켰고, 수리는 불가능. 영원히 마력을 흡수하게 되어버렸습니다. 어찌해도 돌아갈 수 없었고, 결국 마법사들은 하늘 위를 방랑할 수밖에 없었습니다.

누가 잘못했는가, 무엇이 잘못되었는가, 어째서 민중에게 배신당해야만 했는가, 용서할 수 없다. 원망의 말은 하늘 위에서 몇 번이고 오갔습니다. 지상으로 돌아가게 된다면 민중을 전부 죽여버리겠다며 씩씩대는 자도 있었습니다. 그 마녀 탓에 원망을 받게 되었다며, 클레아노르 씨의 어머니를 탓하는 자도 있었습니다.

하늘 위는 험악한 분위기에 휩싸였습니다.

성안에는 비축해둔 식량도 밭도 있었습니다만, 물자에는 한계가 있었습니다. 이윽고 동료들은 적은 식량을 두고 다투고, 거주공간을 두고 다투게 되었습니다.

그러한 평온과는 거리가 먼 광경은, 얄궂게도 마법사에게 학대당하던 나라의 정경과 아주 비슷하게도 보였습니다.

그들의 억압된 감정이 폭발한 것은 그로부터 채 몇 년도 지나지 않은 날이었습니다.

계기는 아주 사소했습니다.

성에서 뛰어내려 민중에게 복수하러 가겠다고 벼르던 마녀——클레아노르 씨의 어머니를 아버지가 억지로 말리는, 그저 그뿐인 일이었습니다.

그런 아주 사소한 계기로, 쌓이고 쌓였던 그들의 울분이 터졌습니다.

그것은 마침 클레아노르 씨가 열두 살 생일을 맞이했던 날이었다고 합니다.

"……귀를 막고 있어야 해. 알았지? 무슨 일이 있어도 절대로 여기에서 나오면 안 돼."

클레아노르 씨의 아버지는 그렇게 말하며 그녀를 성의 동력로에 감추고, 문을 잠그게 하고, 그대로 싸우고 있는 마법사들에게로 가버렸습니다.

길고 길게, 마법사들의 비명과 고함이 울려 퍼졌습니다. 아무리 귀를 막아도, 눈을 감아도, 무시무시한 소리만이 그녀의 귀를 때렸습니다.

클레아노르 씨는 빛나는 동력로 안에서, 공포로 한 걸음도 움직이지 못했습니다.

비명이 그칠 때까지, 줄곧.

"…………."

그 후로 며칠이 지났을까요? 어쩌면 고작 몇 시간 사이의 일이었을지도 모릅니다── 깨닫고 보니 성은 쥐 죽은 듯이 조용했습니다.

이제 끝난 것일까요?

그녀는 주저하며 동력로에서 기어 나왔습니다.

"누구…… 누구 없나요?"

지상으로 나오자 밝은 햇볕이 그녀를 맞아주었습니다.

하지만 사람은, 맞아주지 않았습니다.

여기저기가 온통 피투성이였습니다. 날붙이가 가슴에 꽂힌 채

숨이 멎은 사람, 지면에 웅크리고 미동도 하지 않는 사람. 많은 사람의 모습이 보였지만, 그러나 그 누구도 그녀를 향해 고개를 들어주는 사람은 없었습니다.

서로 죽고 죽인 결과 전멸한 것일 테지요.

많은 사체가. 여기저기 굴러다녔습니다.

멍하니 성을 걷는 클레아노르 씨. 어머니의 이름을 불렀습니다. 아버지의 이름을 불렀습니다. 하지만 대답은 없었습니다.

그녀는 그 후로도 몇 번이고 몇 번이고 부모님을 불렀습니다. 성 여기저기를 뛰어다니며 부모님을 찾았습니다.

그리고 결국 그녀는 발견했습니다.

"……아아."

성 한쪽 구석에서 조용히 숨을 거둔 아버지와 그 품에 기대듯이, 혹은 서로를 찌르고 숨을 거둔 어머니의 시신을 찾았습니다.

결국 살아남은 것은 클레아노르 씨 단 한 사람뿐이었습니다.

홀로 넓은 성안에 남겨지고 만 것입니다.

어째서 이런 일이 벌어지고 만 것일까요?

나라에서 쫓겨날 만큼 마법사들의 악행이 지나쳤기 때문일까요? 민중이 이를 드러낸 것에 분노했기 때문일까요?

아뇨, 이런 사태가 벌어진 원인은 전혀 다른 데 있었습니다.

계기는 훨씬 단순했습니다.

"미안해."

깊은 후회가 그녀에게는 있었습니다.

"미안해, 미안해, 미안해——."

성이 하늘을 떠돌게 된 후로—— 아니, 그보다도 전부터. 그녀의 가슴속에는 견디기 힘든 후회가 하나 있었습니다.

성이 하늘로 올라가 더는 돌아갈 수 없게 된 밤.

그 얼마 전에, 그녀는 마을을 순찰하던 중에 여동생을 발견했습니다.

해가 비쳐드는 길. 어른들을 이끌고서 성으로 나아가는 여동생의 모습을 그녀는 보았습니다.

죽었다고 생각했습니다.

하지만 살아 있었습니다. 살아서 걷고 있었습니다.

클레아노르 씨는 아주 기뻤습니다. 그러나 말을 걸지는 못했습니다.

여동생은 어른들에게 보호를 받듯이 둘러싸여 걷고 있었던 것입니다. 마법사들이 사는, 성을 향해서.

클레아노르 씨는 여동생을 그저 멀리서 바라볼 수밖에 없었습니다.

그다음 날이 되고서 알았습니다.

성의 동력로가 누군가에 의해 파괴되었다는 사실을.

그것이 누구에 의해 파괴되었는지는, 생각하지 않아도 알 수 있었습니다. 그러나 클레아노르 씨는 자신이 보았던 광경을 줄곧 가슴속에 담고, 감춰두었습니다.

마법사들이 하늘에서 돌아가지 못하게 된 것은, 단 한 명의 소녀조차 구하지 못했던 마법사들의 잘못 때문이었으니까요.

"구해주지 못해서—— 미안해."

아무리 후회한다고 해도.

이미 여동생은, 그녀의 손이 닿을 수 없는 멀디먼 곳에 있었습니다.

○

한 소녀의 이야기를 해보죠.

어느 날 하늘에서 떨어진 소녀는, 그때 태어나서 처음으로 빗자루를 탔습니다. 하늘을 나는 성에서 밀려 떨어지는 순간에 반사적으로 잡은 빗자루에 탔던 것입니다.

태어나서 처음 하는 경험인 데다가, 하늘에서 밀려 떨어진 그녀였기에, 안타깝게도 제대로 하늘을 날지는 못했습니다. 그래도 죽는 것만큼은 면할 수 있었습니다.

그녀는 바다에 떨어져 마을의 항구로 떠밀려갔습니다.

온몸이 아파서 흐느껴 울며 그녀는 절망했습니다.

동료에게 배신당했다는 사실이, 어머니가 자신을 성에서 밀어 떨어뜨렸다는 사실이, 아버지가 구해주지 않았다는 사실이, 그녀를 절망하게 했습니다.

갑자기 하늘에서 떨어진 소녀를 보고 마을 사람들은 다급하게 달려갔습니다.

"너무해." "아직 어린애인데." "아직 숨을 쉬고 있어!" "누가 의사를——!"

민중은 마법사인 그녀를 도와주었습니다. 바로 의사가 달려와

응급 처치를 해주었습니다.

결과적으로 그녀는 목숨을 건졌습니다.

그러나 대가로 두 번 다시 마법을 쓸 수 없게 되었습니다. 추락하면서 입은 상처의 후유증으로, 그녀는 손가락에 힘을 줄 수 없게 되었던 것입니다.

그리고 한 명의 소녀가 성에서 떨어진 후의 일은 우리가 아는 그대로.

민중은 가족조차 사랑하지 않는 마법사들에게 분개했고, 이대로는 나라가 망하리라 여겼습니다.

그들은 마법사들을 나라에서 쫓아내기로 했습니다.

그들을 쫓아내기 위해 성안에 손을 쓰기로 했습니다. 그러나 민중은 성안을 몰랐습니다.

그러나 계획은, 한 소녀 덕분에 잘 풀렸습니다.

"알아."

소녀는 마을 사람들에게 이야기했습니다.

"우리 아빠가 성을 조작하고 있어서, 그래서, 사용법, 알아."

아버지는 소녀에게 다정했습니다. 자주 성을 하늘에 띄우기 위해 함께 지하로 들어갔고, 마력을 전달해 성을 하늘로 날리는 거야, 하고 가르쳐주었습니다.

그녀는 조작하는 법도, 망가뜨리는 법도, 알고 있었던 것입니다.

소녀는 마을 사람들에게 협력하기로 했습니다. 마을 사람들을 이끌고서 한낮의 성에 숨어들어, 지하실로 나아가 성의 동력로에 손을 대고, 그리고 돌아왔습니다.

그날 밤, 평소처럼 성은 하늘로 올라갔습니다.

그러나 두 번 다시 돌아오는 일은 없었습니다. 둥실둥실 하늘에 떠오른 채, 돌아오지 않았던 것입니다.

잔인한 마법사들도, 엄격한 엄마도, 다정한 아빠도, 언니도.

모두가 하늘로 올라간 채 돌아오지 않았습니다.

마을에 평화를 가져온 소녀는 사람들에게 감사를 받았습니다.

소녀의 이름은 디아나.

클레아노르 씨의, 여동생이었습니다.

"그 후로 15년 만에, 이 나라는 크게 변하고 말았어."

하늘 위로 올라가기 전.

디아나 씨는 우리에게 말해주었습니다.

그녀가 이 나라에 떨어진 지 15년. 마법사를 잃게 된 이 나라는 쇠퇴 일로를 걷기에 이르렀다고 합니다.

나라의 사람들은 몰랐던 것입니다.

나라의 사람들에게 무섭고 잔인하기만 하던 마법사들은, 외국 사람들에게도 마찬가지였다는 것을.

"하늘 아래 오르트린네는 자원이 풍부한 나라거든. 은혜받은 땅이지. 이웃 나라들은 호시탐탐 우리나라의 방비가 약해지기를 기다리고 있었어. 줄곧, 언제나, 우리나라에서 소중한 것을 빼앗기 위해 기다리고 있었던 거야. 그걸 억누르고 있던 것이 마법사들이었어."

낮이면 마을 곳곳에 마법사들이 나타났던 이유는 결코 마을 사람들을 위협하고 다니기 위한 것이 아니었습니다.

마을에 외부인이 숨어들지 않았는지 조사하기 위해서였습니다.

밤이면 하늘로 떠오른 성안에 모였던 것은 나라 안을 내려다보기 위해서가 아니었습니다.

나라를 외적으로부터 지키기 위해서였습니다.

그 사실을 깨달았을 때는, 이미, 하늘 아래 오르트린네는 타국에 침략을 당하고 있었습니다.

15년이 지났습니다.

지금은 더 이상 이 나라에 과거와 같은 반짝임은 없었습니다.

"마법사들이 사라지자마자 이웃 나라에 공격을 받았고, 순식간에 졌어. 이 나라의 작물은 타국에 헌상하기 위해 키워졌고, 가축들은 상인에게 빼앗겼어. 지금은 이제 그런 다툼이 상당히 줄어들고 진정이 되었지만, 결과적으로 우리는 많은 것을 잃었지. 당신들은 지금 이 나라가 무어라 불리는지 알아?"

특별할 것 하나 없는 쇠퇴한 나라.

이 나라에는 이제 아무것도 남아 있지 않았습니다.

나라를 지켜주던 사람들을, 스스로 놓아버렸으니까요.

"이 나라 사람들은, 그래서, 과거의 행동을 몹시 후회했어. 돌아와 줘, 그저 사과하고 싶어."

그러나 아무리 후회한다 한들.

이미 그녀의 손이 닿을 수 없는 멀디먼 곳으로, 사라져버렸던 것입니다.

달리 더 좋은 방법이 있었을지도 모릅니다. 제대로 차분하게 이야기를 나누었다면 서로를 이해할 수 있었을지도 모릅니다.

그러지 못했던 것은, 현명하지 못했기 때문일까요? 용기가 없었기 때문일까요?

그러나.

아무리 후회한다 한들.

"이제 두 번 다시 우리는 마법사와 만날 수 없다── 그렇게 생각했어. 하지만 나라 바로 위에, 그 성은 돌아왔어. 분명 안에는 우리 언니도 있을 거야."

그러니까, 하고 그녀는 말을 자아냈습니다.

"다시 한번 언니를 만나서 제대로 사과하고 싶어. 다시 한번 처음부터 시작하기 위해서."

그러나 디아나 씨는 이미 마법을 쓸 수 없습니다.

"염치없는 얘기지만, 부탁할게. 이 나라를 구하기 위해 부디 힘을 빌려줘."

그녀는 고개를 숙였습니다.

나는 입을 다물었습니다.

잠시 입을 다물었습니다. 침묵이 방 안을 지배했습니다.

시곗바늘이 계속해서 끈질기게 귀를 때린 후, 언니는 자리에서 일어났습니다. 책상 위에 놓인 돈 따위에는 시선도 주지 않고.

"아빌리아, 빗자루를 날려줄 수 있을까?"

내게 그렇게 말했습니다.

"어디까지요?"

나는 물었습니다.

175

무거운 이야기를 들은 직후라고는 생각할 수 없을 만큼 밝은 목소리가, 바로 들려왔습니다.

"하늘 위까지."

돈은 돌아왔을 때 받으면 되겠지. 짐이 될 테니까.

언니는 그렇게 말하며, 분명하게 웃었습니다.

관청에서 나올 때.

언니는 갑자기 뒤를 돌아보며 고개를 떨군 디아나 씨를 바라보았습니다.

"분명 괜찮을 거예요."

부드러운 목소리로 언니는, 말을 걸었습니다.

"언니란 말이죠, 여동생이 무얼 하든, 웃으며 용서해주는 법이니까요."

○

깊은 후회가 그녀에게는 있었습니다.

후회해도 다 후회할 수 없는 후회가 있습니다.

클레아노르 씨가 모든 이야기를 마친 후, 우리 주변은 고요함에 휩싸였습니다. 그녀는 여동생과 마찬가지로, 15년 전의 일을 몹시 후회하고 있었던 것입니다.

"더 좋은 방법이 있었을지도 몰라. 전혀 다른 방법이 있었을지도 몰라―― 15년 동안 줄곧, 나는 그런 생각만 해왔어."

좀 더 현명했다면, 좀 더 용기가 있었다면.

그런 생각만이 가슴속에 걸려 있었다고 합니다.

"이제 곧, 이 성은 힘을 잃을 거야. 오랫동안 모아왔던 마력은 얼마 전에 바닥이 났고, 지금은 이제 나 한 사람의 마력뿐이라 낙하하는 걸 간신히 막고 있는 정도인걸."

앞으로 며칠이 지나면, 이제 지상으로 돌아갈 수 있게 되는 것입니다.

그러나 돌아가서 무얼 하면 좋을까요? 그녀는 그것을 고민하고 있었습니다.

"여동생과 만나는 건, 무서운가요?"

나는 물었습니다.

15년 동안, 그녀는 이 하늘의 성안에서 살아왔습니다. 바깥 세계가 어떻게 되었는지 같은 건 알 여지도 없었습니다.

여전히, 눈 아래에 펼쳐진 마을에는 마법사에게 원망의 마음을 가진 사람들만 가득하리라고 생각하고 있는지도 모릅니다.

그래서 그녀는 말했습니다.

"거절당하는 건 무서워."

눈을 내리뜬 그녀의 모습은, 어디선가 본 적이 있는 듯했습니다.

마치 거울처럼도 느껴졌습니다.

다시 떠올려볼 것도 없습니다.

여행을 시작하기 전── 고향에서 언니가 돌아오기를 기다렸던, 나와 닮았던 것입니다. 어찌할 도리도 없는 후회를 품고 있던 무렵의, 나와.

"…………."

그래서 나는 그녀에게 한 걸음 다가갔습니다.

희푸른 빛을 받는 방에서 제 그림자가 길어졌습니다.

괴로워하는 여동생을 구해주지 못한 채, 성에서 떨궈진 그녀를 그저 바라보는 것밖에 하지 못했다는 후회로 괴로워하는 그녀의 손에, 나는 작은 병을 하나 건넸습니다.

"……이건?"

나는 작은 병을 바라보며 답했습니다.

"일시적으로 마력을 회복시키는 약이에요. 이걸 마시면 성이 완전히 기능을 잃기 전에 여기에서 도망칠 수 있을 겁니다."

우리와 함께, 여기에서 도망치죠── 나는 그렇게 말하며 그녀의 손안에 작은 병을 쥐여주었습니다.

그녀는 살짝 놀란 얼굴을 했습니다. 그러나 그 후, 살며시 웃었습니다.

우리가 이 성을 찾은 진짜 목적을 어쩌면 눈치챘는지도 모릅니다. 누구에게 이야기를 듣고, 무엇을 부탁받아 여기까지 왔는지를 깨달았는지도 모릅니다.

"여동생은 건강해?"

그녀는 물었습니다.

나는 고개를 저었습니다.

"그건 본인 눈으로 확인해주세요."

분명 그편이 좋을 겁니다.

"……그 아이와 만나면, 나, 뭐라 말하면 좋을까."

아뇨.

무슨 말을 할 필요도, 무언가를 해줄 필요도 없습니다.

"함께하며 그저 웃어주는 것만으로도 여동생분은 기뻐할 겁니다."

여동생이란, 그런 존재입니다.

○

클레아노르 씨가 말하길.

마력을 잃고 천천히 떨어지는 이 성은, 앞으로 며칠이 지나면 완전히 그 힘을 잃고 바다 위로 추락하고 말 거라고 합니다.

어쩌면 열몇 명 정도의 마법사가 더 모인다면 하늘로 돌아갈 힘을 되찾을지도 모릅니다만, 재회를 기대하고 있는 그녀들에게 그러한 짓을 해버린다면 눈치가 없어도 너무 없는 것일 테죠.

힘을 잃은 성은 분명 바다 위로 떨어지자마자 가라앉을 겁니다. 그리고 두 번 다시 하늘로 오르는 일은 없을 겁니다.

여기에 탈 마법사는 이제 이 나라에는 없으니까요.

탈 필요도, 없으니까요.

성의 정원에 꽃밭이 있었습니다.

형형색색의 꽃이 온통 흐드러지게 피어, 상공의 정원 안에서 흔들리고 있었습니다. 지상에서 멀리 떨어진 상공일 터이건만, 아주 부드러운 산들바람에 흔들리며 피어 있었습니다.

지상으로 내려가면 이제 두 번 다시 이 광경을 보는 것은 불가능해질 테지요.

그래서 나는 한들한들 흔들리는 꽃들을 바라보았습니다.

"이 풍경을 보는 건 마지막일지도 모르겠네요."

두 눈에 새기듯이 그저 바라보고 있었습니다.

"그러네."

언니는 나에게 등을 내보인 채 꽃밭 안을 나아갔습니다.

이 성에 내려서고서 걸었던 길을 천천히 거슬러 올라, 언니는 가장자리 쪽에서 걸음을 멈추었습니다.

나도 뒤늦게 빠른 걸음으로 언니를 뒤쫓았습니다.

"언니, 위험하답니다."

그리고 나는 언니 옆에 섰습니다.

그때 한 가지 깨달은 것이 있었습니다.

여기에 도착했을 때는 나도 언니도 상당히 무거운 이야기를 들은 직후였기 때문인지도 모릅니다.

생각해보니, 우리는 아직 이 성에서 보이는 경치를 한 번도 즐기지 못했던 것입니다.

"…………."

깨달은 순간 나는 몹시 후회했습니다.

대체 어째서 더 일찍 이 경치를 보지 않았을까요.

눈 아래에는 수많은 지붕이 펼쳐져 있었습니다. 색색의 지붕이 띄엄띄엄 이어지며 지상을 뒤덮고 있었습니다. 15년 동안 많은 것을 잃었을 터인 마을은, 그러나 자랑스럽게 그곳에 자리하고 있었습니다.

하늘에 뜬 성의 귀환을 간절히 바라듯이 조용히 조용히 머물러

©Azure

있었습니다.

마치 꽃밭처럼.

"지금, 좀 더 일찍 봤으면 좋았을 텐데 하고 생각했어?"

"그렇답니다."

그러나 언니는 고개를 저었습니다.

"이렇게 생각하면 어때? 이렇게나 나라에 가까이 다가갔기에, 이렇게나 아름다운 광경이 된 거라고."

"……?"

나는 이해력이 부족합니다.

언니는 차근차근 설명해주었습니다.

"좀 더 이렇게 했으면 좋았을 거라든가, 좀 더 좋은 선택을 할 수 있었을 거라든가 하는 생각을 훗날 할지도 모르지만, 하지만 과거의 후회가 있기에 지금이 있는 거라고 한다면, 그렇게 나쁘지는 않잖아?"

"…………."

눈동자에 새기고 싶다고 생각할 정도의 풍경이 이렇게나 아름다운 것은, 분명 이 풍경을 처음 보는 것이 지금이기 때문일지도 모릅니다.

언니는 그런 말을 하고 있는 것이라 생각했습니다.

후회하기보다도 지금을 보라고, 그런 식으로 내 과거의 후회를 위로해주는 것처럼 느껴졌습니다.

"……고맙답니다."

"천만에."

바람이 불어왔습니다.

나의 긴 머리카락이 흩날렸고, 등 뒤에서는 꽃밭이 쏴아 하고 소리를 냈습니다.

넋을 놓고 바라볼 만큼 아름다운 것들에 둘러싸인 채 나는 줄곧 이 시간이 계속되면 좋으련만 하고 생각했습니다.

여기는 아주아주 멋진 나라였습니다.

"특별할 것 하나 없는 지루한 나라가 아니었네."

언니는 그리 말하며 내 옆에서 웃어주었습니다.

깊은 후회도 잊고 말 만큼 아름다운 미소가, 내 옆에는 있었습니다.

두 마녀가 해변 마을을 찾았습니다.

한 명은 잿빛 머리카락, 유리색 눈동자를 가진 마녀였습니다. 몸에 걸친 것은 검정 삼각 모자와 검정 로브. 가슴께에는 마녀의 증거인 별을 본뜬 브로치가 있었고, 그러면서 아주 여행자다운 단순한 차림이기도 했습니다.

그녀는 마녀이자, 그리고 여행자이기도 하며, 동시에 아주아주 아름다운 소녀이기도 했습니다.

"네? 자신이 자신을 두고 아름답다고 말하는 건가요? 진심인 가요?"

....

그녀의 아름다움을 비유하자면 그것은 그야말로 설산에 핀 한 송이 꽃. 혹독한 환경 속에서도, 눈으로 뒤덮인 땅 위로 고개를 내미는 그 모습은 늠름하면서도, 무엇보다 절로 숨을 삼키고 말 만큼 아름다운 것입니다.

"어째서 한층 더 자신의 아름다움만을 장황하게 어필하고 있는 건가요? 당신 혹시 취한 건가요? 맨정신은 아닌 거죠? 그런 거죠?"

....

또 한 사람은 검은 머리카락을 길게 늘어뜨린 마녀. 마찬가지로 검정 로브와 검정 삼각 모자를 착용하고, 가슴께에는 역시나 마찬가지로 별을 본뜬 브로치가 하나 있었습니다.

이름은 프랑.

느긋함을 그림으로 그린 듯한 성격의 그녀는 이래 봬도 현재 어딘가의 나라에서 교사로서 일하고 있으며, 지금은 그곳으로 돌아가는 도중입니다.

이 해변 마을의 항구에서. 일을 위해 바다를 건넌다고 합니다.

"아아, 제 설명에는 아름답다고는 넣어주지 않는 거군요. 선생님 좀 섭섭해요."

선생님과의 시간은, 오늘을 포함해도 앞으로 사흘밖에 남지 않았습니다. 쓸쓸하지만, 이별의 때는 반드시 찾아오는 법입니다. 그러니 소소한 시간을 지금은 즐기도록 하지요. 그저 찻집에서 식사를 할 뿐인 시간이라고 해도.

"어머나 기뻐라. 좋은 걸 써줬네요. 일레이나."

⋯⋯⋯⋯.

그나저나.

그것참.

그녀는 대체 누구의 스승일까요?

그렇습니다. 저입니다.

"⋯⋯⋯⋯."

저는 입을 다물었습니다.

"⋯⋯⋯⋯."

저는 침묵했습니다. 아주아주 무겁게 침묵했습니다.

찻집에서 저희는 마주 앉은 채 잠시 조용히 있었습니다.

일단, 지금 이 시점에서 대체 무슨 일이 일어났는지를 먼저 설명하지 않으면 안 될 테지요. 슬쩍 현실 도피를 하기로 하지요.

저희가 이 나라의 문을 두드린 것은, 바로 얼마 전. 수십 분 전입니다.

프랑 선생님과의 여행 마지막 장소가 될 이 나라의 이름은 해변의 트로콜리오. 조금 커다란 항구 도시입니다.

거리는 아름답다기보다 귀여운 외관을 하고 있었습니다. 문을 지난 곳부터 스쳐 지나가는 집들의 벽은 하나같이 마치 꽃의 색을 그대로 찍어놓은 것처럼 선명했고, 쏟아지는 햇빛을 받아 조금 눈부시기도 했습니다.

"일레이나, 이 도시의 집들이 어째서 알록달록한지 이유를 아나요?"

제 옆을 걸으며 선생님은 고개를 갸웃거렸습니다.

나아가는 곳 멀리에는 바다가 보였습니다. 항구로 들어오는 배는 무게를 잊은 것처럼 흔들흔들 소리도 없이 해수면을 미끄러져 갔습니다.

"배가 헤매지 않게 하기 위한 것이라든가, 그런 거 아닌가요?"

바로 답했습니다.

"⋯⋯⋯⋯."

선생님은 침묵했습니다.

"틀렸어요."

조금 뺨을 부풀렸습니다. 보기에는 아무래도 정답 같습니다만? 틀린 겁니까?

"그럼 답은 뭔가요?"

"페인트가 남았기 때문입니다."

"…………."

저는 이때 상당히 눈을 가늘게 떴으리라고 생각합니다. 의심스러운 눈초리로 선생님을 빤히 바라보았으리라고 생각합니다.

선생님은 그런 제 모습에 당황하며, "아니, 정말이거든요? 이 나라에 사는 지인한테 들었으니까 틀림없어요. 남은 페인트를 써서 벽을 마구 칠한 거예요"라고 변명처럼 다소 빠른 말투로 대답했습니다.

"그래서, 무슨 말을 하고 싶으신 건가요? 선생님."

"모든 일에는 깊은 이유가 있는 것처럼 보이지만, 실제로는 별다른 이유가 없는 일도 있다, 라는 이야기를 하고 싶어서 말이죠."

"오호라."

"이렇게나 재미있고 유쾌한 외관이니까, 분명 어떤 의미가 있어서 이런 식으로 완성했을 거라고 생각했죠? 하지만 실제로는 그렇지 않아요. 이건 지인에게 들은 이야기니까 틀림없어요."

"그렇군요."

"네. 지인에게 들은 이야기니까 틀림없어요."

"……뭔가 수상하네요."

지나치게 연달아 말하는데요? 하지만 선생님은 지극히 태연했습니다.

"그나저나, 일레이나. 슬슬 점심을 먹는 건 어떤가요? 괜찮은 가게가 있거든요. 제가 살게요."

"좋아요."

끄덕, 저는 고개를 끄덕였습니다. 그러나.

"선생님이 제게 밥을 사준다니, 별일이네요."

뭔가 이유라도?

하고 저는 물었습니다.

그러자 선생님은, 키득 웃으며.

"별다른 이유는 없어요."

그저 함께 먹고 싶을 뿐이에요, 그런 말을 태연하게 했습니다.

그리하여 방문한 찻집은 매우 희한한 가게였습니다. 가게 안은 그렇게밖에 말할 수 없는 모습이었습니다.

『어서 오세요. 편한 자리에 앉으세요.』

간판이 맞아주었습니다. ……간판? 점원분은 안 계신 건가요? 하고 제가 고개를 갸웃거리고 있으려니, 간판이 흔들흔들 좌우로 흔들렸습니다.

뭐죠?

저는 시선을 떨어뜨렸습니다.

점원분은 안 계신 게 아닌 모양이었습니다. 그저 모습이 보이지 않았던 것뿐인 모양이었습니다.

"……이 애, 뭔가요?"

저는 쪼그려 앉아 내려다보았습니다. 제복을 입은 곰 인형이었습니다. 귀여운 동그란 눈동자를 가진 인형은, 어째서인지 흔들흔들 귀엽게 간판을 흔들고 계셨습니다.

이거 뭔가요?

"여기서는 이런 인형이 음식을 서빙한답니다."

말하길, 선생님이 이 나라에 온 것은 이번이 세 번째라고 합니다. 첫 번째는 선생님의 스승님과 멀리 도망을 치기 위해 방문했을 때. 두 번째는 이번에 귀향을 위해 돌아왔을 때. 그리고 세 번째인 오늘.

역시 이런 광경에도 익숙해질 만한지, 선생님은 그다지 놀라지도 않고 간판이 가리키는 대로 비어 있는 자리로 걸어갔습니다.

저는 선생님의 뒤를 쫓았습니다.

"상당히 특이한 나라네요…… 인형이 사람의 일을 대신해주는 건가요?"

그러나 선생님은 자리에 앉으며 답했습니다.

"아뇨 아뇨. 이렇게 인형이 일하는 건 이 가게뿐이에요. 다른 가게에서는 평범하게 종업원분이 일하고 있어요."

"그런가요?"

선생님의 맞은편 자리에 앉았습니다. 창가 자리. 시선을 돌리면 알록달록한 거리가 보였습니다.

"이 가게에서 일하는 인형의 본업은 인간을 돕는 거예요. 거리 곳곳에 배치되어, 곤란해하는 사람에게 손을 빌려주고 있죠. 자, 저기를 봐주세요."

선생님은 한곳을 가리켰습니다.

가리킨 곳은 길모퉁이로, 귀여운 여자아이 인형이 『서점은 이쪽입니다! 지도에 적혀 있습니다!』라고 쓰인 간판을 들고서 할머

님을 안내하며 걷고 있었습니다.

과연, 그렇군요.

"곰 인형만 있는 게 아니군요."

"네. 곰은 이 가게만의 특징이에요."

끄덕, 선생님이 고개를 끄덕인 순간 『주문받겠습니다!』라며 곰 인형이 다가왔습니다. 선생님은 "먹고 싶은 걸 종이에 써서 주세요"라며 메뉴판을 살피면서 테이블에 놓인 종이를 집어 들었습니다. 이 가게에서 가장 비싼 코스 요리가 선생님의 손에 의해 쓰이고, 건네졌습니다.

그 맞은편에서 저는 그럭저럭 저렴한 파스타와 물을 주문했습니다.

"어머나."

종이를 곰 인형에게 건네려니 선생님이 손을 입가에 대고서 어머나 하고 계셨습니다.

"사양하지 않아도 되는데요?"

"아뇨, 저는 애초에 그렇게 배가 고프지 않아서요."

자백하지요. 선생님 몰래 아까 빵을 먹었습니다. 그런 탓에 배 속은 이미 배고픔을 잊고 있었습니다.

"영양이 불균형해질 거예요. 좀 더 좋은 걸 먹어야 해요."

"엄마 같은 말씀을 하시네요……."

"그와 비슷한 거라고 생각해도 상관없어요."

"그렇다면 오늘 밤 식사도 내일도 모레도 사주시면 되겠네요."

"전언 철회하겠습니다."

"뭐, 하지만 저는 애초에 많이 먹는 선생님의 모습을 보는 것만으로도 배가 부르거든요."

"어머나, 엄마 같은 말을 하네요."

"저를 그런 눈으로 보는 건 그만둬 주세요."

요리는 금세 나왔습니다.

『오래 기다리셨습니다!』『오래 기다리셨습니다!』

그런 간판과 함께, 평범한 파스타와 평범한 전채 요리가 테이블에 놓였습니다.

프랑 선생님을 위한 요리를 가져온 곰 인형은 그대로 발길을 돌려 주방으로 돌아갔습니다.

"…………."

그나저나 어째선지 제게 파스타를 가져다준 곰 인형은 그대로 제 옆에 다소곳이 앉았습니다.

"선생님 이건?"

"이 가게에서는 요리를 나르는 일을 마친 곰 인형이 옆에 앉는 서비스를 실시하고 있어요. 그 아이는 일레이나의 분신이 되어서 이런저런 것들을 해준답니다."

말하길, 음식을 입에 넣어주거나, 새 주문을 받아주거나, 이야기 상대가 되어주는 등, 요리 서빙을 마친 곰 인형은 여러 가지를 해주는 모양이었습니다.

"극진하네요."

우후후 하고 선생님은 웃었습니다.

"뭐, 기분이 나쁘지는 않지만……."

음식 정도는 알아서 먹고 싶습니다. 무엇보다 선생님 앞에서 곰 인형이 주는 음식을 받아먹는 것은 정말 부끄러운지라, 저는 그런 취미와 취향은 없는지라, 옆에 앉은 곰 인형을 영차 하고 안아 들어 창가에 놓았습니다.

우리는 제각기 요리를 즐겼습니다.

커다란 사건이 일어나는 일도 없이, 그저 둘이서 대화를 나눌 뿐인 시간이 흘러갔습니다. 그것은 참으로 좋았고, 가끔은 이러한 시간도 나쁘지 않다고 생각했습니다.

"모레까지는 아직 시간이 있으니, 이제 무얼 할까요?"

선생님은 스스로에게, 혹은 제게 그리 물었습니다.

내일모레 밤이면 선생님은 배를 타고 왕립 세레스텔리아로 돌아갑니다.

분명 당분간은 만나지 못할 테지요. 두 번 다시 만나지 못하는 영원한 이별은 아니지만, 이렇게 함께 시간을 보낼 수 있는 것도 얼마 남지 않았습니다.

남은 시간을 대체 어찌 쓰면 좋을까요. 흥을 깨는 그런 생각이 머릿속을 스쳤고, 일기로 남겨두고 싶은 말만이 오갔습니다.

"아아, 그래. 그렇지. 이 나라는 풍등이 유명하거든요. 마침 모레 밤에 항구에서 풍등을 날린다고 하네요. 괜찮다면——."

짝, 하고 손을 치면서 선생님은 말했습니다.

과연.

보시는 바와 같이 우리 사이에는 소소한 이야기만이 있었습니다.

그러나 모든 일은 언제나 갑작스럽게 움직이기 시작하는 법이라, 오늘도 역시 갑작스러웠습니다.

"풍등에는 소원을 담는다나 봐요. 저도 두 번째인데, 이런저런 소원을 써서 하늘로 띄워 보내는 축제라고── 어라?"

선생님이 말하던 도중에 미간을 좁혔습니다. 대체 무슨 일인가 했더니, 제 옆에 놓아두었던 곰 인형이 선생님 쪽으로 주문용 종이를 건네고 있었습니다.

……어떻게 된 거죠?

"…………?"

아무래도 선생님 역시 이러한 전개는 처음인지 고개를 갸우뚱거리며 종이를 받아 들었습니다.

그리고.

"…………."

입을 다물었습니다.

척 보기에도 명백하게 웃음을 참으며, 입을 다물었습니다. 뿜기 직전까지 갔습니다.

"저기, 일레이나…… 혹시, 지금, 일기를 쓰고 싶다고 생각했나요?"

복잡한 표정으로 선생님은 저를 보았습니다.

"네, 뭐…… 생각……했을지도 모르겠네요."

그게 어쨌다는 건가요?

"미안해요……, 설명이 부족했네요……."

그리고 선생님은 심호흡을 한 번 하고서, "이 곰 인형, 마력으로 움직이거든요? 한 번 닿은 사람의 마음을 대변하는 역할을 갖고 있어요"라고 말했습니다.

"네? 무슨 뜻인가요?"

"물을 마시고 싶다고 생각하면서 만지면 물을 가져다주고, 옆 자리 아이에게 말을 걸고 싶다고 생각하며 만지면 대신 연락처를 얻어와 줘요. 대체로 그런 식으로, 가게 안에서는 자신의 의사를 대행해주는 것이 이 곰 인형이죠."

힐끔 선생님은 가게 안으로 시선을 돌렸습니다. 보니, 카운터 자리에 앉은 여성의 옆에 멋진 표정을 한 곰 인형이 있었고,『저 쪽 손님이 보내셨습니다』라는 간판을 들고 있었습니다.

과연, 그렇군요.

즉, 닿기만 하면 뭐든 해준다는 거로군요?

뭐든, 해준다고……?

………….

뭐?

"제가 일기를 쓰고 싶다고 생각하면 어떻게 되는 건가요?"

"일기를 쓰죠."

스윽, 선생님이 제게 종이를 내밀었습니다.

빽빽하게 쓰여 있었습니다.

『그렇습니다. 저입니다.』

같은 글이.

○

"……아니, 이건 그, 아니거든요?"

긴 침묵을 거쳐 제가 꺼낸 말은 틀림없는 변명이었습니다. 들어주기 힘든 변명이었습니다.

"저 딱히 이런 문장을 쓰겠다고 생각하지 않았거든요?"

"아니아니, 일레이나. 괜찮아요. 그런 말을 하지 않아도, 선생님은 다 알아요."

우후후.

선생님은 웃었습니다.

"기분이 살짝 들떴던 거죠? 그렇죠?"

아닙니다아니에요아니정말이지무슨착각을하시는건가요정말로진짜이이상한곰인형이이상한짓을했을뿐이지않습니까정말이지진짜.

"그것참 곤란하네요 망가진 걸까요? 이 곰. 우후후후후후후."

저는 꽈아악 곰 인형의 머리를 움켜쥐었습니다. 상당히 힘을 주어 움켜쥐었습니다. 곰 인형이 매우 못생긴 모습이 되었습니다만, 상관없습니다. 쓸데없는 짓을 하는 게 잘못된 겁니다.

"일레이나, 당신 마음은 알고 있으니까 괜찮아요."

선생님은 어머나 하고 눈썹을 늘어뜨리며 웃었습니다. 살짝 흐뭇해하며 저를 바라보고 계셨습니다.

선생님은 그리고, 입가에 손을 대며.

"그…… 상당히 유니크한 걸 일기로 쓰고 있군요."

뜨뜻미지근한 시선이 그곳에는 있었습니다.

"아니아닙니다곰이멋대로썼을뿐이니까요. 제의사와는다릅니다.

이건제마음과는관계가없으니까잊어주십시오."

"엄청나게 말이 빠르네요."

"말이빠라질만도하죠정말이지망가진거아닌가요? 이 곰."

꽈아악 저는 계속해서 머리를 움켜쥐었습니다.

"아니 그건 망가진 게 아니라 말이죠…… 아까도 말했을 텐데요?"

"제 의사를 반영했을 뿐이라는 그거 말인가요?"

꽈악꽈악꽈악꽈악.

"그런 거예요. 즉, 이 종이에 쓰여 있는 건 당신의 본심──."

"망가진거아닌가요?"

꽈악꽈악주물럭주물럭.

"아뇨 망가지지는 않았을 거라고 생각합니다만──."

"아뇨망가졌어요. 불량품이에요이거."

꽉꽉뿌드득뿌드득.

"아니 오히려 지금 망가뜨리려 하고 있는 것처럼 보입니다만……."

"뭐이런짓을하는곰인형은어차피망가져도어쩔수없는일이죠."

그리고서 저는 온갖 수를 써서 쓸데없는 짓을 하는 곰 인형에게 철권제재를 가했습니다만, 아무래도 이 곰은 몹시 튼튼한 모양인지, 아주 멀쩡했습니다. 오히려 가게 종업원보다 샌드백 역할 쪽이 더 적당하지 않을까 생각될 만큼.

"저기, 일레이나. 그쯤 하는 편이──."

저는 제 비밀을 시원스럽게 들통 내버린 곰 인형을 계속해서 괴롭혔고, 잠시 후 프랑 선생님은 미소를 지으며 제게 그렇게 말했습니다.

바로 그때였습니다.

"아아아아아아아아! 무슨 짓이야! 이 얼간이가!"

가게 안쪽에서 비명에 가까운 고함이 들려왔습니다. 깜짝 놀라 뒤를 돌아보니, 이쪽으로 척척 걸어오는 한 여성의 모습이 보였습니다.

갈색 머리카락은 부드럽고 볼륨 있는 웨이브. 낙낙한 로브를 걸쳤고, 유순해 보이게 눈꼬리가 처진 귀여운 여성으로, 어딘가 숲 같은 데서 서식하고 있을 것만 같은 모습을 하고 있는 듯 느껴졌습니다.

누구일까요?

선생님은 말했습니다.

"아, 점장."

점장이라고 합니다.

"이 자식, 너 말이야! 우리 곰돌이한테 무슨 짓을 하는 거야!"

매우 험악하게 제게 소리치는 점장님. 테이블을 찰싹 양손으로 내려친 그녀는 "이리 내놓지 못해!"라며 제게서 곰 인형을 빼앗아 가더니 "정말이지! 곰돌아, 괜찮아? 옳지 옳지 옳지. 아팠지? 무서웠지? 괜찮아? 우웅" 같은 말을 하며 껴안고 뺨을 문질렀습니다.

…………

곰 인형은 몹시 싫어하고 있었습니다.

"선생님, 그러고 보니 저건 사람의 의사를 반영한다고 하셨죠?"

"그랬죠."

"그렇다는 건, 그러니까. 점장님이 만지면 점장님의 의사가 곰 인형에 깃든다는 뜻인가요?"

"그렇죠."

"싫어하고 있는데요?"

"그래 보이네요."

"그리고 곰곰이 생각해보면 조금 전까지 제 의사가 저 곰 인형에 들어가 있었다는 거죠?"

"곰곰이 생각해보면 그렇게 되죠."

"저는 저를 때리고 있었다는 뜻인가요?"

"저는 이 애는 무얼 하고 있는 걸까? 하고 생각했죠."

"…………."

자해 취미는 없습니다만…….

냉정해지고 보니, 저는 정말로 무얼 하고 있었던 걸까요?

"좋아! 정말 좋아 곰돌이! 헤헤헤헤……."

"…………." "…………."

저보다도 훨씬 냉정을 잃은 인간을 앞에 두자 평소의 냉정함을 되찾은 저였습니다. 그 후로 점장님은 잠시 곰돌이라는 녀석을 끌어안은 다음.

"아, 프랑 씨. 오랜만. 뭐 하는 거야?"라며 제정신으로 돌아왔습니다.

"오랜만이에요. 와즐리 씨."

선생님도 선생님대로 적당히 말짱했습니다.

"변함없이 기운차 보이네요."

"에헤헤…… 그래 보여? 그나저나 그 아이는 누구?"

"일레이나예요. 제 제자죠."

"아아, 그렇구나! 제자구나! 과연! 이 자식 제자 교육을 어떻게 시키는 거야!"

만면에 미소를 띤 채 음색만 거칠어지는 점장님인 와즐리 씨.

"우후후후. 죄송해요. 나중에 잘 가르칠게요."

"그것참 정말이지! 우리 귀여운 곰돌이한테 그런 심한 짓을 하고 말이야! 날려버린다."

이 자리에서 제가 발언을 하는 것은 와즐리 씨의 감정에 기름을 붓는 꼴이 되리라는 것은 명백했던지라, 저는 일단 반성의 뜻을 담아서 그대로 자리에 앉은 채 입을 다물었습니다. 침묵했습니다.

"곰돌아, 아팠지? 옳지 옳지 옳지."

침묵하는 저와 차가운 눈으로 바라보는 선생님을 무시하고, 점장님은 그렇게 자신의 의식이 담긴 곰돌이에게 한동안 "옳지 옳지 옳지" 하며 뺨을 비벼댔습니다.

"…………."

자기애도 적당한 편이 좋겠습니다…….

"다시 소개할게요. 일레이나. 이쪽은 와즐리."

이 가게는 기본적으로 곰 인형만 있으면 유지되는 모양입니다. 시간이 남아도는지, 아니면 아직 저를 향한 분노가 사그라지지 않는지, 와즐리 씨는 저희 자리에 앉더니.

"그나저나 정말 오랜만! 몇 년 만이지? 프랑 씨."

"한 달 만이에요."

"엄청 오랜만이네!"

"얼마 전에도 만났잖아요. 이 지역에 왔을 때 만났잖아요."

"정말 하나도 안 변했다!"

"지난번에도 같은 대사를 했었잖아요!"

"오랜만에 만났는데 정말 변함이 없네!"

"당신도 변함없이 남의 말을 안 듣는군요."

선생님과 와즐리 씨는 우후후 하고 웃으며 서로 명랑하게 대화를 나누었지만, 어딘가 맞물리지 않는 기묘한 분위기에 휩싸여 있었습니다.

"선생님은 점장님과 언제 알게 되셨나요?"

제가 묻자, 선생님은 "꽤 오래전이에요"라고 손가락을 입술에 대며 답했습니다.

말하길, 와즐리 씨와 처음 만난 것은 이 나라에 처음 왔을 때의 일—— 즉, 선생님이 고향인 깊은 숲속의 비엘라를 막 떠나왔을 때였다고 합니다.

"잊을 수도 없어. 그건 내가 아직 열 살이었을 때의 일……."

그리고 와즐리 씨는 갑자기 회상에 들어갔습니다.

만난 지 아직 10분 정도밖에 안 지났습니다만, 일단은 그녀가 상당한 자유인이라는 사실은 충분히 알 수 있었습니다.

"그날은 아주 시원하고, 기분 좋은 봄바람이 불고 있었지——."

그녀의 회상은 무척이나 길었고 중간중간 "에헤헤 곰돌이 좋

201

아"라며 인형을 끌어안는 등, 자유분방한 데도 정도가 있는 이야기였던지라 시간을 많이 할애해야 했지만, 요점을 간추려서 설명하자면.

프랑 선생님과 그 스승님, 두 사람이 이 나라에 체재하던 동안 자주 다니던 찻집의 따님이 와즐리 씨였다고 합니다.

이상입니다.

아니 정말로 그것뿐이었고, 그때 우연히도 나이가 비슷하기도 해서 프랑 선생님과 친해졌고, 두 사람은 친구 사이가 되었다나요?

그 후로 가끔 편지로 대화를 나누게 되었다고 이야기해주었습니다.

"그녀는 이래 봬도 상당히 유명한 마법사로, 이 나라에 있는 마법 인형은 전부 그녀가 만든 거랍니다."

"맞아."

프랑 선생님의 담담한 설명에 와즐리 씨는 흐흥 하고 가슴을 폈습니다.

"그리고 그녀, 마법사(魔法史)연구도 하고 있거든요. 오랜 문헌을 꽤 갖고 있죠. 저도 학술을 위해 그녀의 자료를 가끔 빌리거나 해요."

"그래! 맞아! 인형은 상당히 역사가 길거든? 역사 공부도 꼭 해야 해! 알겠어?"

그리고 갑자기 불이 붙은 와즐리 씨. 또다시 시간을 할애했습니다만, 역시나 그녀는 자유분방한지라 역사와 인형의 밀접한 관계와 인형 사랑을 엮어 이야기했고, 역시 결국 그녀가 자유인이라는 것 이외의 인상을 품을 수 없는 이야기를 끝없이 했습니다.

"그래서 있지 있지, 아무튼 앤틱풍 인형을 옛날부터 모았는데——."

"…………."

저는 신나게 이야기하는 와즐리 씨를 무시하고서 선생님에게 귓속말을 했습니다.

"저기, 선생님. 그녀는 언제나 이런 느낌인가요?"

"옛날부터 특이했죠."

"네에…… 역시 그런가요."

"그녀와 대화하면 대체로 언제나 이런 느낌이랍니다."

"선생님은 지치지 않으시나요?"

"흘려듣고 있어서 괜찮아요."

우아하게 홍차를 즐기는 선생님.

"…………."

"그래서 있지——."

이리하여.

해변의 트로콜리오 체재 1일째 낮.

인형이 식사를 나르는 신기한 가게의 창가에는, 인형에게 말을 거는 여자아이처럼 마음과 마음이 전혀 통하지 않는 세 사람이 있었습니다.

○

이윽고 와즐리 씨의 긴 이야기가 마무리되었을 무렵에, 저희는 그녀의 가게를 뒤로했습니다. 가게 밖, 거리에 쏟아지는 햇볕은 이미 붉은빛을 띠고 있었습니다.

해 질 녘이었습니다.

멀리 배가 보였습니다. 꼬리를 그리며 항구로 돌아오는 배는 아주 천천히 표류하고 있어 마치 하루의 피로에 짓눌린 듯 보였습니다.

항구에는 인파가 있었습니다. 시끌벅적하고 활기찬 사람들의 무리는 배를 맞이하러 나온 것일까요?

"그러고 보니 축제가 내일모레였네요."

고개를 갸웃거리는 저를 내버려 둔 채, 선생님은 납득한 듯 고개를 끄덕였습니다.

축제.

"풍등 축제, 였던가요?"

조금 전 와즐리 씨가 오기 전에 프랑 선생님이 잡담을 하다 언급했었습니다. 선생님이 말하길 밤하늘에 풍등을 띄우는 축제였을 터입니다만.

"와즐리가 만든 인형은 풍등 축제 준비에 쓰였답니다. 올해는 사람들 힘으로 진행하고 있는 모양이지만요."

보니 항구에 모인 사람 무리는 모두 손에 대량의 풍등을 들고 있거나, 포장마차의 틀을 조립하고 있었습니다.

"마법사가 부족한 거겠죠."

선생님은 마을 멀리로 시선을 보냈습니다.

붉은빛을 띤 하늘로 뻗은 하나의 하얀 탑이 있었습니다. 아마도 배를 인도하기 위한 등대일 테지요.

"조금 어둡네요."

눈을 가늘게 뜨고 빛을 바라보았습니다. 청백색 빛이 희미하게 새어 나오는 그 모습은, 작은 빛을 밝힌 촛불처럼도 보였습니다.

프랑 선생님은 고개를 끄덕였습니다.

"저 등대 안에 마법사들이 들어가서, 나라의 인형들에게 마력을 보내고 있다더군요. 지난번에 왔을 때는 조금 더 눈부셨는데 말이죠……."

선생님이 말한 대로 마법사가 부족한 것인지도 모릅니다.

"그래서 사람들의 힘으로, 인가요?"

오랫동안 인형들에게 다 맡겨두었던 것일 테지요. 축제 준비에 착수한 사람들은 어설프게 준비를 하고 있는 것처럼 보였습니다.

익숙하지 않은 것은 명백했습니다.

"그렇게까지 해서 열고 싶은 축제인 거군요."

"그만큼 아름답답니다. 풍등 축제는."

"…………."

그렇다면 조금 흥미가 생기는군요.

하지만 내일모레인가요.

"……선생님은 축제를 보실 수 있는 건가요?"

선생님이 이 나라를 떠나는 것은 내일모레. 축제 일정과 딱 겹칩니다. 선생님이 떠나버린 다음에 축제를 연다고 한다면, 선생님은 축제를 즐기는 일 없이 나라를 뒤로하게 되니까요.

게다가, 저는 함께 즐길 상대도 없는 채로 축제를 즐기는 사람들 사이를 어슬렁거리게 됩니다.

그건 조금 쓸쓸한 일입니다.

"볼 수 있을지 어떨지를 따지자면, 아마 볼 수 있는 쪽일 거라고 생각해요."

저를 바라보며, 선생님은 묘하게 에둘러 말했습니다.

"제가 타는 배는 내일모레 밤, 풍등 축제가 끝나기 직전에 출항하니까요."

말하길, 그 시기가 되면 『풍등 축제를 바다에서 보자!』라는 콘셉트 아래 나라에서 여객선 티켓을 고액으로 발행한다고 합니다. 선생님과 그 스승님도 과거에 그 티켓으로 이 지방에서 탈출했고, 당시와 마찬가지로 이번에도 역시 바다 위에서 풍등을 바라보며 여행을 할 거라고 합니다.

"그러니까 모레엔 함께 축제를 즐기기로 해요."

선생님은 웃었습니다.

제가 고개를 끄덕인 것은 말할 것도 없을 테지요.

그날 밤.

우리는 함께 숙소에 묵었습니다.

아름다운 바다가 한눈에 내다보이는 것치고는 가격이 그럭저럭 적당한 좋은 숙소였습니다. 침대 두 개가 나란히 놓였고, 창가에는 테이블. 그 외에는 아무것도 없는 지극히 간소한 방이었습니다. 가격이 저렴한 것은 이렇게 아무것도 없기 때문일 테지요.

"목욕, 누가 먼저 할까요?"

방에 들어가자마자 저는 욕조에 물을 채우고서, 선생님에게 그렇게 물었습니다. 저는 "선생님 먼저 씻으세요" 하고 말했습니다만, 선생님도 역시 "아뇨아뇨, 일레이나 먼저 하세요"라고 답했습니다. 아뇨아뇨아뇨아뇨.

"저는 잠시 관광 안내 팸플릿을 읽어야 해서 바쁘니까 먼저 씻으세요."

선생님의 손에는 숙소 라운지에서 받은 팸플릿이 들려 있었습니다.

과연, 그렇군요.

"우연이군요. 저도 팸플릿을 읽어야 해서 바쁜지라, 먼저 하시죠."

제 손에도 같은 것이 들려 있었습니다. 둘 다 침대에 걸터앉아, 같은 『해변의 트로콜리오를 구석구석 만끽하자!』라는 글귀가 표지에 적혀 있는 팸플릿을 꼭 쥐고서 "선생님, 어디에 갈까요?" "일레이나, 어디로 할까요?" 하고 서로에게 물었습니다.

"얼른 들어가지 않으면 식어버릴 거예요."

꾸욱 하고 선생님의 어깨가 저를 떠밀었습니다.

"저는 선생님을 위해서 물을 받은 건데요?"

저도 마주 떠밀었습니다.

"하지만 저는 아직 바빠요."

"저도 바쁘거든요. 먼저 하세요."

"아뇨 아뇨. 먼저 해요."

어째선지 서로 어깨를 떠미는 묘한 상황이 그 후로도 한동안 이어졌습니다만, 둘 다 한 발짝도 양보하지 않았습니다.

이 가게가 맛있을 것 같다느니, 여기가 재미있어 보인다느니, 그런 평범한 대화가 계속해서 이어졌고, 내일 어디에 갈지도 전혀 정해지지 않은 채 결국 받은 물이 다 식어버렸을 무렵에, 저희는 "선생님, 그럼 이만 먼저 씻겠습니다" "아, 역시 제가 먼저 씻어도 될까요?"라며 또다시 같은 의견이 맞부딪혔고.

"……결국 제가 먼저 들어왔네요."

이윽고 수증기로 가득해진 욕실의 욕조 안에서 저는 천장을 바라보기에 이르렀습니다. 결국 제가 먼저가 되었습니다. 따뜻한 물이 제 몸에서 힘을 빼앗아 갔습니다. 들이마시고 내쉬는 숨은 완전히 무기력해졌고, 조금 긴장감 없는 목소리가 흘러나오고 말았습니다.

『내일, 관광하는 김에 등대에도 잠깐 들르지 않을래요? 어떤 마법사가 인형을 움직이고 있는지 궁금하니까요.』

선생님의 분명치 않은 목소리가 문 너머에서 들려왔습니다. 저는 숨을 들이쉬고.

"딱히 상관없습니다."

그렇게 목소리를 높여 답했습니다. 저는 아무래도 스스로도 눈치채지 못할 만큼 피로가 누적되어 있었는지, 목소리는 아주 부드럽고 늘어졌습니다. 늘어지다 못해 하품에 가까운 목소리가 되었습니다.

이런 이런.

『……후후』문 너머에서 선생님이 웃고 있었습니다.

『얼른 나와주세요.』

"…………."

욕조에 몸을 기대고, 답했습니다.

"생각해볼게요."

모습은 보이지 않습니다.

하지만 어쩐지 선생님이 이쪽으로 시선을 보내고 있는 느낌이
들었습니다.

『모레 있을 축제, 기대되네요.』

"저는 내일도 기대돼요."

『어디 갈지 정했나요?』

"아뇨 아직——."

어디에 갈지는 정하지 못했습니다. 하지만 즐거운 곳에 가고
싶습니다.

그렇게 대답할 셈이었습니다.

『어머나?』

그러나 그때였습니다. 문 너머에서 위화감이 생겨났습니다. 달
캉 하는 소리와 함께 공기가 달라진 듯한, 묘한 위화감이 있었습
니다.

욕실과 그 밖을 가린 문 너머, 선생님은『……이건?』하는 말을
내뱉었습니다.

"……?" 이상했습니다.

"선생님? 왜 그러시나요?"

그러나 선생님은 답하지 않았습니다.

"……선생님?"

깨닫고 보니 욕조에서 몸을 일으키고 있었습니다. 조금 더 느긋하게 있고 싶은 마음이었지만, 문 너머에서 묘한 기척이 느껴졌습니다.

목욕 수건으로 몸을 닦고, 빙글 몸에 두른 다음, 저는 욕실 문을 열었습니다.

"……윽."

바람이 불어왔습니다. 약간의 한기가 느껴지는 바람이, 목욕물에 데워진 제 몸을 차게 식혔습니다. 창문을 열어둔 적이 없었을 터이건만.

그럴 터이건만, 커튼이 흔들리고 바다 냄새가 방 안에 감돌았습니다.

"……선생님?"

제 목소리는 공허하게 울렸습니다.

침대 두 개와 테이블과 우리의 짐밖에 없는 방 안. 그곳에 있었을 터인 선생님의 모습은, 온데간데없었습니다.

마치 갑자기 사라지고 만 것처럼.

"어디——"

가셨나요?

누구에게랄 것도 없이 저는 물었습니다.

"………….."

창이 열려 있는 것 이외에도, 선생님이 사라진 것 이외에도 하나, 이 방 안에서 달라진 것이 있었습니다.

창가 테이블 위. 책이 놓여 있었던 것입니다.

본 적 없는 정장의 책이었습니다. 표지는 까맸고, 금으로 장식이 되었고, 제목도 없고 저자의 이름도 없었습니다.

그저 왠지 모르게, 상당히, 읽어주길 바라는 듯한 곳에 놓여 있었습니다.

"……이건."

두꺼운 책이었습니다. 대체 안에는 어떤 글이 쓰여 있을지, 참을 수 없이 궁금해서 책의 페이지에 손가락을 가져다 댔습니다.

"…………."

그리고 펼치려 한 직후.

——흠칫, 하고 등줄기에 한기가 내달렸습니다. 차가운 바람이 젖은 몸을 식게 했기 때문일까요? 아니면 강렬한 위화감을 느꼈기 때문일까요?

대화 중에 갑자기 사라진 선생님과 테이블에 놓인 낯선 책. 저는 아무래도 이 둘 사이에 아무런 관계가 없으리라고는 생각되지 않았습니다.

가령 말이죠.

대체 어찌 된 연유인지는 알 수 없지만, 갑자기 창문이 열리고 이 책이 테이블 위로 날아들어 왔다고 해보죠. 가당치도 않은 이야기이지만, 그러한 일이 있었다고 해보지요.

선생님은 아마도 그 순간, 테이블 가까이 다가가지 않았을까요? 그리고 이 책을 펼치지 않았을까요?

그 결과, 만약 사라져버렸다고 한다면.

이 책이 저로서는 도저히 이해할 수 없는 어떤 몹시 성가신 물건이라는 것은, 명백하지 않을까요?

"……곤란하네요."

내일도 일정을 잔뜩 잡고 싶었는데.

멋대로 사라지다니 곤란합니다.

둘이 함께 나란히 읽었던 팸플릿은 침대 위에 가만히 남겨진 채, 그곳에 있었습니다.

○

저는 아침 해가 떠오르자마자 와즐리 씨의 가게를 찾아갔습니다. 지금에 와서 생각해보면, 와즐리 씨의 자택이 찻집이리라는 확증도 없이, 아침 댓바람부터 찾아간들 애초에 그녀가 그곳에 없을 가능성도 있었습니다만.

"……네. 와즐리입니다만."

결과적으로 그녀는 찻집에 있었습니다.

그러나 아침의 그녀는 매우 기분이 저조해서, 어제 제게 온갖 욕설의 폭풍을 퍼부었을 때보다도 훨씬 눈초리가 험악했습니다. 그리고 "모처럼 자고 있었는데……"라며 한숨을 내쉬었습니다.

분명 지나치게 이르기는 합니다.

하지만 지금은 긴급 사태입니다.

"와즐리 씨."

저는 그녀의 이름을 불렀습니다.

©Azure

잠에서 막 깬 탓인지, 아니면 문 앞에 있는 것이 사랑하는 곰돌이를 괴롭혔던 저였기 때문인지, 그녀의 미간에는 주름이 잡혔고.

"이 자식 이 시간에 무슨 생각으로 나타——."

"부탁이 있습니다."

지금은 욕을 들어주고 있을 마음이 없었습니다. 여유가 없습니다.

"당신은 분명 역사 공부를 하고 있다고 했죠? 그렇다면 이 책, 아시나요?"

불쑥, 졸려 보이는 그녀의 눈앞에 검은 책을 내밀었습니다. 예상하지 못한 사고로 책이.펼쳐지면 안 되기 때문에 지금은 벨트로 단단히 묶어두었습니다.

"갑자기 무슨——."

불만 한마디라도 말해주고 싶은 바일 테지만.

저는 다시 말을 잘랐습니다.

"프랑 선생님이 사라졌어요. 이 책이 뭔지, 아시나요?"

".........."

와즐리 씨의 눈이 커졌습니다. 놀란 것은 선생님이 사라졌기 때문인지, 아니면 눈앞의 책을 알고 있기 때문인지, 어느 쪽일까요?

어느 쪽이든 상관없습니다.

"……들어와."

뭔가 단서가 하나라도 있다면 그걸로 충분합니다.

이리하여 저는 그녀의 찻집에 두 번째 방문하게 되었고, 커피를 대접받았습니다. 인형이 끓여준 것이 아니라, 그녀가 직접 끓인 커피입니다.

달칵, 하고 커피잔을 테이블에 놓은 직후에 그녀는 이런 대사를 했습니다.

"――책을 펼치지 않은 건 정답이었어."

그 말이 의미하는 바가 무엇인지 바로 이해되지 않았습니다. 아무래도 머리가 멍한 모양입니다. 앞에 놓인 커피를 한 모금 마시자, 눈 부근이 찌르르하며 열기를 띠는 듯한 느낌이 들었습니다.

"이건, 고독한 이야기책."

맞은편 자리에 앉은 와즐리 씨는 책의 표지를 손가락으로 쓰다듬었습니다.

"언제 어디서 누가 만들었는지는 알려지지 않았고, 이 책 안에 무엇이 쓰여 있는지도 몰라. 정확한 내용을 아는 사람은 아무도 없어."

그렇기에 고독한 이야기책.

그렇게 불리고 있다고 합니다만, 그 말은 즉.

"아무도 읽은 적이 없다……라는 건가요?"

"그렇지도 않아. 읽은 인간은 아주 많지. 이 나라에도―― 주로 마법사들이, 읽고 말았어. 지난 몇 개월 사이에 많은 마법사들이 말이야."

와즐리 씨도 단편적인 정보밖에 모르는 모양이었습니다만, 그녀가 말하길.

이 고독한 이야기책은 이 지방에서 전해지는 기묘한 일화라고 합니다. 이 소문이 퍼지기 시작한 것은 어느 나라에서 마법사의 실종이 계속되면서였습니다.

마법사들이 잇따라 갑자기 모습을 감추고, 그런가 했더니 사흘 정도면 돌아온다. 대체 어디에 갔었는지 물어도, 당사자는 실종 중의 기억을 깨끗하게 잃어버린 상태였습니다.

기묘한 것은 그것만이 아니었습니다.

마법사들은 기억과 함께 마력도 잃었던 것입니다. 다 써버렸던 것입니다. 숲속에서 한동안 생활하면 원래대로 돌아오기는 했지만, 그래도 그러한 상황이 이해하기 어려운 사태라는 점은 말할 것까지도 없었습니다.

대체 무슨 일이 벌어지고 있는 것인가.

원인이 밝혀진 것은 그런 현상이 한동안 이어진 후.

길가에서 검은 책을 주운 마법사가 그 자리에서 흥미 본위로 책을 펼쳤습니다. 직후에 그 마법사는 책 속으로 사라지고 말았습니다.

그러한 광경을 길 가던 사람이 우연히 목격했던 것입니다.

행인은 놀랐고, 마법사는 대체 어디로 사라진 것이냐며 책을 펼쳤습니다. 직후, 몸은 빛에 감싸였고 눈을 떴을 때는 기묘한 세계 속에 있었다고 합니다.

그러나 이윽고.

『당신은 안 불렀어.』

그러한 목소리가 머릿속에서 울리더니, 다시 거리로 돌아와 있었다고 합니다.

이 책이 원인이 되어 마법사들이 사라진 것이 틀림없다. 그 나라 사람들은 바로 직감했습니다. 검은 책에 고독한 이야기책이란 이름을 붙이고, 그들은 책을 엄중하게 보관했습니다. 그리고 사흘 후, 마법사는 돌아왔습니다. 역시나 마찬가지로 사라졌던 동안의 기억과 마력을 잃은 채였습니다.

검은 책은 그 후로 위험한 책으로 분류되어 엄중하게 나라 안에 봉인되기에 이르렀습니다.

그러나.

"이 책은 봉인되었음에도 불구하고 갑자기 사라졌다고 해. 그이후로 때때로, 아무런 전조도 없이 나타나서는 마법사들의 기억과 지식을 빼앗아서 사라지게 되었다── 이 나라에서도, 몇 개월 전부터 목격되곤 했어. 마치 의지를 가지고 있는 책 같아."

말하길, 이 나라의 마법사 부족 원인은 이 고독한 이야기책 탓이라고 합니다.

이 나라의 마법사들은 차례차례 책을 펼쳤고, 사흘간 실종되었다가 일시적으로 마법을 쓸 수 없게 되어 돌아왔던 것입니다. 그런 탓에 대부분의 마법사가 요양 생활을 보내야 하는 지경이 되었고, 결과적으로 와즐리 씨 정도 말고는 제대로 마법을 쓸 수 있는 사람이 없게 되어버렸던 것입니다.

"당신은 무사했던 건가요──."

제가 묻자, 그녀는 태연하게 고개를 끄덕였습니다.

"심지어 내가 한 번은 사태를 수습했다고 해도 과언은 아니지."

아침 시간의 와즐리 씨는 적당하게 쿨했습니다.

"내 눈앞에도 나타났었어. 이 책."

약 한 달 전.

그러나 와즐리 씨는 고독한 이야기책에 관한 지식도 갖고 있었기 때문에 책을 펼치는 일 없이 그대로 단단히 묶어서 다른 나라로 보냈다고 합니다.

"마법 총괄 협회에 전달해서 적절한 조치를 해달라고 할 셈이었는데……."

그러나 그녀의 대처가 실패였다는 사실은, 지금도 테이블 위에 당연하다는 듯이 놓여 있는 책을 보면 분명했습니다.

"대처가 허술했던 모양이야. 설마 이렇게나 빠르게 돌아오다니——."

결국, 고독한 이야기책은 이 나라를 떠난 후에 혼자서 돌아와 버린 것일 테지요.

선생님 곁으로.

"…………."

하지만.

"이 이야기가 전부 사실이라고 한다면—— 선생님이 돌아오는 것은 사흘 후고, 게다가 대부분의 마력을 잃은 상태가 되어 있을 것이다, 라는 말인가요?"

끄덕.

그녀는 긍정했습니다.

"그렇게 되겠지. 이대로라면."

"……선생님은 내일 배로 이 나라를 떠날 예정인데요?"

"그렇지."

"이대로는 곤란해요."

선생님은 어쨌든 교사를 생업으로 삼고 있습니다. 이대로는 일에 지장이 생기리라는 것은 말할 필요도 없을 테지요. 애초에 사흘 동안이나 책의 세계에 갇혀 있는다고 한다면, 왕립 세레스텔리아에 돌아가는 것조차 할 수 없게 됩니다. 그것은 너무나도 곤란한 전개라고 할 수 있지 않을까요?

선생님은 반드시 돌아와 주어야만 합니다.

오늘도 관광을 즐길 예정이었으니까요.

"어떻게 해서든, 선생님을 책 세계에서 돌아오게 해야만 합니다."

내일은 풍등 축제를 함께 보기로 약속했으니까요.

이대로 사흘 동안 기다려야만 하는 처지가 되는 것은 절대 사양입니다.

"너, 몇 시간이나 찾은 거야?"

갑자기, 와즐리 씨는 제게 물었습니다.

"…………."

"찾아다닌 거지? 프랑 씨를."

얼마나 찾아다닌 거야? 그녀는 다시 같은 말을 반복했습니다.

선생님이 사라진 원인이 책이라는 점은 곧바로 눈치챘습니다만, 만약을 위해 나라 안도 찾아다녔습니다.

과연 얼마나 찾아다녔을까요?

"……기억 안 납니다."

"잠깐 눈 좀 붙여."

득달같이 와즐리 씨는 답했습니다.

무슨 말을 하는 건가요?

"그럴 수 없습니다. 선생님을 구해낼 방법을 찾을 때까지는——."

다시 커피를 마셨습니다. 찌르르하고 다시 눈가가 뜨거워졌습니다.

그러나.

"방법이 있으니까 하는 말이야."

그러니까 조금 자도록 해, 라고. 그녀는 그렇게 말하며 제게서 커피와 책을 가져가 버렸습니다.

한숨 잔 후.

"일어났구나! 오랜만이야, 일레이나 씨. 잘 지냈어?"

"…………."

깨어나 보니, 어질러진 방이 눈에 들어왔습니다. 약병이 여기저기에 굴러다니고, 발아래에는 계산식이 줄줄이 적힌 종이가. 책장에는 여자아이와 남자아이, 혹은 가게를 운영하는 곰 인형 등이 소중하게 보관되어 있었습니다.

가게 안은 그녀의 개인 공간으로 되어 있는 모양이었습니다.

"평소엔 여기서 연구를 해. 가게는 곰돌이들한테 맡겨두면 문제없으니까!"

창에서 빛이 비쳐들고 있었습니다.

아직 낮인 모양입니다.

"안녕하세요……."

한숨 잔 덕분에 몸이 가벼워진 느낌이 들었습니다. 쭈욱 기지개를 켜자 조금 기분이 좋아졌고, 굳어졌던 몸이 풀렸습니다.

"마침 잘됐어. 조금 전에 준비가 끝난 참이었거든."

저를 보며 와즐리 씨는 말했습니다.

네 개의 인형이 있었습니다.

잿빛 머리카락, 유리색 눈동자, 그리고 마법사스러운 로브를 걸친 여자아이 인형이 둘. 나머지 둘은 평범한 사복을 입은 여자아이 인형이었습니다.

"이건."

뭘까요?

"이건 네 분신! 내가 했지만 상당히 잘 만들어졌어……."

후후후, 하고 그녀의 낯빛은 행복으로 가득해졌습니다. 인형들을 다정하게 쓰다듬던 와즐리 씨는.

"이건 어디까지나 가설이지만, 고독한 이야기책은 분명 악마가 만든 거라고 생각해."

"악마……인가요."

잠기운에 어린 머릿속에 그 순간 떠오른 것은 꽤 오래전의 기억. 좋아하는 꿈을 보여주고, 꿈의 마지막에 원하는 것을 하나 주는 비교적 양심적인 악마를 떠올렸습니다.

꿈속에 머물고 싶어, 마지막 순간에 그렇게 바라면 그대로 목숨을 빼앗기게 되지만 말이죠──.

"아마도 마법사들은 책 세계에 갇혀서 마력을 빼앗기고 있을 거야. 사흘간, 대체 안에서 어떤 일을 겪고 있는지는 모르겠지만──."

"…………."

하지만 아마도 고독한 이야기책 안에 있는 악마가 마법사들에게서 마력을 빼앗고 있다는 것만큼은 틀림없으리라고, 그녀는 말했습니다.

저는 그 말에 아주 조금의 위화감을 느꼈습니다.

그저 마력을 빼앗기 위해 악마는 이런 복잡한 방법을 쓰고 있는 것일까요? 사람의 꿈속을 짓밟고 들어왔던 악마는, 적어도 대치한 자를 전원 빠짐없이 현실 세계로 돌려보내 줄 만큼 양심적이지는 않았다고 보여집니다만——.

"마법사가 아니면, 악마가 있는 책 속 세계에서 쫓겨날 거야."

와즐리 씨의 말에 제 의식은 현실로 돌아왔습니다.

"그러니까 꾀를 짜내보자고."

"……무슨 말인가요?"

와즐리 씨는 네 개 중, 마법사스러운 복장을 한 인형 두 개를 가리켰습니다.

"내 인형의 구조는 아주 간단해. 안에 마력이 담겨 있고 사람이 닿으면 움직일 수 있어."

"그건 어제도 봤습니다만——."

이 가게. 혹은 등대에서 쏟아지는 마력을 원동력으로 인형들은 의사를 지닐 수 있게 된다, 라고 들었습니다.

"네 개 중 두 개는 당신과 프랑 씨처럼 보이게 꾸몄어. 마력을 갖고 있고 의사도 가진 인간으로서, 사흘간 책 속 세계에서 지내게 할 거야."

"즉, 대역이라는 건가요?"

끄덕, 그녀는 고개를 끄덕였습니다.

"의사를 갖고 있다고 해봐야 결국에는 평범한 인형. 죄책감 같은 건 느끼지 마."

그리고 그녀는 나머지 둘.

사복 차림을 한 인형을 가리켰습니다.

"이건 당신과 프랑 씨의 마력을 보관하는 데 이용할 거야. 의사를 갖도록 만들지는 않았으니까, 오로지 마력을 주입하는 게 가능할 뿐인 인형이야. 책 안에서 프랑 씨를 발견하면, 둘이 각자 마력을 주입해줘."

마법을 쓸 수 없게 될 정도로, 한계까지 마력을 쏟아부을 것.

그러면 저와 프랑 선생님은 더는 빼앗길 것이 아무것도 없게 됩니다. 저희 몸에 마력은 남아 있지 않을 테니까요.

즉.

"둘이 함께 책 밖으로 쫓겨날 거라는 말인가요?"

"맞아. 대역을 남겨두고서."

그리고 대역이 되었던 인형 둘이 사흘 후에 의사도 마력도 잃은 상태로 바깥 세계로 돌아온다——.

그것이 그녀가 세운 계획이었습니다.

"이 나라에 고독한 이야기책이 나타났다고 하는 소문을 듣고 가장 먼저 떠오른 안이 이거였어. 하지만 이 책, 정말로 신출귀몰해서 말이지——."

결국 시험해본 적은 지금까지 없었다고 합니다.

즉, 이 계획이 성공할지 어떨지는 전혀 예측할 수 없습니다. 그저 상황 증거를 짜 맞추어 그럴듯한 대책을 짜낸 결과 만들어진 것입니다.

"해볼래?"

와즐리 씨는 고개를 갸웃거렸습니다.

답은 정해져 있습니다.

"당연합니다."

그리고 저는 지팡이를 꺼내서 로브 차림을 한 두 개의 인형에 마법을 주입하기로 했습니다.

망설일 필요는 없었습니다. 물론 이 계획이 실패하고 말 가능성이 없다고는 할 수 없지만, 그러나 그렇다고 해도 저와 프랑 선생님이 함께 책 속에서 사흘을 보낸 끝에 마력을 빼앗기는 정도일 뿐입니다.

죽는 것도 아닙니다.

그렇다면 망설일 필요 따윈 없을 테지요.

"이제 시작합니다."

희푸른 빛을 받고 로브 차림의 인형이 덜컥덜컥 흔들렸습니다. 어느 정도 마력을 쏟아부었을 즈음, 와즐리 씨가 "사복인 아이들은 가방에라도 넣어둬"라며 파우치에 인형 두 개를 찔러 넣었습니다.

"어라? 안 들어가네……."

꾸욱꾸욱 쑤셔 넣었습니다. 들어가지 않았습니다. "으랏차" 결국 억지로 목을 꺾어서 집어넣었습니다.

"…………."

이 사람 정말로 인형을 좋아하는 거겠지요? 그런 거겠지요?

"자, 이거 받아."

"아, 아아…… 감사합니다."

저는 받아 든 파우치를 어깨에 메고, 대략 그즈음에 지팡이도 집어넣었습니다. 이미 마력은 충분히 주입했으니까요.

"그럼, 준비됐어?"

그리고 곧바로 와즐리 씨는 책을 들어 올렸습니다. 저를 향해서 펼쳐줄 모양입니다.

저는 로브 차림의 두 인형을 안아 들었습니다. 양팔에 안긴 인형은 답답한 듯 몸을 뒤틀며 제게서 도망치려 했습니다.

저와 접촉하여 제 의사를 반영할 터입니다만, 아무래도 품 안의 저들은 뒤늦게 반항기가 찾아온 모양이었습니다.

"가기 전에, 뭔가 묻고 싶은 거 없어?"

와즐리가 책을 들고 대기하며 제게 물었습니다.

"…………."

더할 나위 없이 상황에 맞지 않았지만, 저는 이때 어느 정도 평정을 되찾은 상태였습니다. 아마도 어떻게든 되리라는 낙관에 몸을 맡기고, 멍하니 어제의 일을 떠올렸습니다.

선생님과 거리를 걸을 때의 일.

그리고 보니, 하고 떠올린 것은.

"이 나라의 벽, 페인트가 칠해져 있잖아요? 이유가 뭔가요?"

이 가게에 오는 계기가 된 선생님과의 대화였습니다.

모든 일에는 깊은 이유가 있는 듯 보이지만 사실은 별다른 이유도 없는 일도 있다는 이야기였습니다만.

"그런 것도 몰라?"

다소 분위기 파악을 못 한 제 질문에 와즐리 씨는 미간을 좁혔습니다.

하지만 그럼에도 대답해주었습니다.

너무나도 간단히.

"당연히 배에서 마을을 찾기 쉽게 하기 위한 거지."

그렇게.

"그렇습니까——."

역시 깊은 이유가 있는 것처럼 보이는 것은 대체로 진짜로 그에 걸맞은 이유가 담겨 있는 모양입니다.

선생님과 다시 한번 만나서 이야기를 나눠야만 하겠군요——.

저는 멍하니 그런 생각을 하며 빛에 휩싸였습니다.

●

여기는 대체 어디일까요?

몸을 일으키고 주변을 둘러보니, 눈에 익은 풍경이 펼쳐져 있었습니다.

키 큰 건물이 당당하게 늘어서 있고, 그 사이에 로프가 걸려 있습니다. 널린 빨래가 흔들흔들 따뜻한 바람에 흔들렸고, 기분 좋은 향기를 뿜고 있었습니다. 희미하게 감도는 달콤한 향기에 이

끌려 시선을 두리번거리자, 창가에 장식된 꽃이 보였습니다.

기억 속에 있는 경치.

왕립 세레스텔리아의 거리가 눈앞에 있었습니다.

조금 앞에는 덩굴이 벽을 타고 자라난 건물들이 서 있었습니다. 마치 자연으로 돌아간 듯한 그 모습도, 제 기억 속에 있었습니다.

오래전, 어린 시절 아주 좋아했던 나라의 광경.

깊은 숲속의 비엘라의 정경도, 그곳에는 섞여 있었습니다.

여기는 두 나라의 경치가 복잡하게 뒤얽힌 불가사의한 세계였습니다.

"여어, 안녕. 거기 당신, 여기가 어딘지 알겠어?"

갑작스레 등 뒤에서 목소리가 들려왔습니다.

돌아보니 한 여자아이가 서 있었습니다. 나이는 대략 열네 살 정도. 검은 머리카락의 그 모습은 눈에 익었습니다.

과거의 저였습니다.

그렇게 보였습니다.

머리에는 자그마한 뿔이 두 개 자라나 있었고, 손끝에서 뻗은 손톱은 검게 물들어 있었습니다. 그러나 그 얼굴도, 입고 있는 옷도, 과거의 저 그 자체였습니다.

"당신, 여기가 어딘지 알겠어?"

과거의 저와 같은 모습을 한 무언가는 고개를 갸웃거렸습니다.

"…………."

잠시 머리를 굴려보았습니다.

우선 여기에 오기까지의 경위를 생각해보지요. 저는 분명 목욕을 하는 일레이나를 기다렸고, 그리고 창이 멋대로 열리고 바람이 불어오는가 싶더니만 본 적 없는 책이 테이블 위에 놓여 있었고, 그래서 그것을 펼쳤고, 그리고——.

"……여기는 책 속인가요?"

"똑똑해! 그럼 내가 누군지 알겠어?"

"……글쎄요?"

그 부분은 전혀 짐작이 되지 않았습니다. 어디 사는 누구신가요?

겉모습만 본다면 악마처럼도 보이지 않는 것은 아닙니다만——.

"그럼 당신이 여기에 있는 이유는 뭔지 알아?"

알 리가 없습니다.

저는 고개를 저었습니다.

"그럼 가르쳐줄게."

키득 그녀는 웃었고.

"내가 불렀어."

"……어째선가요?"

"당신과 놀고 싶었으니까."

그녀는 태연하게 이야기했습니다.

지극히 단순한 이유를, 이야기했습니다.

"……그것뿐인가요?"

좀 더 특별한 사정이 있어서 저를 이곳에 부른 것이 아닌 건가요? 놀 상대가 필요했던 것뿐인가요? 저와 함께 놀기 위해 이런 거리를 준비한 건가요?

"깊은 이유가 있을 것만 같지? 하지만 전혀 그렇지 않아. 나는 **너**와 함께 놀고 싶을 뿐이야."

그녀는 웃었습니다.

그러나 저는 알고 있습니다.

그것이 유혹하기 위한 방편이라는 것쯤은.

"자아, 어서 놀자. 뭐 할까? 뭐 하며 놀까?"

그리고 그녀는 불쑥 제게 다가오더니 속삭였습니다.

마치 악마처럼.

"괴로운 현실을 잊을 만큼 즐겁게 놀아볼까?"

○

인간은 자기 자신조차 알지 못하는 일면을 누구나 갖고 있는 법입니다. 자각하지 못한 마음을 누구나가 품고 있는 법입니다.

왕립 세레스텔리아와 깊은 숲속의 비엘라를 뒤섞은 이 책 속 세계를 만들어낸 선생님에게도.

그리고 당연히, 제게도.

"아무래도 여기는 선생님의 기억을 재현한 세계인 것 같네요······ 과연, 재미있군요."

후후후, 하고 **제가** 대담한 미소를 지었습니다.

제, 가.

"선생님은 두 개의 고향을 소중하게 생각하고 있던 거로군요. 과연 그렇구냥."

그리고 묘한 어미를 덧붙이며, 역시 제가 말했습니다.

………….

"이 안에서 프랑 님을 찾아내면 되는 거죠? 일레이나 님."

이것은 저와 비슷한 외모를 한 제가 아닌 쪽의 말이었습니다.

저는 **그녀들의 말**에 답하는 일 없이 주변을 둘러보았습니다.

눈에 익은 두 개의 나라를 재현한 기묘한 세계 속에는, 잿빛 머리카락의 마법사가 세 명. 그리고 복숭앗빛 머리카락을 한 인간이 한 명 있었습니다.

"후후…… 숨바꼭질인가요? 과연, 재미있겠어요."

싱긋, 대담한 미소를 짓고 있는 것은 저와 같은 모습을 하고서 안경을 쓰고, 그리고 어째선지 라트리타 국립 학원의 교복을 차려입은 저였습니다. 어딘지 모르게 인텔리전트한 저라 이름 붙이지요.

"맡겨두세요. 사랑스러운 스승님을 반드시 찾아내겠어요냥."

그리고 그 옆에는 고양이 귀, 메이드복, 거기에 더해 뻔한 어미를 상당히 쉽게 구사하는 애교 덩어리 같은 저. 편의상 이 저는 애교쟁이인 저라고 이름 붙이기로 하지요.

"일레이나 님. 이 두 사람은 정말로 일레이나 님의 의식을 반영한 건가요?"

두 명의 기묘한 저를 바라보는 것은, 겉모습은 저와 비슷하지만 속은 제가 아닌, 저와 함께 오랫동안 여행을 해온 분. 빗자루 씨였습니다.

"…………."

저는 입을 다물었습니다.

우리가 이러한 상황에 내몰린 데에는 몇 가지 이유가 있습니다만, 들어주시겠습니까?

이 책 속 세계에 들어온 저는 갑자기 번뜩였습니다.

"인형을 대역으로 삼아도 애초에 모습이 인간이 아니니까 들키지 않을까?"라고.

자칫하면 "뭐? 이런 인형이 마법사를 대신할 수 있을 리가 없잖아? 바보냐?"라며 이 책 속 세계 어딘가에 계신 악마님이 일축해버릴 것만 같은 느낌이 들었습니다. 와즐리 씨가 세운 작전에는 중대한 허점이 있었던 것입니다. 냉정함을 조금 잃어버렸기 때문인지, 제가 그 사실을 깨달은 것은 이 세계에 들어온 후였습니다.

그것참 어찌해야 할까요?

"아, 그럼 제가 마법을 걸어서 인형을 인간 모습으로 바꾸면 되는 거 아닐까요?"

번쩍, 하고 저는 곧바로 천재적인 번뜩임을 발휘했습니다. 깨닫고 난 다음은 빨랐습니다. 저는 두 개의 인형을 지면에 내려놓고, 그 김에 빗자루도 내려놓고서 마법을 걸었습니다.

인간 모습으로 변하는 마법을.

그 후로 상황이 어찌 되었는가 하면.

"후후후. 아무래도 제 힘이 필요한가 보군요. 저."

뭔가 쓸데없이 의기양양한 표정을 짓고 있는 머리가 나빠 보이는 안경 낀 제가 나타났습니다.

"프랑 선생님은 제가 찾아내겠습니다냥."

뽕뽕 머리에 자라난 귀와 엉덩이 부근에서 자라난 꼬리를 흔들며 애교부리는 메이드복 차림의 제가 나타났습니다.

"일레이나 님. 최근 저를 불러내 주지 않았으면서 갑자기 뭔가요? 저는 일레이나 님의 도구지만 도구가 아닙니다."

약간 성가신 말을 하면서 뺨을 부풀리며 나타난 것은 빗자루 씨. 최근 출연이 없었던 탓에 조금 역정이 났습니다.

겉모습이 노골적으로 평범하지 않은 점이 가장 먼저 걸렸습니다만, 저는 일단 안 보이는 척을 하고서 그녀들에게 부탁했습니다.

"부탁입니다. 여러분의 힘을 빌려주시겠습니까?"

이 세계 어딘가에 있는 프랑 선생님을 찾아서 데리고 돌아가기 위해. 그러기 위해서는 저 혼자서는 아무리 애써도 시간이 너무 걸리고 말 테니, **다른 저**의 손도 빌려야 한다고 생각했습니다.

그러나 다른 인격의 저 두 사람과 빗자루 씨는 내키지 않는 모양이었습니다.

"선생님을 찾는 것보다, 우선 먼저, 거기 있는 저. 저를, 어떻게 생각하죠?"

안경을 쓱 손가락으로 밀어 올리며 말하는 인텔리전트한 저.

"머리가 좋아 보이지 않나요?"

"…………."

무슨 말을 하는 걸까요?

"아뇨그냥눈이나쁜가보다라는생각밖에안드는데요……."

"교복 차림에 안경을 쓴 인텔리전트한 분위기의 제가 있었습니다. 그것은 누구인가."

"모릅니다."

"그렇습니다. 저입니다."

"안경을 쓰면 인텔리전트한 척할 수 있을 거라고 생각했다면 큰 착각입니다."

저는 그렇게 내뱉었지만, 인텔리전트인 저는 그런 저를 향해 코웃음을 치면서 "후후…… 저학력자의 질투인가요?" 같은 의미 불명의 말을 늘어놓았습니다.

제가 저학력자라면 당신도 저학력자가 되는 셈입니다만 알고 있는 겁니까?

"저기, 저. 평온한 저."

쭉쭉 제 로브를 잡아당기는 제가 있었습니다. 애교쟁이인 저였습니다. 고양이 귀 메이드복의 저는 고양이처럼 등을 살짝 움츠리며 저를 올려다보았습니다.

평온한 저라는 건 혹시 저를 말하는 겁니까? 조금 전부터 지나치게 저를 연호하고 있어 저는 매우 당황했습니다. 그러나 애교쟁이인 저는 그런 것을 개의치 않고 물었습니다.

"저는 어떡하면 되나요? 일단 선생님을 찾아서 러브러브 하면 되나요?"

"아니찾아서인형을건네고사정을설명하면그걸로충분합니다."

"그다음에 러브러브 하면 되나요?"

"러브러브는 안 됩니다."

"안 되나요?"

"안 됩니다."

"그럼 프랑 선생님 이외의 사람과 러브러브 하는 것도 안 되나요?"

"프랑 선생님 이외라니 누굽니까?"

"당신이라든가."

"안 됩니다."

"그럼 빗자루 씨라든가."

"안 됩니다."

"시무룩."

"……어째서 그렇게 러브러브 하고 싶은 겁니까?"

그보다, 러브러브라니 무얼 할 셈입니까? 어떤 은어인 겁니까?

"사람의 온기가 그리워요……."

"무슨 말을 하는 겁니까 저."

당신은 따지고 보면 여행자인 저에게서 비롯되었을 텐데요?

"저기 평온한 저. 토끼는 있죠, 외로우면 죽어버리거든요?"

"당신 고양이 아닙니까?"

여러 가지로 딴죽을 걸고 싶은 부분이 있었습니다만, 일단 고작 몇 분 동안 대화를 나누는 중에 어미인 "냥"이 흔적도 없이 사라져버린 것이 가장 신경 쓰였습니다. 뭡니까? 캐릭터 설정이 허술한 겁니까? 캐릭터 설정이 허술한 저라고 개명할까요?

"그래서, 대체 어째서 저까지 불러낸 건가요?"

탄식하는 제게 물은 것은 빗자루 씨. 드디어 제대로 된 질문이 던져진 것에 저는 다시 한숨을 내쉬었습니다.

"그게, 사람이 많은 편이 좋겠다 싶어서요."

"과연. 그래서 선생님을 찾으면 어쩌실 건가요?"

"이걸."

저는 파우치에서 사복 차림의 저를 닮은 인형을 하나 꺼내 건넸습니다.

"와즐리 씨가 말하길, 이 인형에 한계까지 마력을 담으면 평범한 인간과 마찬가지인 상태가 된다고 해요. 그렇게 되면 아마도 책에서 나갈 수 있게—— 될지도 모른다더군요."

"흐음."

빗자루 씨는 인형을 받아 들더니 주머니에 찔러 넣었습니다. 머리가 큰 탓에 "어라? 잘 안 들어가네요…… 으이잇" 하고 억지로 목을 꺾어서 넣었습니다.

사복 차림의 저…….

"그런데, 일레이나 님."

인형을 넣어서 불룩해진 주머니를 쓰다듬으며 빗자루 씨는 고개를 갸웃거렸습니다.

"왜 그러나요?"

"제 오해라면 죄송하지만, 혹시 저와 일레이나 님 둘로 나뉘어 찾을 셈이신가요?"

어라? 무슨 말씀이신지?

"반대로 묻고 싶습니다만, 이 둘이서 선생님을 찾을 수 있을 거라고 생각하나요?"

힐끗 저는 두 사람을 보았습니다.

저희의 대화 같은 건 들을 생각도 없는 인텔리전트한 저와 애교쟁이인 저는.

"그 고양이 귀, 멋지네요…….""어머나, 당신 안경이야말로 멋있어요……."

같은 말을 하며 알콩달콩하고 있었습니다.

"무리네요."

빗자루 씨는 단호하게 말했습니다.

"그렇죠?"

저 자신이기에 이렇게 말하기는 조금 가슴 아프지만.

"선생님과 만난다고 해도, 악마와 만난다고 해도, 저 두 사람뿐이면 아마도 대처는 어려울 테죠."

어느 쪽과 마주친다 해도 저나 빗자루 씨 중 어느 한쪽이 없으면 사태는 나빠질 것이 틀림없습니다. 역시 대역으로서 준비했다고는 해도, 제 의식의 일부만을 담아 넣었을 뿐인 인형이기 때문에 어려운 일은 잘 이해하지 못하는 모양이었습니다.

빗자루 씨를 불러내 둔 것은 정답이었습니다.

"…………."

그러나 당사자인 빗자루 씨는 저와 시선을 마주치는 일 없이, 미간을 좁히며 입을 다물었습니다. 어려운 생각이라도 하고 있는 듯한 표정이었습니다.

"응? 왜 그러나요?"

그래서 저는 고개를 갸웃거렸습니다.

그녀는 그제야 겨우 퍼뜩 고개를 드는가 싶더니.

"아, 아뇨…… 조금 걸리는 점이 있어서요"라고 답했습니다.

"뭔가요?"

"…………."

빗자루 씨는 잠시 침묵했습니다만, 이윽고 조용히 속삭이듯 말했습니다.

"이상하다고 생각하지 않으시나요?"

"……뭐가 말이죠?"

질문에 질문으로 답하면서도 저는 깨닫고 말았습니다. 오래 알고 지낸 빗자루 씨도 저와 같은 점에 의문을 품고 있다는 사실을.

"악마인 것치고는, 상당히 얌전하다고 생각하지 않으시나요? 만약 저희 같은 외부인이 갑자기 책 속 세계에 들어왔다고 한다면, 악마는 바로 눈치채고 저희 앞에 모습을 드러내지 않을까요? 그런데 어디에도 그 모습은 없어요. 이렇게나 소란스러운데, 눈치챈 기색도 없다니. 지나치게 얌전해요."

"…………."

"저희를 함정에 빠뜨리거나, 어떤 방해를 하거나, 방법은 얼마든지 있을 거예요. 게다가 들은 이야기대로 지금까지 마법사들을 전부 살려서 돌려보냈고, 시간이 지나면 바로 마법사로서 활동을 재개할 수 있다고 한다면── 빼앗긴 것은 고작 사흘의 시간과 그 사흘 동안의 기억과 일시적인 마력뿐이라고 한다면."

"지나칠 만큼 무르기는 하죠."

저도 이상하다고 여기고는 있었습니다.

제가 과거에 만났던 악마는 그러한 친절한 수 같은 건 쓰지 않았습니다. 잘못된 선택을 하면 가차 없이 목숨을 빼앗는 그런 존재가 악마입니다.

그럼에도 불구하고, 이 책은 누구도 죽이지 않았습니다. 적어도, 이야기로 들은 한은.

"무언가 꿍꿍이가 있을지도 모릅니다. 일레이나 님. 이제부터는 진중하게 움직이죠."

빗자루 씨는 말했습니다.

"……그러네요."

저도 고개를 끄덕였습니다. 원래부터 그럴 셈이기는 했습니다만.

저희는 그렇게 둘로 나뉘어 책 속 세계를 걷기 시작했습니다.

"아얏?! 고양이 귀인 저! 안녕히!"

제게 질질 끌려가고 있는 것은 인텔리전트한 저.

"당신을 잊지 못할 거에요! 멋진 안경인 저!"

질질 빗자루 씨에게 끌려가고 있는 것은 애교쟁이인 저.

이 앞에 무엇이 기다리고 있는지 알지도 못한 채, 저희는 책 속 세계를 여행하기 시작했던 것입니다.

●

"그렇지! 프랑 씨, 숨바꼭질하자."

짝하고 손뼉을 치며 웃는 악마 같은 모습을 한 저.

대체 시간이 얼마나 지났을까요? 낮도 밤도 없이, 하늘은 흐릿하게 희끄무레할 뿐. 제가 있는 이 세계에서 시간 개념은 아주아주 희박했습니다.

악마 같은 모습을 한 저는 신기하게도 이 세계 속에서 놀기만 할 뿐, 노골적으로 악의를 드러내는 일도 없었고, 유혹하려는 기색도 보이지 않았습니다.

몇 번인가 저는 여기서 내보내 달라고 부탁했습니다만, 그때마다 그녀는 "나한테 이기면 내보내 줄게"라고 답할 뿐이었습니다. 주변은 온통 거리가 펼쳐져 있었고, 출구는 보이지 않았습니다.

결국 저는 그저 시간이 허락하는 한 계속해서 놀이에 어울릴 수밖에 없었습니다.

여기에 와서 처음으로 한 놀이는 보드게임이었습니다. 체스와 트럼프 같은, 그저 서로 마주 앉아서 손을 움직일 뿐인 놀이를 즐겼습니다.

지루하지는 않았습니다. 그러나 그녀의 목적은 다소 이상하고 분명하지 않았습니다.

"재미있어, 재미있어."

손을 짝하고 마주치고 웃으며 그녀는 제 앞에서 그저 놀이를 마음껏 즐기고 있는 것처럼 보였습니다.

그녀의 실력은 상당했습니다.

자신을 이기면 내보내 주겠다고 하는 자신감 넘치는 선언대로, 그녀는 어떠한 놀이에서도 지는 일이 없었습니다. 제가 질 때마다 그녀는 "그럼 벌로 당신 이야기를 하나 들려줄래?" 하고 물었습니다.

그래서 저는 매번, 그녀에게 이야기를 해주었습니다.

"옛날 옛날, 깊은 숲속의 비엘라라는 나라에 한 소녀가 살았습니다——."

그것은 예를 들면 제가 과거 고향을 떠날 때까지의 이야기이거나.

"예전에 저는 한 여자아이와 함께 숲속에서 지냈습니다——."

혹은 일레이나와 둘이서 수업을 했던 1년 동안의 이야기이거나.

"최근에 저는 제자인 여자아이와 함께 여행을 했습니다——."

혹은 이곳에 다다르기까지의 이야기이거나.

그런 이야기를 들려주었습니다.

그녀는 그때마다 손뼉을 치며 웃었습니다.

"재미있어, 재미있어."

책 속의 그녀는 사람에게 이야기를 해달라고 조르기를 좋아하는 모양이었습니다.

"다음은 어떤 이야기를 해달라고 할까."

아니, 어쩌면 사람과 말을 나누는 것만으로도 충분히 만족하고 마는 분이었는지도 모릅니다.

그녀는 놀이에서 이길 때마다 그렇게 웃으며 새로운 놀이를 제안했던 것입니다.

"…………."

그리고 제가 여기에 온 뒤로 시간이 얼마나 흘렀을 무렵이었을까요?

"숨바꼭질하자."

그녀는 그렇게 제안했습니다.

제한 시간은 한 시간.

그녀가 100초를 세는 사이에 제가 마을 어딘가에 숨고, 그걸 그녀가 찾으면 그것으로 끝이라고 하는 매우 간단한 규칙 설명을 들은 후에 저는 길을 걸었습니다.

눈에 익숙한 것들로 가득한 거리였습니다.

문득 민가의 문을 열고 보니, 왕립 세레스텔리아에서 제가 평소 이용하던 서고가 그곳에 있었습니다. 다른 집 문을 열어보니, 일레이나의 본가가 있었습니다.

둘이서 1년 동안 지냈던 집도, 있었습니다.

여기는 마음 푸근해지는 추억으로 가득한 거리였습니다.

"…………."

그나저나, 곰곰이 생각해보면 이곳은 시간 개념이 지극히 희박한 데다 저는 지금 시계를 갖고 있지 않습니다만.

현시점에서 시간이 얼마나 흘렀는지 저로서는 짐작도 되지 않았습니다. 악마 같은 모습을 한 제 재량으로 한 시간 같은 건 어떻게든 늘릴 수 있지 않을까요?

혹시 이 승부, 제 패배가 이미 확정되어 있지 않은가요?

"……당했네요."

거리를 걸으며 저는 탄식했습니다.

아무래도 악마 같은 저는 어떻게 해서든 저에게 이야기를 하게 하려는가 봅니다.

○

안경을 장비한 인텔리전트한 저는 아무래도 모든 일에 주도권을 쥐고 싶어 하는 타입인 분인 모양입니다.

　"알았나요? 여기서부터는 제가 앞장서겠습니다. 뒤를 따라와 주세요."

　쓱, 안경을 밀어 올리며 그렇게 말한 그녀는 그림자에서 그림자로 재주 좋게 이동하며 길을 나아갔습니다. 그 모습은 그야말로 동양의 닌자와 같았습니다.

　"숨바꼭질이라면 어울려줄 마음이 없습니다."

　한편, 저는 평범하게 길을 걸었습니다. 숨을 마음은 없었고, 숨어 있어서는 선생님을 찾을 수 없으니까요.

　혹은 눈에 익은 광경에 넋이 나가 있었을 뿐인지도 모릅니다만.

　"그나저나, 평온한 저."

　갑자기 인텔리전트한 제가 이쪽을 돌아보았습니다.

　"······뭔가요?"

　이제 그 호칭은 정착된 겁니까? 딱히 평온한 분위기를 낼 마음은 없습니다만······.

　후후후, 웃음 지으며 그녀는 안경을 쓱 하고 밀어 올렸습니다.

　"이 안경, 어떻게 생각하나요?"

　"············."

　뽐내는 표정을 지으며 어찌 되든 상관없는 질문을 하는 어찌할 도리도 없는 제가 그곳에는 있었습니다.

　"안경에 관한 건 일단 제쳐두고, 지금은 선생님 찾기에 전념해 주세요. 저."

"그건 물론 아까부터 하고 있어요. 실례로군요. 평온한 저."

"……정말인가요?"

찌릿하고 저는 눈을 가늘게 떴습니다.

그러나 인텔리전트한 저는 당황하는 일도 없이 "정말인데요?"라고 답했습니다.

"이 안경을 걸고 거짓말은 하지 않습니다."

어라? 거짓말을 하지 않는다니 저답지 않군요.

"그럼 이 거리에 관해 뭔가 알아낸 게 있나요?"

"?"

인텔리전트한 저는 귀엽게 고개를 갸우뚱했습니다. 약았군요.

"거리에 관해서, 말인가요? 선생님의 추억이 담긴 곳이 이것저 것 뒤섞여 매우 혼돈스러운 거리가 되어 있다, 같은 거요?"

그러네요.

"그럼 그 법칙성은 알아냈나요?"

"……?"

그녀는 잘 모르겠다는 표정을 지으며 고개를 갸웃거렸습니다.

눈치채지 못한 모양입니다.

"보세요."

저는 손가락을 뻗었습니다.

희뿌연 하늘 아래, 우리가 나아가는 길 끝에는 커다란 건물이 하나 있었습니다. 몹시 낡았고, 당장이라도 무너질 것 같은 허름 한 건물.

깊은 숲속의 비엘라에 있던 대서고였습니다.

"저게 왜요?"

"저곳은 본 적이 있어요."

"……?"

인텔리전트한 저는 대서고를 바라보며 얼굴을 찡그렸습니다. 혹시 그 안경은 패션인 겁니까?

"저곳을 본 적 있는 건 당연하지 않은가요? 그게, 저기는 선생님과 둘이서 별을 본 곳이잖아요?"

"그러네요."

그러니 제 기억에도 있는 것이 이 세계에 있는 부분에 관해서는 아무런 문제도 없습니다.

그저 마을 중심에 대서고가 있고, 그리고 거리 곳곳에 깊은 숲속의 비엘라에 있던 건물들이 뒤섞여 있다는 것은.

"이곳은 어쩌면 깊은 숲속의 비엘라를 중심으로 해서, 다른 나라들의 건물이 구석구석 뒤섞여 만들어진 게 아닐까요?"

그렇게 말할 수 있지 않을까요?

"……흐음."

인텔리전트한 저는 그 말을 듣고도 여전히 알 수 없다는 얼굴을 하고 있었습니다.

"그게 왜요?"

"여기를 좀 보세요."

저는 주변에 늘어선 민가 중 하나를 가리켰습니다. 선생님과 수업을 하던 때 지냈던 집입니다. 어째서인지 이 집은 마을 안에 몇 곳이나 있었고, 제가 가리키고 있는 곳은 통산 네 번째였습니다.

"흐음?"

인텔리전트한 저는 재촉하는 대로 창을 들여다보았습니다.

"뭐가 보이나요?"

저는 물었습니다.

"……미소녀가 보여요."

"…………."

"그렇습니다. 저입니다."

저는 그녀에게서 안경을 빼앗았습니다.

"아앗! 평온한 저, 무슨 짓을 하는 건가요?! 안 보여요! 앞이 깜깜해요!"

말을 상당히 오용하는 인텔리전트한 저. 안경과 함께 분에 넘치는 이름도 박탈하는 편이 낫지 않을까요?

저는 안경을 하얀 하늘로 들어 올리며 "돌려주세요!" 하고 팔짝팔짝 뛰어오르는 전 인텔리전트한 저(웃음)에게 말을 걸었습니다.

"잘 보세요. 이 마을 안에 있는 건물 구석구석까지, 찬찬히 살펴보세요."

그리고 다시 그녀를 창 쪽으로 가게 했습니다.

제 본가의 창문 안쪽으로는 그리운 거실이 보였습니다.

"…………."

시키는 대로 찬찬히 살펴보는 전 인텔리전트한 저.

그 시선 끝에는 사람 그림자가 있었습니다.

『이걸로 완성, 일까요……?』

책상 앞에 앉아 약을 조합하는 잿빛 머리카락의 소녀가 있었습

245

니다.

『어머나, 일레이나…… 이거, 조합이 잘못된 것 같은데요?』

그 뒤에는 양손으로 종이를 펼쳐 들며 고개를 갸웃거리는 한 검은 머리카락의 마녀가 있었습니다.

『어느 부분이요?』

『보세요, 여기.』

검은 머리카락의 마녀는 종이를 손가락으로 짚으며 답했습니다.

그것은 저와 선생님의 수업 시절, 특별할 것 없는 대화의 일부였습니다. 저와 선생님, 둘이서 그저 평범하게 일상을 보냈을 뿐인 시간이 그곳에 있었습니다.

"이런 겁니다."

저는 전 인텔리전트한 제게 안경을 씌워주며 말했습니다.

"이 마을에 있는 건, 그저 추억이 있는 마을의 광경뿐만이 아닙니다."

저희가 갔던 깊은 숲속의 비엘라는── 멸망해 이미 잊히고 사라져가는 그 마을은, 주마등처럼 과거의 광경을 반복해 보여주고 있었습니다.

만약 선생님의 추억인 이 마을이, 깊은 숲속의 비엘라를 중심으로 재현되고 있는 것이라면.

이 마을 곳곳에서 추억이 재현되고 있다는 뜻이 되지 않을까요?

"…………"

즉, 요컨대.

여기에는 진짜 선생님만이 아니라, 결코 만질 수도 말을 걸 수도 없는 프랑 선생님이 잔뜩 있다는 뜻입니다.

"그런데, 평온한 저. 실은 저 지금 깨달은 게 하나 있습니다만."

인텔리전트한 저는 안경을 쓱 밀어 올렸습니다.

"……뭔가요?"

"선생님을 찾기란 엄청나게 어려운 일인 거 아닌가요?"

"엄청나게 어려운 정도가 아니라 무지막지하게 성가신 상황이에요."

○ ○

무지막지하게 성가신 상황이 빗자루인 저와 애교쟁이 일레이나 님을 덮쳤습니다.

『여러분, 준비됐나요? 오늘은 빗자루에 타는 연습을 해보죠.』『어머나, 잘하네요. 재능이 있군요.』『어머나? 이 가게 빵은 하나에 동화 세 닢이나 하나요? 이런 맛인데?』『네에? 마법을 써서 사기를 치는 마법사가 있다고요? 괘씸한 사람이로군요.』

거리 중심부에 다가갈수록 기묘한 광경이 많이 보이게 되었습니다.

일레이나 님의 스승님인 프랑 선생님은 대체 언제부터 여러 명으로 늘어나 버리신 걸까요? 거리 곳곳에 프랑 선생님 같은 사람 그림자가 떠올랐다가는 사라져갔습니다. 마치 물거품처럼.

"큰일이에요빗자루씨! 프랑선생님이엄청많아요!"

프랑 님을 찾기 위해 길을 걷고 있건만, 그 당사자가 여기저기에 계신 탓에 애교쟁이 일레이나 님은 흥분과 곤혹스러움이 뒤섞인 모습이 되어 꼬리를 휙휙 흔들더니, 마을의 집들로 숨어들었다가 돌격, 숨어들었다가 돌격 같은 짓을 반복하고 있었습니다. 그 모습은 그야말로 장난치는 고양이 그 자체.

"프랑 선생니이이이이임!"

민가의 문을 힘껏 열어젖히고 안으로 뛰어드는 애교쟁이 일레이나 님. 안에서는 프랑 님이 『어머나 어머나……』하고 웃으며, 연구 중에 잠들어 버린 일레이나 님의 어깨에 모포를 덮어주고 있었습니다.

"프랑 선생님! 정말이지 어디에 있었던 건가요! 찾았잖아요, 정말!"

참고로 애교쟁이 일레이나 님이 이러한 대사를 하는 것은 통산 열다섯 번째입니다. 이제는 익숙해졌습니다.

『후후후……』흐릿, 하고 연기처럼 사라지고 마는 프랑 님.

이 마을에서 보이는 환상은 아무래도 시간이 잠시 지나면 사라지고 마는 모양입니다.

"어라…… 어라라? 또 선생님이 사라지고 말았어요……."

시무룩, 어깨를 축 늘어뜨린 애교쟁이 일레이나 님. 이제 익숙해질 만도 합니다만…….

"일레이나 님. 여기도 꽝이었던 모양이네요."

저는 뒤에서 말을 걸었습니다.

"다음 집을 찾아보죠."

"그러네요."

끄덕, 고개를 끄덕이고 애교쟁이 일레이나 님은 다시 타박타박 다른 집으로 향했습니다.

대략 이러한 느낌으로 저와 애교쟁이 일레이나 님은 마을을 찾 아다녔습니다만.

"……전혀 끝이 안 보이네요."

맥이 빠지고 말았습니다.

아무리 찾아다녀도 눈에 보이는 것은 허상뿐이었습니다. 심지 어 진짜 프랑 님이 정말로 이 도시에 있는지도 의심스러울 정도 였습니다.

"빗자루 씨, 기운이 없어 보이네요. 괜찮나요? 다치기라도 한 건가요?"

기운이 남아도는 애교쟁이 일레이나 님은 제 한숨에 재빠르게 반응하더니 "괜찮은가요?"라며 제 주변을 빙글빙글 돌았습니다. 아주 가까운 거리에서.

"……괜찮으니까 조금 떨어져 주시겠습니까?"

"네? 어째서요?"

"…………."

"?"

머리가 나빠 보이는 차림에 더해 머리가 나빠 보이는 언동을 하 고 계시지만, 어찌 됐든 그 모습은 틀림없는 제 주인인 일레이나 님.

아무래도 가까운 거리에서 그렇게 응시하면 어떻게 반응해야 할지 몰라 곤란합니다. 게다가 평소라면 절대로 보여줄 리 없는 해맑은 웃음을 짓고 있습니다.

제가 그 대응에 몹시 곤란해하고 있다는 것은 말할 필요도 없을 테지요.

"아, 일레이나 님. 저쪽 민가에 어쩌면 진짜 프랑 님이 계시지 않을까요?"

그래서 저는 주변에 늘어선 집을 가리켰습니다. 그 안에서 아직 10대였던 때의 프랑 님이 『저기, 그 조합은 틀린 거 아냐?』라며 일레이나 님과 똑 닮은 여성에게 마법약 만드는 법을 배우고 있었습니다.

"젊은 시절의 프랑 선생님이로군요! 멋져라!"

현저하게 지능이 낮은 애교쟁이 일레이나 님은 제 유도에 너무나도 간단히 걸렸고, 그대로 민가 안으로 돌격해 갔습니다.

"…………."

아무리 실력이 없는 사수라도 여러 발 쏘다 보면 한 발은 맞을지도 모른다고 해야 할까요?

진짜 프랑 님과 만나기 위해서는 과연 앞으로 몇 번이나 더 쏘아야 하는 걸까요——.

시간 개념이 애매한 세계 속에서는, 이 정신이 아득해질 것만 같은 작업이 마치 영원히 계속될 듯 여겨졌습니다.

그러나.

"……대체 뭐가 어떻게 된 거야?"

마침 그때였습니다.

한바탕 한숨을 내쉰 제 눈앞에, 여자아이가 나타났습니다.

검은 머리카락, 검은 로브를 걸친 그 소녀는 검은 머리카락을 길게 늘어뜨리고 있었습니다.

"누구?"

노골적으로 곤혹스러운 표정을 짓고 있는 것은, 어딘가 젊은 시절의 프랑 님과 매우 비슷하면서도 결정적으로 다른 모습을 한 소녀였습니다.

"……당신이야말로 누군가요?"

저는 그렇게 대꾸했습니다.

그곳에는, 검은 머리카락 위에 뿔이 자라나고 화살촉 같은 꼬리가 난 프랑 님의 모습이 있었습니다.

그녀는 마치 깊은 사정이라도 있는 듯 의미심장하게 눈을 가늘게 뜨면서도, 그러나 아무렇지 않은 듯이 담백하게 대답했습니다.

"나는 악마야."

그래서, 너희는 누구? 라고.

●

저는 악마 같은 저와 숨바꼭질을 하는 중이었습니다만.

"…………."

걸음을 옮길 때마다 저는 무어라 말할 수 없는 그리움에 몇 번이나 걸음을 멈추고 말았습니다. 어디를 보아도 익숙한 광경뿐이었으니까요.

『프랑. 뭘 읽고 있니?』

길가에 늘어선 민가 중 하나. 고아원 안에서 목소리가 들려왔습니다.

창문으로 안을 들여다보니, 언니가 어린 여자아이 앞에서 몸을 낮추고 미소 짓고 있었습니다.

어린 시절의 저였습니다.

『……딱히 아무것도 아니에요.』

『어머나…… 미움받는 거려나?』

고아원의 언니는 아주 상냥한 사람이었습니다. 관례에 얽매여 있던 마을에, 외부에서 찾아온 사람이었기 때문일까요? 그녀만은, 마을 사람들과는 관점이 다른 듯 느껴졌습니다.

안타깝게도 제가 지금 보고 있는 환상 속에서—— 너무 어린 시절의 저는, 그런 그녀에게조차 마음을 열지 않고 있었지만요.

제가 고아원 언니에게 신뢰를 보내게 된 것은 훨씬 나중의 이야기입니다.

그러나 결국 금세 작별을 해야 했지만.

이제 두 번 다시 만날 수 없을 테지만.

그래도 그녀와의 추억만은 제 안에서 소중하게 자리 잡고 있었습니다. 목숨이 다해도 추억만은 계속 살아 있었습니다.

"……그립네요."

만약 그녀가 살아 있었다면. 어른이 되어 만날 수 있었다면, 과연 어떤 이야기를 나누었을까요.

어린애 같은 놀이 중에 저는 감상에 젖어 그러한 생각을 했습니다.

"어디에 숨을까요?"

지금 당장은 악마 같은 모습을 한 저에게서 도망쳐야만 합니다. 그러한 놀이를 하는 중이니, 들키지 않도록 몸을 숨길 곳을 찾아야만 합니다만…….

"……이래서는 숨을 필요도 없을 것 같네요."

시선이 닿는 곳곳마다 환상으로 가득했습니다. 길을 걷는 것은 다양한 시절의 저 혼자이거나, 혹은 일레이나와 둘이거나, 혹은 스승님과 둘이거나, 실라와 둘이거나.

그런 식으로, 제 추억들이 있었습니다.

일부러 몸을 숨기지 않아도 들킬 일은 없지 않을까요?

그렇게 생각했습니다.

"──정말이지. 곤란하네요. 더할 나위 없이 성가시잖아요."

길 저편에서 이쪽으로 걸어오는 2인조의 모습이 보였습니다.

한 사람은 잿빛 머리카락, 유리색 눈동자를 가진 마녀. 일레이나였습니다.

그리고 그 옆을 걷는 것은 잿빛 머리카락, 유리색 눈동자를 가진 교복 차림. 일레이나였습니다.

양쪽 모두 일레이나였습니다.

어라라?

로브를 입고 있는 쪽의 일레이나는 매우 눈에 익었습니다만, 교복 차림의 일레이나라는 건 제 기억에 없습니다만? 과연 대체 어찌 된 것일까요? 저것도 일레이나인가요? 애초에 여기저기에 일레이나가 있는 탓에 매우 헷갈립니다만.

"──어디를 가도 가짜 선생님뿐이네요. 끝이 없어요."

정말이지 하고 뺨을 뾰로통하게 부풀리는 로브 차림의 일레이나는 무자비하게도 제 환상을 향해 지팡이를 휘둘러 없애가며 걸음을 옮기고 있었습니다. 맞으면 아플 정도로 힘껏 휘두르고 있었습니다만, 상대가 환상이라는 사실을 잘 알고 있는 것인지 그녀에게 조심하는 기색은 전혀 없었습니다.

"선생님은 대체 어디 있는 걸까요?"

휙휙 그녀는 지팡이를 휘둘러 환상을 계속해 없앴습니다.

이쪽으로는 시선도 주지 않고 지팡이만 계속 휘둘렀습니다.

아무래도 여기에 있는 제가 전부 그저 환상이고, 가짜라고 여기고 있는 것일 테지요.

"얼른 찾아서 여기서 나가고 싶은데 말이──."

찰싹하고. 말하던 도중에 지팡이가 제 뺨을 때렸습니다.

일레이나는 "어라?" 하고 이쪽으로 시선을 돌렸습니다.

"…………."

"…………."

저와 눈이 마주쳤습니다.

"………………………………."

그럭저럭 긴 침묵 후에, 일레이나는 제 뺨을 만졌습니다. 쓰다듬듯이 만졌습니다.

"………………………………."

그리고서 다시 침묵했습니다.

"일레이나?"

저는 눈앞에 있는 그녀의 이름을 불렀습니다.

"일레이나, 이런 데서 뭘 하는 건가요?"

그러자 일레이나는 다시 제 뺨을 쓰다듬으면서.

"그게, 저기…… 선생님을 구하러 왔습니다."

그렇게 빠른 말투로 답하며 시선을 피했습니다. 조금 어색해하
는 듯 보였습니다.

"때리러 온 게 아니고요……?"

환상뿐인 거리에서.

찌릿찌릿 아픈 뺨은, 그 뺨에 닿은 손의 온기는, 틀림없는 진짜
일레이나의 것이었습니다.

○

"설마 재회와 동시에 맞을 줄은 몰랐어요……."

살짝 빨개진 뺨을 쓰다듬으며 프랑 선생님은 제 옆을 걸었습니다.

끝없이 환상이 이어지는 길을 계속 걸었습니다만, 예상외로 본
인은 의외의 장소에 있었습니다. 멍하니 제자리에 서 있는 선생
님의 모습을 때렸더니 그게 본인이었다고 하는 참으로 어찌 대응
하면 좋을지 모를 전개 끝에 저희는 선생님을 포획했습니다.

"목적은 달성했으니 서둘러 여기에서 튀도록 하죠."

교복 차림의 저는 안경을 밀어 올리며 말했습니다.

"일레이나. 그런데 이쪽 일레이나는 누구인가요?"

프랑 선생님에게는 아직 설명하지 않았군요.

"인텔리전트한 저입니다."

"인텔리전트한 일레이나라는 게 뭔가요……?"

"안경을 씀으로써 지능이 다소 상승한 상태의 저를 말합니다."

"…………."

선생님은 몹시 불쌍한 생물을 보는 눈으로 저를 바라보았습니다.

"……안경을 쓰는 것만으로 머리가 좋아질 거라고 생각한다면 큰 착각이에요."

"그건 저도 그렇게 생각합니다."

그러나 안경을 낀 제가 스스로 인텔리전트라고 하니 어쩔 수 없지 않겠습니까?

선생님이 말하길, 이 마을에는 악마 모습을 한 프랑 선생님이 숨어 있고, 현재는 한창 놀이에 어울려주는 중이라나요? 대체 무슨 말씀을 하는 것인지 이해하기 어렵습니다만, 애초에 이 책 속 세계 자체가 의미불명 덩어리 같은 것인지라, 깊게 생각하지 않고 과연 그렇군요 하고 저는 고개를 끄덕였습니다.

어려운 건 이 세계를 나간 다음에 생각하면 될 테지요.

"일단 빗자루 씨를 회수해야겠네요. 마을 중심부로 갈까요?"

"빗자루 씨?"

이런 이런, 선생님에게는 아직 설명하지 않았군요.

"제 빗자루가 함께 프랑 선생님을 찾아주고 있답니다. 인간 모습으로 변하는 마법을 걸었고, 겉모습은 저랑 조금 닮았어요."

"어머나."

그럼 인사라도 해둬야겠네요——하고 선생님은 웃었습니다.

그렇게 되면 빗자루 씨가 쓸데없는 말을 하기 전에 서둘러 마법을 해제하기로 해야겠군요.

둘로 나뉠 때 저는 교외 쪽을 돌고, 빗자루 씨는 중심부를 향해서 곧장 나아갔습니다. 아마도 대서고를 향해 걷다 보면 언젠가 마주칠 수 있을 테지요.

"……도중에 악마 씨를 만나지 않도록 조심해야겠네요."

선생님은 말했습니다.

"그러네요."

상대는 인간을 홀리는 것을 생업으로 삼는 종족이니까요. 무슨 짓을 할지 알 수 없는 일입니다.

그러니 가능한 한 만나지 않도록━.

"악마 씨를 만나면 제가 지게 되거든요."

"네?"

선생님무슨말씀을하시는겁니까?

"아뇨, 지금 악마 씨와 숨바꼭질을 하는 중이거든요? 그녀에게 들키면 저, 벌을 받게 돼요."

"……벌, 이요?"

"네."

"그건 대체 뭔가요?"

악마가 제시한 놀이에서의 벌이란 대체 무엇일까요? 혼을 바친다든가, 마력을 모조리 빼앗긴다든가 그런 부류일까요?

그렇다고 한다면 악마와 선생님이 마주치지 않도록 상당히 주의를 해야만 하겠군요━.

그렇게.

저는 그러한 생각을 하면서 인텔리전트한 저를 뒤따르듯이 대서고로 향하며 모퉁이를 돌았습니다.

"…………."

모퉁이를 돌아선 곳에 인텔리전트한 제가 멍하니 멈춰 서 있었습니다.

"훗…… 이거 저질러버렸네요."

그렇게 말하며 안경을 밀어 올리는 모습은 그야말로 인텔리전트.

"…………."

한편 그 뒤에서 저와 프랑 선생님은 조용히 입을 다물었습니다.

대서고를 눈앞에 둔 곳에, 빗자루 씨의 뒷모습이 있었습니다. 가능하다면 이대로 빗자루 씨에게 말을 걸고, 그대로 이 세계에서 도망치려 했습니다만.

빗자루 씨의 눈앞에 한 소녀의 모습이 있었습니다.

검은 머리카락 위에 뿔이 자라났고, 꼬리도 달린, 그러나 그 모습은 열네 살 무렵의 프랑 선생님 그 자체.

혹은 프랑 선생님의 모습을 빌린 다른 무언가가, 그곳에 서 있던 것입니다.

"──나는 악마야."

그녀는 웃었습니다.

빗자루 씨의 등 뒤쪽에 선 저희를 바라보며 눈을 가늘게 뜨고, 이 세계에 섞여 들어온 저희에게 웃어 보였습니다.

"그래서, 너희는 누구야?"

──라고.

기습을 하지도 못하고, 몸을 숨긴 채 대역을 두고 도망치지도 못하고, 저희는 평범하게 악마 씨 앞으로 나와 버렸던 것입니다.

즉, 선생님이 악마 씨와 하고 있던 승부의 승패는 너무나도 간단히 정해지고 말았던 것입니다.

"선생님. 참고로 승부에서 졌을 때의 벌은 뭔가요?"

몰래 묻는 제게 선생님은 답했습니다.

"제 추억담을 들려줘야만 한답니다."

"…………."

"제 추억담을 들려줘야만 한답니다."

"실례지만 들었습니다."

"선생님은 대답을 해줬으면 하네요."

"의미를 알 수 없어서 말문이 막혔었습니다."

○

"손님은 환영이지만, 수가 조금 많네. 너희는 대체 무얼 하러 온 거야?"

방긋방긋 미소를 유지한 채 악마 같은 프랑 선생님(열네 살)은 저희를 바라보았습니다. 빗자루 씨는 그 시선을 따라 빙글 뒤를 돌더니 "아, 일레이나 님" 하고 제 이름을 불렀습니다.

"일레이나, 저쪽이 빗자루 씨인가요?"

"선생님, 저게 악마 프랑 선생님인가요? 어리네요. 프랑 선생님이라기보다 악마 프랑 양이로군요."

"양을 붙여서 저를 부르는 건 그만둬 주겠어요……?"

하지만 악마 같은 프랑 선생님(열네 살) 같은 문장으로 시작해 버리면, 어쩐지 위험한 느낌이 생겨나는 데다가 길고 헷갈릴 수 있으니 일단 편의상 악마 프랑 양이라고 부르기로 하지요.

"어라, 프랑 씨. 친구를 불러와 준 거야?"

걸치고 있는 로브를 보고 제가 마녀라는 사실은 바로 알았을 테지요. 악마 같은 프랑 선생님(열네 살)이 아니라 악마 프랑 양은 저를 바라보며 기뻐했습니다.

"놀이 상대는 한 사람이라도 많으면 좋지."

기쁘네 기뻐, 하고 그녀는 손뼉을 쳤습니다. 순수한 어린아이처럼.

그러나 안타깝게도.

"저는 당신의 친구가 될 마음은 없습니다."

하물며 놀이를 즐길 만큼 시간이 남아도는 것도 아닙니다.

"선생님을 여기에서 데려가기 위해 왔을 뿐입니다. 저희를 풀어주세요."

"뭐? 싫은데."

그러나 그녀는 저희와 이야기를 할 생각은 털끝만큼도 없는 모양이었습니다.

손가락을 딱 하고 튕기자 그녀 주변에 무수한 창이 나타났습니다.

이 책 속 세계가 그녀의 것이기 때문일까요? 그녀는 아무래도 마법을 다루기 위해 지팡이가 필요하지는 않은 듯했습니다.

"여기 들어왔으면, 사흘 동안 마력이 다할 때까지 나갈 수 없고, 놓아줄 생각도 없어."

악마 프랑 양은 제게 그렇게 말했습니다.

"아주아주 재미있게 지내보자. 내 친구가 되는 거야."

무슨 말씀을 하시는지.

"친구 놀이라면 인형과 하시는 게 어떤가요?"

저는 지팡이를 꺼내 들고 악마 프랑 양을 바라보았습니다.

"저기, 미안해요. 이렇게 데리러 와주기까지 했으니, 이제 놀이는 끝내주시겠어요?"

프랑 선생님이 제 옆에 섰습니다. 등 너머에는 빗자루 씨와 인텔리전트한 제가 있었습니다. 두 사람을 지키듯이, 선생님은 지팡이를 꺼내 들었습니다.

"아, 처음 뵙겠습니다. 프랑 님. 언제나 일레이나 님이 신세가 많습니다."

불쑥 고개를 내미는 빗자루 씨.

긴장감이 없는 겁니까……?

"어머나, 예의 바르네요. 저야말로 신세가 많습니다. 일레이나의 스승인 프랑입니다."

"제 주인은 프랑 님을 매우 존경하고 좋아하는 모양인지…… 언제나 프랑 님에 관한 이야기를 해준답니다."

"어머나. 그런가요? 부끄럽네요."

우후후, 하고 잠시 담소에 빠져드는 두 사람.

그러니까, 긴장감이 없는 겁니까?

"거기 두 분."

느긋한 데도 정도가 있다며 두 사람 사이에 끼어든 것은, 인텔리전트한 저.

"그런데, 제 안경은 어떤가요?"

당신은 그 말밖에 못 하는 겁니까……?

이 책 속 세계의 흑막을 앞에 두고 몹시 느슨한 분위기가 흐를 뿐이었습니다. 이제 악마 프랑 양도 그녀들의 대화에 섞여 우후후 하고 담소를 시작할 것만 같은 분위기가 느껴질 정도였습니다.

그러나 저희와 대치한 그녀는 저도 아니고, 프랑 선생님도 아니었습니다.

휙 하고 저의 앞을 한 자루의 창이 스쳐 지나갔고, 지면에 박혔습니다.

공기를 찢어 가르듯이.

"이런 때 대화를 시작하다니 상당히 여유롭네."

눈앞의 악마 씨는 조금 화를 냈습니다.

"어떻게 해서든 여기에서 나갈 생각이라면, 나를 쓰러뜨려 줄래?"

그리고 그녀는 다시 손가락을 딱 하고 울렸습니다.

그녀 주변에 떠 있던 무수한 창이, 움직이기 시작했습니다.

마치 쏟아지는 비 같았습니다.

저희 머리 위로 날아오는 무수한 창은 날 끝을 이쪽으로 드리운 채 쏟아져 내렸습니다. 올려다본 바로는 도망칠 곳이 없었습니다.

그러나 비가 내리면 우산을 쓰면 되는 일인지라.

"에잇."

저와 프랑 선생님은 서로 지팡이를 하늘로 치켜들었고, 저는 인텔리전트한 저를 지키며, 선생님은 빗자루 씨를 지키며 마력을 우산처럼 머리 위에 펼쳤습니다. 예상보다 천천히 자유 낙하해 오는 무수한 창에서 몸을 지키는 것은 간단했습니다.

우리에게 가로막힌 창들은 지면에 차례차례 박혔습니다. 주변에 온통 작은 구멍이 났습니다.

"빗자루 씨."

저는 선생님과 한 우산 아래 있는 빗자루 씨에게 손을 뻗었습니다.

"이쪽으로 돌아와 주세요."

"네? 질투인가요? 일레이나 님."

"…………."

아니, 그게…… 아닙니다만…….

"어머나 어머나."

선생님은 저와 빗자루 씨를 번갈아 바라보더니 우후후 하고 웃었습니다.

아니…… 정말로 그럴 마음이…… 아닙니다만…….

"전투가 시작됐으니까 제 빗자루로서 일해주세요. 당신 마법 못 쓰잖아요."

"아, 그런 의미였나요."

그럼 알았습니다——하고 빗자루 씨는 프랑 선생님에게 살랑

살랑 손을 흔들고서 제 곁으로 돌아왔습니다. 선생님이 "또 봐요" 하고 손을 흔들었습니다. 그나저나.

"그나저나 애교쟁이인 저는 어디로 간 건가요?"

주변에는 보이지 않습니다만.

"아마도 민가 안에서 프랑 선생님의 환상에 몸을 날리는 중이 아닐까 싶습니다."

"자유분방하네요……."

"고양이니까요."

"…………."

가능하면 아군은 많은 편이 좋습니다만…… 할 수 없군요.

"그럼 세 사람과 빗자루 하나로 힘내보기로 할까요."

제 말에 빗자루 씨는 고개를 끄덕였고, 그 직후에 언제나 저와 함께 여행하는 평범한 빗자루로 돌아왔습니다.

여기에는 저와 프랑 선생님과 안경을 장비한 제가 있으니, 뭐 어떻게든 되겠지요.

"일레이나. 이제 어떡할까요? 보는 대로 저도 일레이나도 지금은 방어만 하고 있는 것 같은데요."

지팡이로 우산을 만들어 쓰고 있는 한은 저도 선생님도 공격에 나서지 못할 테지요.

그러나 문제없습니다.

다시 한번 말하지만, 여기에는 저와 프랑 선생님과 안경을 장비한 제가 있습니다.

"인텔리전트한 저, 나설 차례예요."

저는 프랑 선생님 뒤에서 상황을 살피고 있던 인텔리전트한 저를 불렀습니다. 어서 마법을 날려주세요 하는 의미를 담아서.

그러나.

"아, 죄송합니다. 전투는 제 전문이 아니라서요."

"…………."

거절당했습니다.

"애초에 저, 마법 못 쓰는데요?"

"…………."

애초에 전투가 불가능했습니다. 잘 생각해보면 그녀는 그냥 인형일 뿐이었습니다.

"둘이서 열심히 해주세요. 저는 후방 지원에 전념하겠습니다."

통, 하고 제 어깨를 두드리는 인텔리전트인 척하는 저.

"후방 지원이란 구체적으로 뭔가요?"

"응원을 보내겠습니다."

"필요 없어…….."

결국 알게 된 사실은 이대로 우산을 쓰고 있기만 해서는 아무것도 할 수 없다는 것이었습니다.

"그럼 어떡할까요? 일레이나. 이쪽으로 오겠어요?"

선생님이 저를 향해 의견을 물었습니다.

여전히 창은 쏟아져 내리고 있었고, 그 너머에서 악마 프랑 양은 "어때? 항복할래?"라며 우쭐대고 있었습니다.

그러나 이 정도로 손을 들어서는 마녀로서의 체면에 먹칠하는 꼴이 되지 않겠습니까?

방법이 없는 것은 아닙니다. 악마에게 대처할 방도는 얼마든지 남아 있습니다.

....

어쩔 수 없네요.

"……나중에 빗자루 씨에게 사과하기로 하죠."

"? 무슨 뜻인가요?"

"이런 뜻입니다."

저는 빗자루에 마력을 담아서 날려 보냈습니다.

창의 빗속을 뚫고 나아간 빗자루 씨는 그대로 악마 프랑 양의 머리에 직격했습니다. 그것은 마치 쏟아지는 창들 속으로 날려 보내진 빗자루 씨의 분노가 그대로 표현된 것처럼 여겨졌습니다──.

아니 그게, 날린 건 저입니다만.

"아파!"

지극히 단조로운 비명을 지른 악마 프랑 양은 비틀거렸고.

빗줄기가 멈추었습니다.

이 기회를 놓칠 저희가 아닙니다. 둘이 동시에 그녀를 향해 지팡이를 들고, 마법을 날렸습니다.

선생님은 여기저기 널린 파편들을 마법으로 띄워 그대로 악마 프랑 양을 향해서 날렸습니다.

악마 프랑 양은 그런 공격 따위는 태연한 얼굴로 피해 보였습니다만, 그 틈에 제가 준비하고 있던 얼음덩어리가 머리 위에서 떨어져 내렸을 때는 조금 놀란 표정을 지었습니다.

그녀는 피하면서 손가락을 튕기더니 불똥을 이쪽으로 날려 보냈습니다.

약한 불덩어리는 제가 만들어낸 바람으로 금세 꺼져버렸습니다. 선생님은 그사이에 악마와의 거리를 좁혔고, 근거리에서 물을 쏘았습니다. 악마는 당황하며 몸을 틀었고, 하늘을 가른 물보라가 건물 지붕을 도려냈습니다. 저는 지팡이를 휙 휘둘렀고, 물에 젖은 지붕에서 떨어진 기와가 악마의 뒤를 덮쳤습니다.

선생님은 직후에 지붕을 고쳤습니다. 기와 파편을 뒤집어썼던 악마 프랑 양은 그대로 기와와 함께 끌려갔고, 그녀의 로브는 지붕에 구속되었습니다.

"——이 정도로, 나를 잡았다고 생각해?"

그러나 그녀는 대담하게 웃었습니다. 로브를 벗어 던지고, 그녀는 저희 쪽으로 날아왔습니다.

"에잇!"

그러나 제 빗자루가 다시 그녀의 머리에 직격했습니다.

"아파!"

또다시 지극히 단조로운 비명을 지른 그녀는 그대로 지면에 떨어졌습니다.

그 후로도 몇 번이나 그녀는 저희를 향해 달려들었습니다만.

결론부터 말씀드리자면, 그녀는 거의 일방적으로 저희에게 두들겨 맞았습니다.

그녀가 조금이라도 마법을 쓸 기색을 보이면 제가 주변에서 덩굴 등을 자라나게 해 그녀를 구속했고, 그 사이에 프랑 선생님이 마법으로 괴롭혔습니다. 아주 우연히 그녀가 구속에서 벗어나는 일이 있어도, 그때는 프랑 선생님이 지붕이나 벽 등으로 그녀를 붙들었고, 그 틈에 다시 제가 그녀를 혼쭐냈습니다.

그것은 전투라기보다 이제 저희에 의한 일방적인 유린이었고, 반격의 틈조차 찾지 못한 악마는, 이윽고.

"……흐에엥."

울상이 되어 지면에 쓰러졌습니다.

"…………."

"…………."

선생님과 저는 얼굴을 마주했습니다.

이것은 대체 어찌 된 것일까요?

아무리 저희 두 사람이 마녀라고 해도, 상대가 한 사람일 뿐이었다고 해도, 이 상황은 다소 묘하게 여겨졌습니다.

선생님은 고개를 갸웃거렸습니다.

"악마치고는 너무 약하지 않은가요?"

단적이면서도 순수하게 마음을 후벼 파는 한마디였습니다. 악마는 울었습니다.

하지만 사실입니다. 이 책 속 세계가 악마에 의해 만들어진 것이라고 한다면, 많은 마법사들에게서 마력을 빼앗았던 악마가 눈앞의 그녀라고 한다면, 훨씬 격렬한 공격을 펼쳐도 이상하지는 않지 않을까요?

애초에 마녀 두 사람에게 이렇게까지 일방적으로 당하는 악마라니 대체 뭔가요……?

"너무해…… 이렇게나 아프게 할 건 없잖아……."

그녀는 무릎을 끌어안고 그 자리에서 주저앉아 훌쩍였습니다.

"어쩐지 불쌍해 보이네요……."

저는 소곤소곤 선생님에게 귓속말을 했습니다. 이때에 이르러서야 저희는 너무 지나쳤다는 사실을 깨달았습니다.

"하지만 악마를 상대로 적당히 할 수는 없잖아요……."

작은 목소리로 선생님이 대꾸해주었습니다.

아니, 정말 그 말대로였을 뿐 결코 괴롭힐 마음은 없었습니다.

"저기…… 괜찮은가요?"

그래서 그녀의 곁으로 다가가 어깨를 두드리는 제가 그곳에는 있었습니다. 어쩌면 이것은 악마에 의한 교활한 덫일지도 모른다――라고도 생각하기는 했습니다만, 그러나 그녀는 정말로 저희에게 꼼짝도 하지 못했던 것뿐인지.

"우으…… 훌쩍."

울어서 눈이 부은 얼굴이 저를 올려다보고 있었습니다.

선생님이…… 울고 있어…….

"일레이나, 그건 제가 아니에요."

옆에서 차가운 목소리가 딴죽을 걸어왔습니다. 고개를 돌리자 아주아주 차가운 표정의 선생님이 있었습니다. 아무래도 저는 방금 나쁜 얼굴을 하고 있었나 봅니다.

"승패는 정해졌으니, 이제 저희를 내보내 주겠어요? 악마 씨."

그리고 선생님은 악마에게 물었습니다. 그러나 악마 프랑 양은 슬픈 듯이 고개를 떨굴 뿐, 저희의 부탁을 들어주지도 않았고 어떤 말을 해주지도 않았습니다.

그저 자그마한 여자아이처럼 훌쩍이기만 했습니다.

"……어쩌죠?"

예상하지 못했던 전개에 제가 당황한 것은 말할 것도 없었고, 선생님도 "미안해요. 우리가 지나쳤어요"라며 그녀의 등을 쓸어 줄 뿐이었습니다.

혹시 이대로 그녀가 울음을 그칠 때까지 저희는 여기에서 나가지 못하는 것일까요? 그녀는 아무런 말도 해주지 않는 것일까요?

영원히 멈추지 않을 듯이 계속해서 우는 마녀 프랑 양을 앞에 두고 저는 그런 생각을 하고 있었습니다.

하지만.

예상치도 못했던 방향에서 끝은 찾아왔습니다.

"프랑 선생니이이이이이임!"

주변의 민가 문에서 제 목소리를 가진 누군가가 뛰쳐나와서는 악마 프랑 양에게 달려들고 끌어안았습니다.

아마도 줄곧 이곳저곳의 민가 안에서 프랑 선생님을 찾고 있었던 것일 테지요. 고양이 귀 메이드복이라고 하는 의미불명의 복장을 몸에 걸친 저는 선생님에게 뺨을 비비며 "보고 싶었어요, 에 헤헤헤"라는 저와는 상당히 거리가 먼 목소리를 내면서 함박웃음을 지었습니다.

"일레이나 이건."

선생님이 질려 하고 있었습니다.

변명을 해야만 합니다.

"애교쟁이인 저입니다."

©Azure

"애교쟁이 일레이나라니 뭔가요?"

"보시는 그대로입니다."

선생님은 역시 질려 했습니다.

그나저나.

여기에서 떠올린 것이 하나 있었습니다.

애교쟁이인 저도, 인텔리전트한 저도, 본래는 평범한 인형입니다.

와즐리 씨가 만든 이 인형은 가게에서 그러했던 것처럼 누군가와 닿으면—— 예를 들면 제가 만지면 제 의사를 반영한 존재로 바뀌는 것입니다.

그렇다면 이 인형은, 악마 프랑 선생님에게 닿으면 어떻게 되는 것일까요?

애교쟁이인 저는 프랑 선생님에게 뺨을 비빈 직후에 모습을 바꾸었습니다.

『………….』

머리에 뿔 같은 건 자라나지 않았고, 꼬리도 없었습니다. 그렇기는커녕, 사람의 모습조차 아니었습니다.

한 권의 책이, 지면에 떨어져 있었던 것입니다.

모습은 사람의 형태가 아니었지만, 책은 말을 할 수 있었습니다. 훌쩍이는 목소리가 책 안에서 들려왔습니다.

『슬퍼, 슬퍼.』

얼굴은 보이지 않아도 눈물을 흘리고 있다는 것만은 알 수 있었습니다.

책은, 그렇게 울면서 말했습니다.

『어째서 모두 사라져버린 거야?』

그녀 자신이 누구인지를.

○

눈앞에 놓인 책이 한 이야기는 요약하자면, 혼자 쓸쓸하게 남겨진 고독한 책의 이야기.

먼 옛날. 어딘가 먼 나라에서, 이 책은 태어났습니다.

책 안에 담긴 것은 무엇 하나 특별할 것 없는 평범한 여행 이야기였습니다. 준비된 페이지의 대부분을 남기고 자아진 짧은 이야기들이었습니다.

이 책을 쓴 것은 아직 젊은 청년이었습니다.

여행자로서 세계를 여행한 그는 고향으로 돌아와, 일기장에 썼던 여행의 기억을 마을 주민에게 읽게 했습니다.

많은 사람들이 이 책을 사랑했다고 합니다.

저자가 직접 손으로 쓴 이 이야기를 마을의 많은 사람들이 사랑해주었던 기억이, 이 책 속에는 있었습니다.

그러나 그것은 오래전의 이야기입니다.

어른이 나이를 먹고, 죽고, 아이가 어른이 되었을 무렵에는, 책의 존재는 완전히 잊히고 말았습니다. 마을의 창고 안, 책은 줄곧 그 안에 보관되었습니다.

그리고 이윽고, 이 책을 쓴 청년도 나이를 먹고 죽었습니다.

창고에 수납된 채 책은 그대로 시간 속에 버려지고 말았습니다.

시간이 흐르고, 시골 마을은 개척되어 커다란 마을이 되었습니다. 창고에 수납되어 있던 일기는, 바깥 세계를 모르는 마을 사람들뿐이던 시대에는 신기한 물건이었는지도 모릅니다. 그러나 오랜 시간을 지나 그러한 여행 이야기 같은 건 드물지도 않게 되어 버렸습니다.

　책의 존재는, 완전히 잊히고 말았습니다.

　오래전 많은 사람에게 읽혔던 기억만을 남기고, 책은 창고 안에서 줄곧 새로운 사람에게 읽히기를 간절히 기다렸습니다.

　그러나 책을 펼쳐주는 사람은 나타나지 않았습니다.

　그래서 읽게 하기로 했습니다.

　사람들 앞에 나타나, 펼치고, 읽게 만들기로 했습니다.

　오랫동안 잊혔던 책에 마력이 깃들었던 것일까요── 책은 스스로 의지를 갖고, 자유롭게 움직일 수 있게 되었다고 합니다.

　옛날, 제가 빗자루 씨와 처음 만나게 되었던 때와 마찬가지로.

　책은 마법사들 앞에 나타나게 되었습니다.

　마법사들에게서 빌린 마력만 있으면 그녀는 이 세계 속에서 무엇이든 할 수 있었습니다.

　세계를 만드는 것도 가능했습니다.

　사람을 붙잡아 두기 위해, 그렇게 마법사들에게 빌린 마력으로 보여준 멋진 세계 속에, 마법사들을 가둬두려 했습니다.

　고독한 이야기책은── 그녀는 고독을 무엇보다도 무서워했던 것입니다.

　두 번 다시 고독해지고 싶지 않다고 진심으로 바랐던 것입니다.

그래서 빌린 마력으로 그려낸 세계 속에 마법사들을 가두려 했습니다.

그러나 마법사의 마력이 다할 무렵이 되면, 책 속 세계는 유지될 수 없게 되었습니다. 마법으로 그려낸 세계가 속임수였다는 사실을 깨닫게 되면 마법사들은 멋지기만 했던 세계에서 나갈 방법을 찾기 시작했습니다. 모두가 하나같이.

그래서 책은 이 세계 속에서의 기억을 지우고 마법사를 쫓아냈습니다.

책 속에 있는 것이 가짜 세계라는 사실을 들키면, 분명 이번에야말로 아무도 읽어주지 않게 될 것 같아 그녀는 두려웠던 것입니다.

그녀는 몇 번이고 몇 번이고 같은 짓을 반복했습니다.

외톨이가 되는 것을 무서워하며 사람을 꾀어 책 속으로 끌어들였던 것입니다.

그러나 몇 번이고 몇 번이고 실패했습니다.

이제껏 누구 한 사람, 그녀의 세계 속에 머문 이는 없었습니다.

여기는 거짓된 세계니까요.

『슬퍼, 슬퍼.』

눈앞에 놓인 책은 울고 있는 것처럼 보였습니다.

혹은 그 옆에 주저앉은 악마 프랑 양이 여전히 눈물을 흘리고 있기 때문에 그리 보일 뿐일지도 모릅니다만——.

"바깥 세계에서는 나를 악마라고 여기고 있는가 본데, 아니야."

그녀의 머리에 자라났던 뿔이 사라지고, 꼬리가 없어졌습니다.

열네 살 무렵── 깊은 숲속의 비엘라에서 나오기 전의, 어린 시절의 프랑 선생님이 그곳에는 있었습니다.

"나는 평범한 책. 아무도 기억해주지 않았던, 어디에나 있는 흔한 책."

고독에 빠져 줄곧 누군가와 함께 있고 싶었기 때문에, 그저 그런 이유로 그녀는 마법사를 꾀어 들였던 것입니다.

그러나 아무도 잡아둘 수 없어서, 그녀는 혼자 울 수밖에 없었던 것일 테지요.

이전, 제가 방문했던 나라에서도 물건이 의사를 갖게 되었던 적이 있었습니다. 그러나 그 나라는 의사를 가진 물건으로 가득했고, 결코 혼자가 아니었기 때문에, 눈앞에서 울고 있는 그녀와는 상황이 너무나도 달랐습니다.

사람과 만나지도 못하고, 다른 물건과 함께하지도 못했던 그녀는, 그저 진정으로 고독했던 것입니다.

책의 이야기가 전부 끝났을 무렵.

"──그런 거였군요."

프랑 선생님은 평소와 마찬가지로 상냥한 표정을 지으며 고개를 끄덕이더니, 무릎을 꿇었습니다.

어린 시절의 자기 자신 앞에.

"괴로웠겠네요. 쓸쓸했겠네요."

그렇게 말하며 선생님은 어린 자신의 머리에 손을 올렸습니다. 보드라운 머리카락을 쓰다듬어주며 선생님은 타일렀습니다.

"하지만 그러면 안 되잖아요. 이런 방법으로는, 아무도 함께 있어 주지 않을 거예요."

이 순간 갑자기 저는 시선을 돌렸습니다.

길가에 늘어선 집들 안에서도, 프랑 선생님의 목소리가 들렸던 것입니다.

이곳에 와서 몇 번이나 발견했던 민가── 제 본가와 완벽하게 같은 형태를 한 집의 창 너머에, 선생님이 보였습니다.

지금보다 젊고, 그러나 깊은 숲속의 비엘라를 떠나 시간이 조금 흘렀을 무렵의 선생님이, 태어난 지 얼마 안 된 자그마한 여자아이 앞에, 지금과 마찬가지로 무릎을 꿇고 있었습니다.

눈앞의 선생님은 열네 살의 자기 자신에게 이야기했습니다.

"지금은 슬플지도 몰라요. 고통은 영원히 계속될 것처럼 여겨질지도 몰라요. 즐거웠던 날들이 멀리 가버리는 건, 슬프죠."

하지만.

"──추억은 소중히 간직해두는 거예요. 결코, 추억 속에 머물러야 하는 게 아니에요."

다시 누군가와 만났을 때 즐거운 이야기를 자아낼 수 있는 그런 책이 되어주세요. 그 누구의 기억에도 남지 않는 책이라는 건, 너무 슬프니까요.

선생님은 그렇게 말하며 열네 살 무렵의 자기 자신을 끌어안았습니다.

민가 안에서 목소리가 들렸습니다.

『이름은 뭔가요?』

검은 머리카락의 마녀가 물었습니다.

눈앞에서 멍하니 서 있는 것은, 잿빛 머리카락의 여자아이였습니다.

여자아이는 눈앞의 마녀가 누구인지 몰라 고개를 갸웃거리면서도, 고개를 들고 또렷하지 않은 말투로 자신의 이름을 중얼거렸습니다.

단 한 마디.

일레이나라고.

『……그런가요. 일레이나, 라고 하는군요.』

검은 머리카락의 마녀는 웃었습니다.

『저는 프랑. 별무리의 마녀 프랑이에요.』

그리고 마녀는 여자아이를 꼭 끌어안으며 말했습니다.

아주 그리운 듯이.

그리고 프랑 선생님의 품속.

작은 여자아이는 조금 간지러운 양 눈썹을 찌푸리며, 그러나 안심한 것처럼 눈을 가늘게 떴습니다.

○

"약속을 하나 하죠."

책 속에서, 프랑 선생님은 한 소녀에게 말하고 있었습니다.

다정하게 말을 걸고 있었습니다.

"당신의 고독을 채워주는 대신에 저와 하나 약속을 하기로 해요."

그리고 책의 그녀는 저희를 원래 세계로 돌려보내 주었습니다.

저희의 기억을 빼앗는 일 없이, 그녀는 책 속에서 내보내 주었습니다. 꽤 오랫동안 책 속에 머물렀던 것 같은 감각이 들었습니다만—— 책 속 세계가 낮도 밤도 없는 공간이었기에 그렇게 느꼈던 것뿐인지도 모릅니다만, 의외로 시간은 그다지 지나지 않았던 모양입니다.

"……어? 벌써?"

저희가 돌아온 것은 마침 저녁 무렵 방 안에서 곰 인형들이 주는 밥을 와즐리 씨가 먹으려고 "아앙" 하고 입을 벌렸다가 먹기 직전에 홱 하고 음식을 다시 빼앗아 가자 "정말! 곰돌이 짓궂어! 하지만 그런 장난기 가득한 부분이 좋아!" 같은 의미불명의 놀이에 빠져 있던 도중으로, 요컨대 저희 사이에는 잠시 알 수 없는 침묵이 흘렀습니다.

"…………."

이때의 저와 선생님은 매우 차가운 눈을 하고 있었으리라고 생각합니다.

"…………."

한편 이때 와즐리 씨는 매우 빨개졌습니다만, "아니 이건, 아니야……"라며 변명도 하셨습니다만, 뭐 그녀의 성격이 이상하기 그지없다는 점은 처음 만났던 때 알았던 부분이기에, 이제 와서 곰 인형을 써서 이상한 짓을 하고 있다고 해서 놀라지 않습니다.

약간 질리기는 하지만 말이죠.

"……어흠!"

다시 나타난 저희 앞에서 그녀는 몸가짐을 바르게 하고 헛기침을 한 번 했습니다.

그녀는 새삼스럽게도 제대로 된 어른다운 척을 해 보였습니다.

"돌아와서 다행이야. 너무 일러서 정말 깜짝 놀랐어."

"저는 당신의 의미불명인 행동에 깜짝 놀랐습니다."

선생님은 태연하게 응수했습니다. 와즐리 씨는 울었습니다.

그리고 선생님과 저는 안에서 일어났던 사건들을 그녀에게 대략 설명했습니다. 요약하자면 이 책은 악마가 깃든 것도 뭣도 아니라는 이야기를 해드렸습니다. 이러이러 저러저러하다고.

한바탕 저희의 설명을 들은 그녀는 "그렇군……" 하고 조금 전까지의 의미불명인 행위 같은 건 없었던 것처럼 시원스러운 얼굴로 고개를 끄덕이더니.

"그 책, 괜찮다면 내가 맡아둘까? 역시 위험한 물건 같으니까."

그렇게 말하며 손을 뻗었습니다.

원래대로라면 마법 총괄 협회로 보내던 도중에 모습을 감춰버린 책입니다. 위험하다고 판단하는 것은 타당하다 여겨졌습니다.

그러나 선생님은 "아뇨" 하고 웃으며 그녀의 제안을 거절했습니다.

『두 번 다시, 책 속 세계에 사람을 끌어들이지 말아 주세요.』

아직 미숙하고, 고독을 잊을 수단을 모르는 책을 위해, 선생님은 약속을 나누었습니다.

약속을 깨지 않는 한 이 책은 이제, 지금까지처럼── 누군가를 책 속으로 끌어들이지 않을 것입니다.

그러니 위험은 없을 터입니다.

하지만 책 속으로 사람을 끌어들이는 일이 없어졌다는 것은, 요컨대 이 책은 이제 문제없이 펼칠 수 있게 되었다는 뜻이기도 했습니다.

그래서 선생님은 책을 펼쳤습니다.

아직 쓰이지 않은 페이지가 잔뜩 있었습니다.

이야기를 자아낼 여백은 남겨져 있습니다.

그래서 선생님은 답했습니다.

책이 고독을 잊을 수단을.

"이 책은 제 일기가 되었으니까요."

○

이 나라에 체재한 지 사흘째가 되는 저녁.

항구에서는 이미 많은 풍등이 하늘로 떠오르기 시작하고 있었습니다. 소원을 담은 작은 빛들이 둥실둥실, 무게를 잊은 듯이 주변 일대를 뒤덮고 있었습니다.

마치 세계가 따뜻한 빛에 감싸인 것 같았습니다.

"예쁘네요."

조용히 중얼거리며 선생님은 배로 걸어갔습니다.

수많은 빛에 감싸인 그 모습은 별무리 속을 걷는 듯한 느낌이었습니다.

"…………."

저는 선생님의 등을 바라보며 그 자리에 멈춰 섰습니다.

이제 여기서 선생님과의 여행은 끝입니다. 분명 이제 당분간 만나는 일은 없을 테지요. 어떤 것에든 이별은 반드시 찾아오는 법이고, 그것은 저희의 여로도 예외는 아니었습니다.

알고는 있었습니다만, 멈춰 서고 말았습니다.

멀리, 반짝이는 빛 가까이로 걸어가는 선생님의 뒷모습에 저는 무어라 말을 걸면 좋을까요? 가지 말아주세요, 조금만 더 함께 있고 싶어요, 방심하면 그렇게 어린애처럼 조르고 말 것만 같은 기분이 들어서, 저는 망설일 뿐이었습니다.

그저 저는 그곳에 멈춰 서 있을 뿐.

문득, 기억이 되살아났습니다.

『이별은 결코 슬프기만 한 건 아니에요.』

책 속 세계에서.

슬픔에 잠긴 한 소녀의 등을 쓰다듬으며.

다정하게, 어르듯이.

『멈춰 서지 말아주세요. 웅크리고 있지 말아 주세요.』

선생님은 언제나처럼 웃어 보였습니다.

『이별은 새로운 만남을 위해 있는 거니까요.』

그것은 그저 잘못된 방법으로 고독을 메우려 했던 책에게, 달래기 위해 한 말이었습니다. 그러나.

두 번 다시 마법사를 책 속 세계로 끌어들이지 않기로 약속하던 중에 한 말이었습니다. 그러나.

그 뒤에 있던 저에게도 분명히 울렸습니다.

다정한 말이, 제 등을 밀어주었습니다.

눈부신 별무리 쪽으로.

"…………."

이런 곳에서 멈춰 서버리면, 어쩌면 선생님께 혼나고 말지도 모릅니다.

그래서 저는 한 걸음씩 선생님에게 뒤처지지 않도록 걸었습니다. 아주 조금 빠른 걸음으로, 고조된 가슴을 억누르며 선생님을 뒤쫓았습니다.

그리고 선생님의 로브를 향해 손을 뻗었습니다.

쭈욱 잡아당기고, 저는 선생님이 이쪽을 돌아보기 전에 한 마디.

"이제 곧 안녕이네요."

망설인 끝에, 결국 아무런 꾸밈도 없는 말을 토해내는 것이 고작이었습니다.

"…………."

상냥한 눈동자가 이쪽을 바라보고 있었습니다.

"그러네요."

아무런 꾸밈도 없는 말이 선생님의 입에서도 새어 나왔습니다.

"이제 곧 안녕이네요."

가볍게 심호흡을 하고서, 침착한 척을 하며 저는 말했습니다.

"작별 인사는 뭘로 할까요? 안녕이나, 건강하세요나 여러 가지 있지만."

그러나 어느 것도 와닿지 않는군요.

울적한 인사는 어쩐지 저희에게는 어울리지 않는 느낌이었고,

그러나 평범하게 "안녕히" 하고 손을 흔들고 마는 것도, 그것은 그것대로 아닌 것 같은 느낌이 들었습니다.

눈물을 흘리며 손을 흔드는 것은 당치도 않습니다.

'가지 말아주세요'라니, 논외입니다.

저희에게는 아주 조금 다른 이별 방식이 있다고 생각합니다.

선생님은 기억하고 계실까요?

"작별의 말이라면 정해져 있잖아요."

선생님은 키득 웃었습니다.

기억하는 것이 당연합니다.

당연한 게 맞겠지요?

선생님은 책 속 세계에서 한 여자아이에게 말했으니까요.

————추억은 소중히 간직해두는 거예요. 결코, 추억 속에 머물러야 하는 게 아니에요.

라고.

그러니 선생님은, 그리고 말할 테지요.

그것은 제가 맨 처음에 떠올렸고, 그러나 선생님에게 듣고 싶었던 말이었습니다.

바로.

"다시 만날 때까지, 안녕히."

아주 조금 시곗바늘을 돌려보지요.

"······선생님?"

그것은 프랑 선생님이 책 속에 갇힌 직후의 일.

제가 목욕을 하는 사이에 사라지고 만 선생님은, 방 어디를 찾아도 보이지 않았습니다. 그야 책 속에 갇혀버렸으니 이 세계 어디에도 없는 것은 지극히 당연한 이야기였습니다만, 이 시점에서는 그러한 발상도 할 수 없었기 때문에 저는 주변을 찾기 시작했습니다.

우선은 방 안.

"선생님?"

이불 속이라든가.

"선생님?"

침대 아래라든가.

"선생님?"

그리고 책장 틈이라든가.

"어디 계세요?"

그리고 책상 안쪽이라든가.

"············."

뭐 솔직히 방 안의 가구는 단순한 데도 정도가 있어야지 싶은 수준이었던지라, 도중부터는 어찌 생각해도 사람 한 명이 절대

제 7 장

여행의 항로 : 등대 안에서

들어갈 수 없을 법한 곳을 들여다보거나 했습니다. 하지만 그때의 저는 평정을 잃고 있었기 때문에, 이상한 행동에 이르러도 어쩔 수 없었다고 말할 수 있지 않을까요?

"……에취!"

이윽고 열어둔 채였던 창에서 흘러드는 바람에 재채기를 한 번 했을 무렵, 저는 자신이 목욕 수건 한 장만 걸친 채 방 안을 배회하고 있다는 사실을 깨달았습니다.

그리고 선생님이 방 안 어디에도 안 계신다는 사실을 새삼 실감했습니다.

선생님은 대체 어디로 간 것일까요?

아무리 생각해도 창문 옆에 놓여 있던 검은 책이 수상합니다만, 저는 옷을 갈아입고 빗자루를 타고 방에서 밤의 장막이 드리운 밖으로 날아갔습니다.

확증을 얻지 못했기 때문입니다.

무엇보다 검은 책에서 강렬한 위화감을 느껴져서 섣불리 열 수가 없었습니다.

게다가 검은 책이 방에 나타나고, 그리고 선생님이 어딘가로 사라지고 말았을 가능성도 제로는 아닙니다.

그래서 저는 밤하늘을 날았습니다.

데워졌던 몸이 바람에 식었습니다.

흐린 하늘 속에는 별들이 있었고, 내려다보면 거리의 불빛이 떠올라 있었습니다. 어둠 속, 여기저기에서 흘러나온 자그마한 빛 알갱이들이 흔들렸습니다.

이런 때가 아니라면 넋을 잃고 바라볼 정도의 반짝임이 아로새겨져 있었습니다.

별 가루가 반짝이는 속에서 저는 선생님을 찾아 거리를 날아다녔습니다.

저는 초조해하고 있었습니다.

무슨 일이 일어난 것인지도 모른 채, 어째서 선생님이 사라진 것인지도 모른 채, 저는 여기저기를 찾아다녔습니다.

때때로 지붕 위에 내려서서 주변을 살피거나, 큰길에서 뒷골목까지 돌아다니거나, 그런 식으로 밤의 거리를 배회했습니다.

제가 그녀와 재회한 것은, 그러던 때였습니다.

"――일레이나 씨?"

어슴푸레한 뒷골목을 걷던 무렵에 목소리가 들려왔습니다.

반가운 목소리였습니다.

뒤돌아본 곳에는, 그리운 얼굴이 있었습니다.

검은 머리카락, 검은 로브에 검은 삼각모자. 가슴께에는 별을 본뜬 브로치와 달을 본뜬 브로치가 있었습니다.

저는 그녀를 알고 있었습니다.

"……사야 씨?"

저의 많지 않은 친구 하나가, 그곳에 서 있었습니다.

●

내가 이 나라에 온 것은 사흘 전의 일이었습니다.

"이 나라에서는 인형을 써서 마을 사람들을 돕고 있는데——."

인형의 제작자인 와즐리 씨가 말하길, 이 나라는 요즘 심각한 마법사 부족——이라기보다, 마법사들이 하나둘 힘을 잃는 사건으로 고민하고 있고, 그 때문에 인형을 조작하기 위한 마법사를 협회에서 빌리고 싶다고 했습니다.

마을 외곽에 있는 등대에서 마력을 공급하면 되는 일로, 경험이 없는 내가 할 수 있는 역할인지 어떤지 고민했습니다만.

"……알았습니다."

나는 일을 받아들였습니다.

통상 이 일은 여러 명의 마법사가 함께 마력을 공급하는 역할을 맡게 됩니다만, 근처 나라에서 한가하게 있던 것은 나뿐이었고, 적어도 풍등 축제까지의 사이에는 나 혼자서 일해야만 하는 모양이었습니다만—— 할 수 없습니다.

실라 선생님은 잘 알 수 없는 위험한 책을 인수하여 처분하는 일이 있다고 하고, 마법 총괄 협회 소속인 마법사로 나라들을 이리저리 돌아다닐 여유가 있는 것은 나 정도밖에 없었으니까요.

다음 날부터 나는 등대에 틀어박혔습니다.

높게 솟은 등대 안에는 희푸른 빛이 밝혀진 커다란 구체가 하나 머리 위에 있었습니다.

등대에 있는 구체의 역할은 크게 두 가지라고 합니다.

하나는 지극히 평범하게 나라의 위치를 알리기 위한 빛.

그리고 또 하나의 역할이, 이 나라 여기저기에 인형을 배치하기 위한 마력 덩어리.

와즐리 씨가 말하길, 마력이 끊어지지 않도록 이 구체에 계속해서 마력을 주입하는 것이 주된 일이라고 합니다. 그 외에도 마력이 다하여 길에 뻗어 있는 인형 회수라든가, 마을의 정보 수집 같은 그 외의 다양한 잡무도 있습니다만, 주요 업무는 마력을 공급하는 것뿐이니, 극단적일 정도의 중노동인 것도 아닐 테지요.

구속 시간은 길 듯하지만요.

"자, 일이네요! 열심히 해야죠."

나는 등대 안에서 마을 지도를 빤히 바라보았습니다. 그리고 최근 뉴스와 마을에서 열릴 예정인 행사 등과 관광객에게 인기 있는 가게 같은 것도 머릿속에 넣어두었습니다.

이것도 저것도 이 등대에 준비되어 있는 희푸른 구체를 위해── 한층 더 나아가서는 마을 곳곳을 돌아다니고 있는 인형을 위해서입니다.

인형은 마력과 함께 나의 기억과 사고를 그대로 드러낸다고 합니다. 즉, 마을의 인형들은 내 분신 같은 것이라나요?

요컨대 내가 마을에 관해 모르면 도움이 필요한 사람에게 도움의 손길을 내밀 수가 없는 것입니다.

"......으으으음."

나는 한결같이 시간이 허락하는 한 자료를 읽어댔습니다.

그날도, 그다음 날도.

그리고 오늘 밤.

"......지쳤어요."

무거운 몸을 이끌고서 나는 묵고 있는 숙소를 향해 귀갓길에 올랐습니다. 일은 아침부터 밤까지 휴식 없음. 하루의 피곤은 걸음을 옮기는 사이에도 줄곧 내게 들러붙어 있었습니다.

이것을 앞으로 며칠이나 계속해야만 합니다만……, 몸이 버텨 줄까요…….

솔직히 처음 사흘 만에 피로가 슬슬 정점에 달하고 있었습니다.

하지만.

약한 소리는 할 수 없습니다.

이 정도로 불만을 늘어놓을 만한 일도 뭣도 아니지 않습니까? 나보다 괴로운 마음으로도 무엇 하나 싫은 내색 하지 않고 자신의 신념을 관철한 사람을 나는 알고 있습니다.

그녀의 괴로움에 비하면, 이 정도——.

그렇게, 나는, 생각했습니다.

그때였습니다.

"…………."

나는 보았습니다.

잿빛 머리카락, 유리색 눈동자. 가슴께에는 별을 본뜬 브로치를 단 한 마녀가 길을 걷는 모습을.

그리운 얼굴이, 그곳에는 있었습니다.

"——일레이나 씨?"

내 목소리에, 그녀는 뒤를 돌아보아 주었습니다.

언제나와 같은 그녀가 그곳에는 있었습니다.

○

"그런가요…… 일을 의뢰받은 건가요."

며칠 전부터 사야 씨는 이 도시에 머물고 있다고 합니다.

오랜만에 만난 그녀는 "저 등대에 틀어박혀서 지금은 아침부터 밤까지 일만 하고 있어요"라며 마을 외곽을 가리켰습니다.

새까맣게 어두웠습니다.

"……어디인가요?"

보이는 모든 곳이 어둠입니다만?

"지금은 이미 빛이 꺼졌지만, 대략 저쯤에 있어요."

"두루뭉술하군요."

"그래서, 대략 저 안에서 이런저런 책을 읽으며 지내고 있어요."

"두루뭉술하군요."

"대략 그런 느낌이에요!"

"처음부터 끝까지 두루뭉술하군요……."

업무 내용이 상당히 물렁하군요.

"그래서, 일레이나 씨는 이런 늦은 밤에 무얼 하고 계신가요?"

곁을 걸으며 사야 씨는 이쪽으로 시선을 보내면서 고개를 갸웃거렸습니다. 평소와 다르지 않은 모습이었습니다.

"…………."

저는 잠시 망설였지만, 답했습니다.

"……실은 지금, 스승님을 찾고 있어요."

내일모레 풍등 축제에 맞춰 선생님이 이 지방을 떠날 예정이라는 것. 그런데 갑자기 사라지고 말았다는 것을 저는 그녀에게 밝했습니다.

사야 씨는 "흐음흐음" 하고 고개를 끄덕였습니다. 그리고.

"그건 심각한 사태로군요……."

그리 말하며 미간을 좁혔습니다.

거기에 더해.

"나도 함께 찾을까요?"

그런 제안을 한 번 해주었습니다.

"괜찮아요. 지쳤잖아요."

아침부터 밤까지 줄곧 등대 안에 틀어박혀 있다는 말을 들은 참입니다. 그렇게 지친 상태인 사야 씨를 끌어들여서는 안 됩니다.

제게도 양심 정도는 있습니다.

"오늘은 천천히 쉬세요. 당신은 내일도 일이 있으니까요."

사람 찾는 일이라면 저 혼자서도 괜찮습니다──하고 저는 손을 살랑살랑 흔들며 사양했습니다.

그러나 그녀는 그런 저에게 "안 돼요"라고 단호하게 말했습니다.

"일레이나 씨. 나는 이 나라에서 사람을 돕는 일을 하고 있거든요? 곤란해하는 사람이 있으면 도움의 손길을 내밀지 않으면 안돼요."

"…………."

이때에 이르러 저는 그녀에게 사정을 이야기한 것이 실책이었다는 사실을 깨달았습니다.

"그런고로 내가 일레이나 씨의 힘이 되어드릴게요!"

흐흥 하고 사야 씨는 가슴을 쭉 폈습니다.

"……아뇨 그게."

"나는 협력한다고 말한 이상 다른 말은 안 들을 거예요! 일레이나 씨가 싫다고 말해도 협력할 거예요! 단념하고 내게 협력 당해주세요."

"협력 당해주세요, 라니 뭔가 이상한 표현이네요…….."

이렇게 되면 절대 물러날 마음이 없는 거겠지요. 사야 씨는.

"다행히도 나는 지금 거리의 인형을 조종하고 있거든요. 뭐, 사람을 찾는 일 정도는 누워서 떡 먹기죠!"

말하면서 그녀는 다소 강제적으로 제 손을 잡아끌며 걷기 시작했습니다.

차가운 손이었습니다.

제 앞을 걷는 그녀는 저와 마찬가지로 삼각 모자를 깊게 눌러쓰고, "말을 꺼냈으면 실행이죠!"라며 불빛 없는 등대로 나아갔습니다.

저는 그녀의 뒤를 따라가며 멍하니 하늘을 올려다보았습니다.

그러고 보니 사야 씨와 처음 만난 날 밤도, 이런 별하늘 아래에서 물건을 찾고 있었죠.

등대에 도착하자마자 그녀는 "에잇" 하고 지팡이를 흔들어 빛을 밝혔습니다.

머리 위 높은 곳에 보이는 구체가 희푸른 빛을 발했고, 직후에 등대 안이 흐릿하게 밝혀졌습니다.

밖을 비추기 위한 빛이기 때문일 테지요.

저희에게 닿는 것은 희미하고 어렴풋한 빛뿐이었습니다.

멀리서 보면 분명 아름답게 빛나며 반짝이고 있을 테지요. 그러나 바로 아래에서 올려다보는 등대의 불빛은 겨우 끝에서 끝까지를 볼 수 있는 정도.

"……우와."

그때에 이르러 깨달았습니다만, 등대 안에는 엄청난 수의 인형이 채워져 있었습니다. 빛을 받은 인형들은 스스로 의사를 갖고 일어서 움직이기 시작했습니다.

와즐리 씨의 수제 인형 디자인은 매우 버라이어티합니다. 피부가 하얀 것, 까무잡잡한 것, 머리가 파랑인 것, 빨강인 것, 눈동자가 녹색인 것, 노란색인 것. 옷이 화려하거나, 단순하거나.

그런 인형들이 일사불란하게 행진을 시작하더니, 등대에서 밖으로 걸어 나갔습니다.

그 광경은 아마도 낮 혹은 이른 아침에 보았다면 귀여웠을 테지요.

그러나 지금은 한밤중입니다.

"살짝 공포물이죠? 이 광경."

익숙해졌지만요. 에헤헤. 하고 사야 씨는 웃었습니다.

"일단 그녀들이 우리 대신에 온 마을에서 프랑 씨를 찾아줄 거예요. 우리는 여기에서 잠시 기다리기로 할까요?"라고 말하면서.

"그러네요――."

저는 희푸른 빛을 받고 있는 등대 안을 둘러보았습니다.

아주아주 단순하고 장식 없는 무기질적인 공간이었습니다. 방

한쪽에는 여행안내 잡지가 몇 권이나 겹쳐져 놓여 있었습니다. 분명 이 등대에 틀어박혀 있는 동안 몇 번이고 반복해서 머릿속에 그 내용을 집어넣었을 테지요. 반복해 읽은 흔적은 멀리서도 분명히 알 수 있었습니다.

"…………."

그 바로 앞에 시선이 머물렀습니다.

인형이 하나, 있었습니다.

"혼자 남겨졌네요."

"어라? 아, 진짜네."

부들부들 떨면서 인형은 몸을 웅크리고 있었습니다. 움직이지 못하는 것처럼은 보이지 않았습니다. 다친 것처럼도 보이지 않았습니다.

그저 움직일 만한 기력이 없는 모양이었습니다.

그 모습은 마치.

"……혹시, 우는 건가요?"

그리 보였습니다.

"? 어라……? 어째서일까요?"

어리둥절해하며 사야 씨는 고개를 갸웃거렸습니다. 인형 하나가 울고 있는 이유 같은 건 전혀 짐작도 되지 않는 듯 보였습니다.

그리고서 그녀는 제 어깨에 손을 올렸습니다.

"뭐 인형 하나 정도는 상태가 안 좋아도 할 수 없죠! 하지만 괜찮아요! 그 외에도 수십 개의 인형이 지금쯤 온 마을에서 프랑 씨를 찾아주고 있을 테니까요!"

맡겨두세요! 하고 상당히 믿음직한 말을 해주었습니다.

"…………."

그러나 저는 그녀의 말을 흘려들었습니다.

그녀에게는 미안하지만, 저는 이때 다른 일을 생각하고 있었습니다. 등대 위에 떠 있는 희푸른 구체를 올려다보고 있었습니다.

"인형을 조작하려면, 저기에 마력을 주입하면 되는 거죠?"

그녀는 제 시선을 좇으며 고개를 끄덕였습니다.

"뭐 그렇죠."

"그런가요."

과연, 그렇군요.

그렇게 저는 지팡이를 꺼내 들고서 그녀와 마찬가지로 고개를 끄덕였습니다.

"그럼 저도 거들도록 하죠."

그리고 지팡이 끝에서 마력을 날렸습니다. 제 지팡이 끝에서 날아간 빛이 사야 씨가 만들어낸 빛과 뒤섞이며 구체로 쏟아졌습니다.

"……일레이나 씨?"

뭘 하는 건가요? 라고 말하고 싶은 듯 그녀는 저를 바라보았습니다.

아뇨 아뇨.

"당신에게만 무리를 시킬 수는 없으니까요."

"일이니까 무리하는 건 당연하죠."

흐흥, 하고 어째선지 의기양양하게 그녀는 가슴을 쭉 폈습니다.

"옆에 사람이 없을 때는, 그래야 할지도 모르겠네요."

어떻게 해서든 해결해야만 하는 일이 있고, 의지할 수 있는 사람이 없을 때는 무리를 해야 할지도 모릅니다. 그래도.

"하지만 지금은 제가 있잖아요."

"…………."

"뭐, 그렇다기보다 애초에 제 탓에 사야 씨의 일이 늘어나고 말았으니까 이렇게 하는 게 당연하지 않나요?"

"…………."

다시 그녀는 침묵으로 답했습니다.

희미한 빛 속에서 그녀는 저만을 바라보고, 그리고.

"일레이나 씨, 오늘은 조금 다정하네요. 혹시 오늘의 일레이나 씨는 다른 사람인가요?"

진지하게 무슨 말씀을 하는 겁니까?

"저는 언제나 다정한데요?"

"네……?"

"뭔가요 그 미묘한 반응은?"

실례네요.

"나와 만날 때의 일레이나 씨는 언제나 훨씬, 이렇게…… 눈썹이 삐죽하고, 눈이 날카로워서, 무슨 일이 있을 때마다 『시끄러워요』라고 말할 것 같은 사람이었던 듯한 느낌이…….."

"그건 당신의 평소 행실이 조금 그렇기 때문이에요."

"좀 더 구체적으로 부탁드려요."

"사사건건 달라붙거나, 태연하게 좋아한다고 사랑한다고 결혼

해달라고 하는 말을 하는 부분을 요약한 겁니다."

"기억이 잘 안 나는데요."

"혹시 오늘의 당신도 다른 사람인 건가요?"

저는 얼굴을 찌푸렸습니다. 한편, 사야 씨는 어둠 속에서 키득 자그맣게 웃음 짓고 "나도 평소 그대로의 나예요"라고 답했습니다.

무얼 근거로 평소대로라 말하는 것인지를 제가 묻는 일은 없었습니다.

이미 몇 번이고 사야 씨와 함께하고 있으니까요. 그녀에 관해 모르는 게 없다——고까지는 말하지 않겠지만, 일부러 물을 것까지도 없습니다.

평소의 그녀가 어떠한 그녀인지 정도는.

"아, 그렇지. 일레이나 씨, 이 나라 관광은 벌써 했나요? 괜찮다면 관광 안내라도 할까요?"

언제 만나도, 어디서 마주쳐도, 어째선지 저희 사이에는 언제나 대화가 있었습니다.

오늘 밤도 예외는 아니었습니다.

"그것은 감사한 말이지만…… 피곤하지 않은가요? 괜찮겠어요?"

"걱정하지 마세요. 일이니까요."

"……무리하는 건 당연, 한 건가요?"

"아뇨 아뇨."

그녀는 담박하게 고개를 저었습니다.

"그저 일레이나 씨와 이야기를 하고 싶을 뿐이에요."

그렇게 말하면서.

"······그런가요."

그럼 부탁할게요——라고 저는 그녀에게 고개를 끄덕이고, 그리고서 사야 씨에게 이 나라의 관광 시설 정보를 들었습니다. 프랑 선생님과 구경할 때 참고하도록 하지요.

선생님이 돌아올 수 있을지는 알 수 없지만요.

"이 가게는 와즐리 씨라는 마법사가 운영하는 찻집인데, 맛은 그럭저럭이지만, 글쎄 언제나 곰 인형이 접객을 해주는 특이한 가게로——."

그리고서 사야 씨는 제게 여러 가지를 가르쳐주었습니다. 몇 번이고 몇 번이고 읽고 표시를 잔뜩 해둔 관광 안내서를 펼치며 "여기 맛있대요!"라든가, "이 가게는 해산물 요리가 유명하대요!"라든가.

그녀는 줄곧 빛나는 등대 안에 있을 터이니, 아마 한 번도 그러한 가게에는 간 적이 없을 테지요. 그래도, 그녀는 아주아주 즐거운 듯, 제게 이 나라에 관해 이야기해주었습니다.

"다녀오면 감상을 들려주세요."

그렇게 말하며.

그래서 저는.

"잊지 않으면 그렇게 할게요"라고만 답했습니다.

사야 씨에 의한 관광 안내는 그런 식으로 차분하게 계속되었습니다. 끊임없이 마력을 잃으며, 인형들이 있을 리 없는 프랑 선생님을 찾아주기를 기다리며, 그녀는 그 시간이 지루하지 않도록 최선을 다해주었습니다.

"다음은…… 이 주변의 가게가 괜찮은데……."

하지만 역시 피곤에는 이길 수 없었던 모양입니다.

이윽고 툭 하고 그녀는 그대로 제 어깨에 고개를 기댄 채 잠들어 버렸습니다. 펼쳐진 채인 책자를 가리켰던 손가락이 페이지에 닿아 있었습니다. 지팡이를 쥘 힘은 이제 더는 없었고, 달그락하고 바닥 위로 떨어졌습니다. 의식은 이미 여기 없었고, 제 옆에서는 조용하게 규칙적인 숨소리가 들렸습니다.

그래서 저는 그녀의 머리카락을 남몰래 쓰다듬으며 웃었습니다.

"역시 무리하고 있었나요?"

알고 있었지만요.

결국, 그 후 저는 혼자서 등대에 마력을 계속 주입했습니다. 사야 씨의 목소리가 들리지 않게 된 등대 안은, 쓸쓸하고 공허하고 마음 불안한 고독만이 지배하고 있었습니다.

할 일도 없이 시간만이 천천히 흘러갔습니다.

"……심심하네요."

올려다보니, 등대 불빛이 하나.

역시 어둡고 흐릿했습니다.

○

자, 그 후의 일은 다시 설명할 필요도 없을 테지요.

저는 와즐리 씨의 가게를 찾아가, 한숨 잔 다음에, 선생님을 구하러 갔습니다.

돌아왔을 때는 저녁 무렵.

처음 예정대로라면 이날 하루는 선생님과 관광을 하거나, 자신을 위한 시간을 만들거나 하고 싶었습니다만, 깨닫고 보니 그 시간의 대부분이 끝나버렸습니다.

해가 저물어가는 거리는 적적함으로 가득했습니다.

"벌써 시간이 이렇게 됐나요……."

한숨이 조용한 거리 속으로 녹아들었습니다.

귀중한 시간이 사라진 것을 저는 그저 단순히 섭섭해할 뿐이었습니다만, 어쩌면 프랑 선생님은 다른 일이 머릿속을 스쳐 갔는지도 모릅니다.

"미안해요. 제 탓에."

눈썹을 늘어뜨리고, 꾸벅 이쪽으로 고개를 숙였습니다.

아뇨 아뇨.

"선생님한테 한 말이 아닌데요?"

"그래도 저 때문에 이런 시간까지 책 안에 있었으니까요. 당신에게 사과하는 건 당연하지 않은가요?"

"저는 딱히 선생님 탓이라고는 생각하지 않는데요……."

특별히 책 속 세계에 들어간 것에 관해서는 전혀 후회하지 않습니다.

책 속에서 선생님의 추억을 볼 수 있었으니까요.

설령 해 질 녘에야 이곳으로 돌아왔다고 해도, 의외로 나쁘지 않은 시간을 저는 보내고 있었습니다.

제가 멈춰 선 사이에 한 걸음 또 한 걸음, 선생님은 저물어가는 햇빛 쪽으로 걸음을 옮겼습니다.

그리고 등 뒤를 더듬어 가듯 뒤쫓아가자, 그림자가 드리워진 쪽에서 조용히 선생님은 중얼거렸습니다.

"자신이 한 일이 계기가 되어 모든 것이 예상과 달라지거나, 혹은 남에게 폐를 끼치게 되었을 때, 대부분의 사람은 내 탓이라며 후회하잖아요?"

"…………."

"그런 때에도 관계없이 내 탓이 아니라고 처음부터 끝까지 주장할 수 있는 건, 분명 아주 강한 사람뿐일 테죠."

혹은 자기애가 지나친 사람이거나, 둘 중 하나일 테죠.

말하고자 하는 바는 왠지 모르게 알 듯한 기분이 들었습니다.

그러나 대처 방식은, 저로서는 잘 알 수 없었습니다.

"……그런 때, 어떻게 해야 한다고 생각하시나요?"

그래서 단도직입적으로, 저는 물었습니다. 바람이 이뤄지지 않아서 괴롭고 괴로운 결말을 맞이하고 말았다면, 대체 어찌해야 할까요?

그림자 속에서 선생님은 멈춰 섰습니다.

그리고.

"누군가에게 곁에 있어 달라고 하겠어요."

줄곧 혼자 있으면 자기 자신의 목을 계속해서 조르게 되고 마니까요――라며 선생님은 돌아보았습니다.

"그러니까, 저는 아직 행복한 편이죠."

평소와 같은 미소를 지어주었습니다.

그리고 이 부분에서.

어쩌면 조금 진지한 이야기를 하고 갑자기 부끄러워졌는지도 모릅니다. 혹은 저와 눈이 딱 마주쳐서 대응에 곤란해졌는지도 모릅니다.

선생님은 바로 시선을 돌렸습니다.

"그나저나, 일레이나. 저녁 식사라도 하는 건 어떤가요? 괜찮은 식당이 있거든요. 제가 살게요."

다소 빠른 말투로 그런 제안도 하셨습니다.

어라어라.

어디선가 들은 적이 있는 듯한 대사로군요. 구체적으로는 어제쯤에.

"좋아요."

그래서 저는 고개를 끄덕였습니다. 그러나.

"선생님이 제게 밥을 사준다니, 별일이네요."

뭔가 이유라도?

하고 저는 물었습니다.

그러자 선생님은 키득 웃으며.

"별다른 이유는 없어요."

그저 함께 먹고 싶을 뿐이에요, 그런 말을 태연하게 했습니다.

…………

어제의 저라면 선생님이 그러한 말을 한 시점에서 "만세! 기대되네요"라며 냉큼 따라갔을지도 모릅니다만.

"밥을 사주시는 거라면 하나 조건이 있습니다."

저는 선생님의 곁에 서며 선생님을 바라보았습니다.

어제 저는 등대 안에서 해가 뜰 때까지 계속해서 관광 안내 책자를 읽고 있었기 때문에, 이 나라의 인기 있는 가게에 관해서는 나름대로 지식이 있었습니다.

그런고로.

"실은 이 근처에 맛있는 가게가 있는 모양이던데, 괜찮다면 거기서 사주시겠어요?"

"…………."

선생님은 제 얼굴에서 무언가를 읽어낸 듯했습니다.

"저기, 비싼 가게는…… 아니죠?"

"우후후."

"일레이나?"

"역시 미안한 일을 했다고 생각하고 계신다면 행동으로 보여주는 편이 좋지 않을까요?"

"전언 철회해도 괜찮을까요?"

"안 됩니다."

그리고 저는 선생님의 손을 잡고서 걷기 시작했습니다.

저 멀리, 등대 불빛이 하나.

아주 아름답고, 당당하게 빛나고 있었습니다.

○

식사 후에 혼자서 등대로 향하자 당연하다는 듯이 사야 씨가 있었습니다.

어슴푸레한 등대 안, 그녀는 지면에 주저앉아 있었습니다.

제 얼굴을 보자마자 그녀는 곧바로 자세를 바르게 하고서 "일레이나 씨!" 기쁨과 당황이 뒤섞인 다소 복잡한 표정을 지으면서도, 고개를 숙였습니다. 지면에 척 손을 짚었습니다.

"어제는 죄송했어요! 정신을 차리고 보니 어느샌가 잠이 들었지 뭐예요…… 일하던 중이었는데…….."

그렇게까지 신경 쓸 만한 일은 아닙니다만…….

심야 시간대였고, 그녀는 저를 위해 여러 가지로 애를 써주었으니까요.

"마음 쓰지 말아 주세요."

저는 그녀에게 다가가 무릎을 꿇고, 어깨에 손을 올려두었습니다. 가늘고, 아주 조금 미덥지 못한 어깨였습니다.

처음 만났을 때와 변함없이.

"게다가 사과는 제가 해야죠. 잠든 당신을 두고 가버렸으니까요."

그러니까 신경 쓰지 마세요── 하고 저는 말했고, 사야 씨는 그 손을 바라보며 아주 잠시 침묵한 다음 이쪽으로 고개를 들어주었습니다.

이윽고 진지한 목소리로 말했습니다.

"……역시 다정하네요. 일레이나 씨."

무슨 말을 하는 겁니까?

"저는 언제나 다정한데요?"

"네에……?"

사야 씨는 역시나 과장되게 얼굴을 찌푸렸습니다.

그래서 저는 지팡이를 손에 들고 "뭔가요? 뭔가 말하고 싶어 보이는데요?"라며 그녀의 뺨을 콕콕 찔렀습니다.

그녀는 "우으으" 신음하며 눈을 가늘게 떴습니다.

"적어도 이 상황을 누군가가 본다면 절대로 일레이나 씨가 다정한 사람이라고는 생각하지 않을 거라고 생각해요……."

"실례네요."

"그나저나, 오늘은 어쩐 일인가요?"

"당신 일을 거들러 왔어요."

"볼을 찌르는 건 내 업무에 포함되어 있지 않은데요?"

"아니, 이건 어디까지나 제 취미예요."

"상당히 별난 취미를 갖고 계시는군요……."

"우후후."

"칭찬이 아니에요."

뺨을 부풀려 보이는 사야 씨. 저는 곧장 그 볼록한 뺨을 지팡이로 찔러 원래대로 만들었습니다. 휴우, 하고 그녀의 입에서 한숨이 새어 나왔습니다.

물론 제가 여기에 온 것은 이런 짓을 하기 위해, 서만은 아닙니다.

"이건 어디까지나 겸사겸사예요. 오늘은 당신과 이야기를 좀 하러 왔어요."

"이야기요?"

"옆에 앉아도 될까요?"

"지저분한 바닥이라도 괜찮다면요."

저는 대답 대신에 그녀 옆에 앉아 지팡이를 꺼냈습니다.

"멀리서 본 등대 불빛은, 아주 아름다웠어요."

"하지만 바로 아래에서 보면 그다지 예쁘지 않죠?"

"저는 이런 경치도 싫지 않지만요."

거리에 따라 사물을 보는 방식은 달라지는 법이고, 멀리서 바라볼 때 아름다웠던 것도 가까이 다가가 보면 추했다, 같은 이야기는 여행을 하다 보면 얼마든지 듣습니다. 그러나.

"많은 사람이 사랑하지만, 그러나 아무나 보지는 못하는 것의 옆에 있을 수 있다는 건, 행복한 일이에요."

그리고 저는 지팡이를 들고 마력을 보냈습니다. 어제와 마찬가지로 지팡이 끝에서 눈부실 정도의 빛이, 사야 씨가 발한 마력과 뒤섞여 구체 속으로 녹아들었습니다.

그녀는 그저 그 광경을 바라보았습니다.

"일레이나 씨."

그리고 속삭이듯이 이쪽을 향해 말을 걸어왔습니다.

"딱히, 일은 나 혼자여도 괜찮거든요? 도와주지 않아도, 나 혼자서, 제 몫은 해낼 수 있어요."

저는 그녀를 돌아보지 않았습니다.

그저 천장으로 떠오르는 빛을 바라보며 "어제 저도 밤샘을 해 봤는데, 상당히 중노동이더군요. 이게"라고만 답했습니다.

"하지만 나 혼자서도 할 수 있어요."

어라? 고집이 세군요.

"도와주면 안 되는 건가요?"

"…………."

대답은 없었습니다.

그럼 질문을 바꿔보죠.

"혼자서 해야만 하는 이유가 있는 건가요?"

"…………."

역시 대답은 없었습니다.

침묵을 긍정이라 여긴다면.

"이유가 있군요."

그리고 저는 그녀를 향해 고개를 돌렸습니다.

떠올라 가는 푸른 빛을 받은 그녀의 안색은, 빛을 받았음에도 몹시 어둡고 탁했습니다.

마치 바로 아래에서 올려다본 등대처럼.

멀리 떨어져서 바라보면 아름답고 당당하게 빛나고 있어도, 바로 아래에서 올려다보면 아주아주, 연약합니다.

저는 그것을 알고 있었습니다.

"모니카 씨를 구하지 못한 걸, 후회하고 있기 때문인가요?"

이곳에 다다르기 전부터, 알고 있었습니다.

○

"사람이 사는 마을 에마데스트린."

정적의 나라 발라드에서 실라 씨와 만났을 때, 그녀는 갑자기 "잠깐 좀 보자"라며 저를 밖으로 연행해 가더니 이러한 이야기를 시작했습니다.

"그 나라는 상당히 특이한 나라라서, 사람의 죽음을 극단적으로 싫어하는 문화가 있지. 어떤 극악한 사람이라도 사형에 처하지 않고, 병이 만연해도 나라는 어떻게 해서든 목숨을 지키려고만 한다. 극단적일 정도로 사람의 죽음에 민감한 나라야."

사야 씨가 그 나라를 방문한 이유는, 나라 안에서 연쇄 살인 사건이 일어났기 때문이라고 합니다.

즉, 사건 해결을 위해 마법 총괄 협회의 직원으로서 파견되었던 것일 테지요.

일부러 단둘이 되어 그러한 이야기를 제게 한다는 것은.

"……고전하고 있는 건가요?"

그렇게 생각했습니다. 그러나 실라 씨는 천천히 고개를 저었습니다.

"아니. 사건 쪽은 이미 해결했다. 범인은 체포됐고, 추방 처분을 받았지."

"추방 처분, 인가요?"

"나라 밖에서 살해당했다는 뜻이야."

"……아아."

나라 안에서는 살인을 금지하고 있는 나라, 라는 것이로군요. 그렇군요. 죽음을 싫어하는 문화가 적용되는 것은 영토 안뿐이라는 것인가요?

"사건은 무사히 해결됐고, 녀석도 무사히 돌아왔어."

그리고.

실라 씨는 깊은 한숨을 내쉬고, 그리고 말했습니다.

"다만, 돌아온 후로 그 녀석 조금 가라앉아 있거든── 그 나라에는, 그 녀석의 친구가 있었던 모양이야. 마법 총괄 협회의 신입이었을 무렵에 자주 함께 있던 동갑내기 여자아이였지."

이름은 모니카 씨라고 합니다.

연수생 시절을 마친 지 오래인지라, 모니카 씨가 지금도 여전히 고향에서 일하고 있다는 사실을 안 것은 사건 후였다고 합니다.

"그래서, 그 친구가 어쨌다는 겁니까?"

이야기의 흐름으로 보아 그 모니카 씨의 신변에 무슨 일이 있었으리라는 것은 의심할 여지도 없었습니다.

사건에 휘말려 부상을 당한 것일까요? 혹은 사야 씨와 사이가 틀어지고 만 것일까요?

그러나 실라 씨가 이어서 뱉은 말은, 제 얄팍한 예상과는 전혀 달랐습니다.

말하길.

"추방 처분을 받았다."

실라 씨는 단 한 마디, 그렇게 말했습니다.

"…………."

그 말은 즉.

사야 씨의 친구가 반년도 더 전부터 사람을 죽였고, 체포되고, 처형되기에 이르렀다.

그렇게 해석할 수밖에 없었습니다.

견디기 힘든 일을 겪고, 사야 씨의 마음에 그림자가 드리워지고 만 것일까요──실라 씨는 허공으로 퍼지는 담배 연기를 좇듯이 시선을 들었습니다.

그리고 잠시 후, 실라 씨는 품에서 한 권의 책을 꺼냈습니다.

너덜너덜한 책의 표지에는 깔끔한 글씨로 『모니카』라고만 적혀 있었습니다.

일기인 모양입니다.

"너, 이제 해변의 트로콜리오로 가지?"

말하면서 그녀는 제게 모니카 씨의 일기를 툭 떠넘겼습니다.

"이걸 전해주겠어?"

"……뭐가 쓰여 있나요?"

"읽어보면 알아."

"…………."

그것은 바꿔 말하자면 읽으라고 재촉하는 의미 같았고, 저는 잠시 침묵한 후 일기장을 펼쳤습니다.

깔끔하고 자그마한 글자로 자아져 있던 것은, 얼굴도 모르는 모니카 씨의 지금까지의 추억들. 친구와 만난 일과 마법 총괄 협회에 갓 들어갔을 때의 추억들부터, 고향으로 돌아온 후의 기록이 세세하게 쓰여 있었습니다.

그리고 아주 무겁고, 외면하고 싶어질 만큼 괴로운 이야기도, 그곳에는 있었습니다.

그래서 저는 한 번 훑어본 후 곧바로 책을 덮었습니다.

"이런 건, 당신이 건네주는 편이 좋지 않은가요?"

"나는 해변의 트로콜리오에는 갈 수 없어. 아직 일이 있거든."

실라 씨의 표정이 평소보다 한층 더 험악해진 것처럼 느껴졌습니다. 그녀도 좋아서 사야 씨와 떨어져 있는 것은, 아닌 모양입니다.

"나이를 먹으면 역할이 늘어나서 성가셔."

함께 있고 싶어도, 그리할 수 없는 것일 테지요.

그녀에게는 역할이 몇 개나 있습니다.

마법 총괄 협회에서 일하는 어른으로서의 역할. 다른 사람을 가르치는 선생님으로서의 역할. 그리고 사야 씨의 스승으로서의 역할.

분명 그녀도, 그렇게 몇 개나 되는 역할에 선택을 강요당해, 선택하지 않을 수 없었던 것일 테지요.

괴로운 선택지를.

그래서 저도 선택했습니다.

괴로운 선택지를.

○

너덜너덜한 책자는, 제 손안에 있었습니다.

사야 씨는 그 표지에 적힌 그녀의 이름을 눈으로 본 것만으로 분명 전부 눈치챘을 테지요.

웃고 있었습니다.

지친 미소였습니다.

"……짓궂네요. 알면서 잠자코 있었던 건가요?"

깊고, 무거운 한숨이 제 손에 닿았습니다.

©Azure

"이야기할 타이밍을 살피고 있었어요. 어제는 선생님도 찾아야 했으니까요."

"⋯⋯프랑 씨는 찾았나요?"

"네. 덕분에요."

"나는 아무것도 안 했어요."

"⋯⋯⋯⋯."

"아무것도, 못했어요."

잠들어 있었을 뿐이니까요――라고.

그리고 아주 잠시. 제가 그녀에게 답할 말을 찾는 중에 사야 씨는 희푸른 빛 너머에서 평소의 밝은 표정을 지어 보였습니다.

"내 이야기, 실라 씨한테 들은 거죠? 의기소침하다고. 하지만 나, 괜찮거든요? 이제 완전히 회복했으니까요. 지금은 평범하게 일도 할 수 있어요. 보세요. 이 나라의 인형들도 평범하게 작동시키고 있거든요?"

"⋯⋯⋯⋯."

"그러니까, 일레이나 씨. 걱정하지 마세요. 나, 혼자서도 할 수 있어요."

"⋯⋯⋯⋯."

"일레이나 씨, 그거 아세요? 이 나라의 마법사분들은 이 일을 교대로 했었대요. 하지만 나는 혼자서도 할 수 있어요. 이제 옛날 그대로의 내가 아니에요. 혼자서도, 이런 일 정도는 해낼 수 있어요."

"⋯⋯⋯⋯."

"나는 괜찮아요. 걱정할 만한 일 같은 건, 아무것도, 아무것도 없어요. 그러니까──."

"…………."

"그러니까 그런 얼굴로 나를 보지 말아주세요."

저는 대체 어떤 표정을 짓고 있었을까요.

진지하게 그녀의 이야기에 귀를 기울였다고 생각합니다. 시선을 피하지 않고, 그녀만을 바라보았다고 생각했습니다.

그러나 사야 씨는 그런 제게서 고개를 돌렸습니다.

슬픈 표정을 지으며.

"사야 씨."

저는 그녀에게 손을 뻗었습니다.

움찔, 그녀의 어깨가 떨렸습니다. 굳어졌습니다.

그래도 개의치 않고 저는 그녀의 어깨에 손을 올렸습니다. 희미하게 떨리는 가느다란 어깨가 변함없이 그곳에는 있었습니다.

"모니카 씨가 죽은 건, 당신 탓이 아니에요."

"…………."

"당신은 아무것도 잘못하지 않았어요."

"…………."

이런 말을 제가 한들 아무런 울림도 없을지 모릅니다. 하지만, 그래도 저는 말을 이어갔습니다.

"언제나와 같은 당신 얼굴을, 보여주세요."

저는 끊임없이 말을 이어갔습니다.

"평소의 당신을 보여주세요."

원래의 사야 씨로, 돌아와 주세요.

저는 몇 번이고 몇 번이고 말했습니다. 그러나 몇 번 말을 걸어도 그녀는 대답 한 번 하지 않았습니다. 말은 목 안쪽에 걸린 채, 밖으로 새어 나오는 것은 가느다란 한숨뿐.

괴로운 마음을 줄곧 담아두고 있었습니다.

어찌하면 좋을지 알 수 없었습니다.

무얼 한들, 그녀는 반응해주지 않았으니까요.

망가지고 말 정도로 참고 참아왔던 그녀는, 어딘가 예전의 저처럼도 보였습니다.

"……사야 씨."

그래서 저는 그녀를, 끌어안았습니다.

"……하지 마세요."

꾸욱, 품 안에 있는 그녀의 손에 힘이 실렸습니다.

온 힘을 다해 거절하고 있다는 것은 그 손을 통해 잘 전해졌습니다. 그러나 저는 떨어지지 않았습니다. 그녀가 거절할 때마다, 강하고 강하게 그녀를 끌어안았습니다.

"다정하게, 대하지 말아주세요……!"

꽈악, 그녀는 제 로브를 움켜쥐었습니다. 약간의 통증이 제 팔에서 전해졌습니다. 그래도 저는 떨어지지 않았습니다.

이대로 떨어지고 나면, 이제 두 번 다시 만나지 못할 것만 같은 기분이 들었기 때문입니다.

그녀는 저의 품 안에서, 여전히 거부하고 있었습니다. 저의 품을 떠미는 머리에서, 제가 과거에 선물했던 삼각 모자가 떨어져 내렸습니다.

검은 머리카락이 흔들리는 중에 그녀는 떨리는 목소리로 속삭였습니다.

"지금 이대로는 안 돼요. 지금 그대로의 나로는 안 돼요. 혼자서 아무것도 못 하는 나라서, 모두 어딘가로 가버리는 거예요. 두고 가버리는 거예요. 강해져야만 해요. 이대로라면, 줄곧 줄곧, 모두 어딘가로 가버릴 테니까——."

처음 만났을 때.

여동생이 떠나버려 혼자가 된 그녀는 고독에 마음이 꺾여 있었습니다. 버려졌다고 느꼈는지도 모릅니다.

제게 마법을 가르쳐달라고 부탁한 후, 그녀는 혼자서 마녀 견습생 시험을 보고 합격했습니다. 홀로서기를 했다고 생각했습니다.

마법 총괄 협회에 소속되고, 친구가 생겼습니다. 혼자가 아니게 되었습니다.

그리고 얼마 전 친구와 재회했습니다.

친구는, 혼자서 나라의 규율에 맞서고, 목숨을 잃고 말았습니다.

어쩌면 그때 사야 씨는, 다시 과거처럼 생각하고 말았는지도 모릅니다.

또 외톨이가 되고 말았다고.

"어째선가요……? 어째서 모두, 나를 두고 어딘가로 가버리는 건가요……?"

연약하고 연약하게, 그녀는 말했습니다. 이미 제 팔에 주고 있던 힘은 빠졌고, 통증만이 그곳에 남아 있었습니다.

언제나 씩씩한 사야 씨.

제가 아는 그녀는 아주 조금 바보 같은 짓을 하면서도, 때로는 싫은 일을 해내면서도, 그러면서도 언제나 웃고 있었습니다.

하지만 사실은 줄곧 고독을 두려워하고 있던 것일 테지요.

줄곧 그 마음을 눌러 삼키고 있었을 테지요.

"소중한 사람과 헤어지는 건 괴롭죠."

아플 정도로 그 마음은 잘 압니다.

그러나.

"사야 씨."

팔에 실었던 힘을 풀고 그녀를 떼어놓았습니다. 떨리는 손으로 제 로브를 쥐고 있는 그녀의 얼굴은 눈물로 젖어 있었습니다.

예쁜 얼굴이 엉망으로 일그러졌습니다.

그래서 저는 그녀의 뺨에 손을 가져다 대고서.

"당신은 혼자가 아니에요."

흐르는 눈물을 닦으며 말했습니다.

"저는 쭉 당신 곁에 있을 거예요."

지금도, 앞으로도.

○

『나는 무엇이든 안다.』

일기 첫머리는 그러한 문장으로 시작되었습니다. 이걸 적은 것이 어디의 누구인지 모르는 사람이었다면, 그것은 아주아주 오만하기 그지없는 문장으로 여겨졌을 테지만, 그러나 이 모니카라는 여성은 분명 무엇이든 다 아는 여성인 모양이었습니다.

『나는 사람의 마음을 읽을 수 있다. 무슨 생각을 하는지도, 어떤 마음으로 살아가는지도, 전부.』

어릴 때부터 타인의 마음을 누구보다도 이해했던 모니카 씨는, 동시에 긴 고독을 그 안에 감추고 있었습니다. 사람의 마음을 아는 탓에 그녀는 누구와도 가까워질 수 없었나 봅니다.

사람과의 거리가 가까워지면 가까워질수록 타인이 선하기만 한 존재가 아니라는 것을, 마음을 읽지 못하는 저희조차도 잘 이해할 수 있습니다. 그래서 저희는 선택하는 것입니다. 친해질 수 있는 사람과 그렇지 않은 사람을, 저희는 무의식중에 구분할 수 있는 것입니다.

그러나 딱 한 번 본 것만으로 어떠한 생각을 갖고 살아가는 인간인가를 이해해버리는 그녀는, 분명 줄곧, 누구도 가까이 다가오게 할 수 없었을 테지요.

멀리서 바라보아도, 다가가도, 아무것도 달라지지 않으니까요.

모니카 씨에게 친구가 생긴 것은, 그렇게 태어나서 고독을 끌어안고서 살아온 지 십수 년이 지났을 무렵이었습니다.

『오늘은 친구가 생겼다. 이름은 사야. 친절하고, 좋은 아이이고, 거짓말을 하지 않는 훌륭한 아이.』

모니카 씨는 마법 총괄 협회에서 만난 사야라는 소녀를 아주 소중히 여겼던가 봅니다. 일기 속, 마법 총괄 협회에 소속된 후 쓰인 일기에는 그녀에 관한 내용만 적혀 있었습니다.

『오늘은 사야와 가까운 찻집에서 점심을 먹었다.』『파르페를 사주었더니 아주 기뻐했다. 단순한 아이.』『오늘은 함께 도서관에 갔다.』『아동용 서적만 읽고 있기에 철학서를 찾아주었다.』『이런 어려운 건 못 읽는다는 말을 들었다.』『오늘은 함께 귀가했다.』『시시한 대화가 아주 즐겁다.』『오늘도 함께 귀가했다.』『오늘도——.』

어쩌면 그녀는 알고 있었는지도 모릅니다.

사야 씨도 마찬가지로, 천진난만한 미소 뒤로 고독을 품어왔다는 사실을.

모니카 씨는 고향으로 돌아간 후에도 사야 씨를 소중히 여겨주었을 테지요. 일기에는 일에 관한 내용만 적히게 되었습니다만, 그래도 사야 씨에 관해 가끔 언급했습니다.

어느 날을 경계로, 일기 내용은 완전히 바뀌었습니다.

『——그 누구도 이 나라를 구하려 하지 않는다. 그 누구도 옳은 일을 하려 하지 않는다. 그렇다면, 내가 할 수밖에 없다.』

지금으로부터 반년 정도 전의 일입니다.

태어난 고향이 가지고 있는 커다란 모순을 견디지 못하게 된 그녀는, 병에 걸린 사람을 자신의 손으로 죽였습니다. 그것이 분명 틀렸다는 것을 알면서도, 그녀는 민중에게서 목숨을 빼앗아왔습니다.

커다란 각오를 가지고 한 일이었습니다.

그녀가 선택한 것은 결코 칭찬받을 만한 일이 아니라고, 그녀 자신이 가장 잘 이해하고 있었습니다. 그래도, 괴로워하는 사람들에게서 시선을 돌릴 수 없었던 것입니다.

그녀는 누구보다도 타인을 이해할 수 있었으니까요.

가능하다면 그녀의 그러한 모습을, 친구에게는 절대로 보여주고 싶지 않았을 겁니다.

『협회에서 사야가 파견되어 왔다.』

하지만 사야 씨는 오고 말았습니다. 소중히 여기고 있었기에 더욱 만나고 싶지 않았던 그녀가 오고 말았습니다.

그녀는 아주, 아주, 고뇌했습니다.

『어째서 네가 와버린 거야?』

자신의 목숨을 바쳐 나라를 구할 셈이었습니다. 그녀는 목숨을 버릴 셈이었습니다. 그런데 친구가 찾아왔고, 그 결의가 흔들렸습니다.

하지만, 그때는, 그녀는 이미 돌아갈 수 없는 곳까지, 와 있었습니다.

『미안해.』

분명 자신이 한 짓을 알면, 사야 씨 마음에 커다란 상처가 생기리라는 것은 알고 있었습니다. 동시에 사야 씨라면 분명 진상까지 다다르리라는 것도, 확신했습니다.

그녀에게 남겨진 선택지는 단 하나뿐이었습니다.

일기 마지막에는 사야 씨를 향한 마음이 적혀 있었습니다.

다른 사람의 마음까지도 다 알던 그녀가 줄곧 가슴속에 감춰두고 있던 마음이, 소상히 기록되어 있었습니다.

프랑 선생님을 책 속에서 다시 데려온 후.

식사를 마쳤을 무렵에 저는 선생님에게 일기를 보여주었습니다.

선생님은 마지막의 마지막까지 모니카 씨의 마음을 읽은 다음.

"다정한 사람이었네요."

그저 그 말만을 중얼거리고, 책을 덮었습니다.

"…………."

저는 실라 씨에게 일기를 부탁받았을 때부터, 사야 씨의 이야기를 들었을 때부터, 줄곧 머리를 끌어안고 있었습니다. 받은 것까지는 좋았지만, 어찌하면 좋을지.

어찌하면 이 일기를 전할 수 있을지를 알 수 없었습니다.

제가 사야 씨에게 해줄 수 있는 일은 대체 무엇일까요?

저로서는 알 수 없었습니다.

소중한 사람을 떠나보낸 적이, 제게는 없었으니까요.

"고민하고 있군요."

식사 후.

홍차를 한 모금 마시고, 선생님은 담담히 제게 말했습니다. 전부 꿰뚫어 보는 듯한 눈이 있었습니다.

"아시겠나요?"

마치 마음을 전부 읽고 있는 것처럼, 느껴졌습니다.

"알죠. 저는 당신 스승이니까요."

"…………."

저는 고개를 숙였습니다. 조용한 시간이 찾아왔습니다. 달그락 하고 선생님의 앞에 찻잔이 놓였습니다. 김이 피어오르는 홍차는 일렁였고, 향기가 퍼졌습니다.

"그녀에게 당신이 해줄 수 있는 일은, 하나뿐이에요."

고민하는 저와 달리 선생님은 지극히 평온했습니다.

평소와 같은 선생님이 제게 말했습니다.

"함께 있어 주세요."

그렇게 말하며 부드럽게 미소 지었습니다.

두 개의 지팡이에서 마력이 흘러나오고 있는 등대 안.

그녀는 눈앞에서 얼굴을 가리고 울고 있었습니다.

고독을 느끼고 있었을 테지요. 혼자 남겨졌다고 느끼고 있었을 테지요. 분명, 모니카 씨의 죽음을 받아들이기에는 아직 시간이 필요할 테지요.

그러나 저는 사야 씨에게, 잊기를 바라지는 않았습니다.

오래전에, 처음 만났을 때 그녀에게 했던 이야기.

다시 한번, 말하기로 하지요.

"당신은 외톨이가 아니에요."

저는 지저분한 바닥에 떨어진 삼각 모자를 주워 들고, 먼지를 털고 양손으로 쥐었습니다. 익숙한 감촉의 삼각 모자였습니다.

이건 예전에 제가 그녀에게 선물했던 것입니다.

그러니 제 것이 아닙니다.

있어야 할 곳에, 돌려놓아야만 합니다.

"잊어버린 건가요?"

그녀의 머리에, 삼각 모자를 씌워주었습니다.

──함께 있어 주세요.

선생님의 말이 제 머릿속을 스쳐 갔습니다.

"저는 쭉, 처음 만났을 때부터, 여기에 있잖아요."

──옛날, 울고 있는 여자아이 곁에 다가가 주었던 것처럼.

──과거에 모자를 건네주었을 때처럼.

"지금까지도, 앞으로도, 저는 쭉 당신과 함께예요."

부디 그것을, 잊지 말아 주세요.

저는, 그저, 그 말만을 전했습니다.

그 말만을 전하기 위해 등대의 빛을 따라서 여기에 온 것입니다.

울어서 퉁퉁 부은 얼굴을 보여주고 싶지 않은 것인지도 모릅니다. 그녀는 머리에 얹힌 모자의 챙을 꽉 움켜쥐고, 고개를 푹 숙였습니다.

덧없고 연약한 그녀 곁에, 저는 계속 있어주었습니다.

그리고 저희는 밤을 함께 보냈습니다.

떠오른 빛 속에서 울음을 그친 사야 씨와 떨어져 있던 사이의 이야기를 서로 들려주었습니다.

여행 도중에 만났던 이상한 사람의 이야기, 사야 씨의 일 이야기. 혹은 모니카 씨의 이야기. 이런저런 말이 빛이 떠올라 있는 등대 안에서 끊이지 않고 오갔습니다.

언제까지고 이야기했습니다.

끝나지 않을 것만 같았습니다.

결국 등대를 나온 것은 해가 뜨기 시작한 무렵이었습니다. 그래도 신기하게도 피곤하지 않았습니다.

등대를 등 뒤에 두고 아침 해를 바라보며 사야 씨는 이쪽으로

©Azure

고개를 돌렸습니다.

"역시 일레이나 씨는 다정하네요."

어라? 무슨 말씀을 하시는 겁니까?

"저는 언제나 다정하답니다?"

실례로군요.

과장되게 뺨을 부풀려 보이는 저에게 사야 씨는.

"그러네요."

고개를 끄덕이고.

"알아요."

웃었습니다.

평소처럼, 웃었습니다.

"오래전부터, 알고 있었어요."

○

해변의 트로콜리오에 머문 지 사흘째가 되는 저녁.

항구로 향하자 다양한 가게가 처마를 맞대고 있었고, 온통 풍등으로 넘쳐나고 있었습니다. 아이부터 어른, 노인에 이르기까지 풍등에 불을 붙이고서 소중하게 양손으로 들고 있었습니다.

이미 여기저기에서 풍등이 둥실 하늘로 떠오르고 있었습니다.

아름답고 덧없는 광원이 저희 주변을 뒤덮었습니다.

주변이 온통 소원으로 넘쳐났습니다.

"일은 괜찮은 건가요?"

갑자기 프랑 선생님은 사야 씨에게 물었습니다. 본래라면 등대 안에서 인형을 조종하는 일을 하고 있어야 할 사야 씨가, 지금 여기에 있었습니다.

제 옆에.

"축제를 위해 일시적으로 이탈했어요."

사야 씨는 답하며 멀리 솟은 등대를 바라보았습니다. 항구에서는 흐릿한 희푸른 빛이 희미하게나마 보였습니다.

"……다른 분이 일을 대신해주시는 건가요?"

선생님은 그 빛을 의아하다는 듯이 바라보았습니다.

"뭐 그런 셈이죠."

저는 고개를 끄덕였습니다.

다른 분이, 라고 하기에는 어폐가 있습니다만.

"몇 시간 정도라면 저희 대신 일을 해주겠죠."

"……?"

선생님은 조금 이상하다는 듯이 고개를 갸웃거리고서, 문득 떠오른 것처럼 "아, 그러고 보니" 하고 입을 열었습니다.

"일레이나. 책 속에 들어갔을 때 당신이 빌렸던 인형, 제대로 전부 돌려줬나요? 아까 와즐리와 만났는데 『사복 인형이 돌아오지 않았어』라고 중얼거리던데요?"

"축제가 끝날 무렵에 돌려주러 갈 거니까 안심하세요."

"……?"

선생님은 고개를 갸웃거렸습니다.

저는 시선을 피했습니다.

어젯밤의 이야기입니다.

사야 씨와 둘이서 이야기를 나누던 중에, 저는 어떤 것을 떠올렸습니다. 와즐리 씨가 만든 인형 중에 의식을 갖지 못하는, 그저 마력을 저장하기 위한 인형—— 책 속에 들어갈 때 빌린 사복 인형들.

혹시 이 인형을 잘 다루면 등대 안에 들어가는 사람 대신이 되어주지 않을까 하는 생각이었습니다.

그래서 밤사이에 시험해보았습니다.

결과는 보시는 대로.

등대는 여전히 빛나고 있습니다.

아무래도 인형에 담을 수 있는 마력에는 한계가 있기 때문에 종일 일을 대신해줄 수는 없습니다. 하지만 몇 시간 정도라면 문제없이 저희 대신 일해줄 수 있을 테지요.

그런고로.

저는 사야 씨에게 말했습니다.

"지금은 축제를 즐기도록 하죠."

모처럼의 축제 날에 등대 안에서 혼자 쓸쓸하게 빛을 바라보고 있을 뿐이라니, 슬프니까요.

축제 회장 안에서 마을 사람들이 풍등을 나눠주고 있었습니다.

당연히 저희도 풍등을 받아 들었습니다.

자그마한 빛이 세 개.

항구에 늘어섰습니다.

"이 나라의 풍등 축제는 만날 수 없게 된 사람을 향한 마음을 실어서 하늘로 올려보내는 거예요."

선생님은 양손에 든 작은 빛을 바라보며 저희에게 말해주었습니다.

말하길.

"풍등 축제가 처음 이 마을에서 열렸던 건, 아주 오래전의 일이랍니다. 돌아가신 분을 향한 마음과 멀리 가버린 소중한 사람을 향한 마음을 풍등에 담아서, 마을 사람들이 매년 이 시기에 하늘로 올려보냈던 것이 풍습의 시작이라더군요."

처음은 마을의 누군가가 혼자서 시작한 일이었습니다.

그러나 하늘로 빨려든 풍등의 아름다움에 사람들은 매료되었을 테지요.

하나, 또 하나, 풍등에 마음을 담은 사람은 시대와 함께 늘어갔고, 지금은 이 시기에 맞춰 관광객이 나라를 찾아오고, 마음을 실은 수많은 풍등이 하늘로 오르기에 이르렀다고 합니다.

단 한 사람이 시작한 일이 이렇게나 커다란 의미를 가진 일로 바뀌었던 것입니다.

많은 사람의 마음이 더해져.

마음을 빼앗길 정도의 정경이, 오늘 이 나라에는 존재하는 것입니다.

저는 물었습니다.

"사야 씨는 누구를 향한 마음을 담을 건가요?"

제 말은 분명 들렸을 터입니다. 그러나 그녀는.

"…………."

입을 다물었습니다.

침묵 속에서 그녀는 멍하니 따스한 빛을 바라보았습니다.

멀리서도, 양손으로 안고 있어도, 여전히 아름다운 풍등을 바라보았습니다.

그리고, 이윽고.

"나는 날리지 않을 거예요."

그녀는 천천히 고개를 저었습니다.

"소중한 사람은 줄곧 옆에 있으니까, 그러니까, 마음을 실을 필요 같은 건 없어요."

이 나라의 풍습에 따른다면, 이 풍등은 멀리 떠난 소중한 사람을 향한 마음을 담는 것이니까요.

멀리 떠나는 일은 없으니까요.

지금까지도.

앞으로도.

그렇게, 말했습니다.

『친애하는 사야에게』

모니카 씨의 일기 마지막.

분명 그녀는 언젠가 사야 씨의 손에 이 일기가 전해지리라고, 예측했을 테지요. 미래가 보이지 않아도 그녀는 뭐든 알고 있으니까요.

그 정도의 일, 예상할 수 있었을 테지요.

『분명 곧, 너는 진상에 다다르겠지. 어쩌면 이미 눈치챘는지도 모르지만.』

　일기 마지막에 쓰여 있던 것은, 자신이 한 모든 일의 진상과 사야 씨를 향한 마음이었습니다.

『나는 네가 정말 좋았어. 거짓말을 못 하고, 언제나 웃고 있고, 멋진 네가 좋았어. 눈부셨어. 너처럼 될 수 있다면, 몇 번이고 몇 번이고 그렇게 생각했어.』

　분명 쓰면서도 그녀는 울었을 테죠.

　글자가 번져 있었습니다.

『분명, 나는 이대로 죽을 거야. 네 곁을 떠나야만 하게 되겠지. 미안해. 슬프게 만들어서, 미안해.』

　모니카 씨가 적은 일기의 마지막 말.

　저는 어째서인지 선명하게 기억하고 있었습니다.

『하지만, 부디 잊지 말아줘.』

　그것은 분명, 제가 과거에 했던 말과 거의 같았기 때문일 테지요.

『나는, 쭉 네 곁에 있다는걸.』

　눈에 익은 삼각 모자를 머리에 쓴 사야 씨는 속삭였습니다.

"잊지 않아요."

　자신에게 맹세하듯이 속삭였습니다.

"영원히, 잊지 않아요."

　소중한 사람의 이름이 쓰인 일기는, 그녀의 마음에 새겨졌습니다.

　그녀를 사랑하는 사람은, 영원히 그곳에 있을 겁니다.

　여전히 자그마한 불빛이 사야 씨의 품 안에서 빛나고 있었습니다.

　그녀에게 다가가듯, 자랑스럽게.

어둡고 어두운 밤중.

저 먼 하늘, 작은 빛이 띄엄띄엄 떠오르는 것이 보였습니다.

그것은 마치 별이 밤하늘에 빨려들어 가는 듯도 보여서, 나와 언니는 잠시 그 정경에 시선을 빼앗겼습니다.

"예뻐라……."

언니는 자그맣게 속삭였습니다.

나는 그저 고개를 끄덕이는 것밖에 할 수 없었습니다.

이곳이 하늘 위라는 사실을 잊고 말 정도의 풍경이 보였습니다.

내려다본 아래에는 마을이 펼쳐져 있었습니다. 천천히 천천히, 지상으로 내려앉아 가는 하늘의 성은 마지막의 마지막까지 아주 아름다운 광경을 우리에게 보여주었습니다.

풍등 축제.

소문으로 들은 적이 있습니다. 매년 이 시기가 되면, 마을 사람들이 하늘로 풍등을 날리는 축제가 열린다고.

나와 언니도 만약 가능하다면 축제에 참가하고 싶다고 생각했습니다만── 결국, 시간을 맞추지 못했습니다. 해변의 트로콜리오에 도착하기 직전에, 눈과 코앞까지 다가갔을 무렵에, 이 나라에서 일을 맡아버렸으니까요. 가능하다면 축제에 참가하고 싶었습니다만, 하지만 일이 있으니 어쩔 수 없지요──하고, 나도 언니도 반쯤 포기하고 있었습니다만.

"특등석을 발견했네요."

나는 옆에 선 언니에게 말했습니다.

축제 날에 맞추지 못한 대신에.

일을 맡은 대신에.

아주아주 예쁜 경치가 별빛으로 가득한 하늘 속으로 녹아들어 갑니다.

"그러게."

언니는 고개를 끄덕였습니다.

동시에 쓸쓸한 듯 속삭였습니다.

"하지만, 이제 두 번 다시 여기에서 보는 건 불가능하겠지."

이 성은 천천히 지상으로 돌아가고 있습니다. 이대로 지상까지 내려가면, 두 번 다시 하늘로 떠오르는 일은 없을 테죠.

이러한 풍경이 우리 앞에 나타나는 것도, 이번이 마지막이 될 터입니다.

단 한 번뿐인 아름다운 경치.

이제 두 번 다시, 볼 수 없을 겁니다.

"…………."

풍등 축제는 멀리 가버린 누군가를 향한 마음을 담아서 풍등을 하늘로 날리는 풍습을 가리킨다고 합니다.

같은 하늘 아래 있는 누군가를 향한 마음을, 풍등에 실어 날리는 것입니다.

그러나 우리는, 지금, 하늘 위에 있습니다.

이곳에서 말하는 멀리 떠나버린 누군가라는 것은 대체 누구일까요?

오래전, 나는 나라에서 언니가 돌아오기를 기다리며 줄곧 후회했습니다.

언니를 믿어주지 못했던 것을, 언니 혼자 나라에서 쫓겨나고 말았던 그런 결과를 불러왔던 것을── 나 자신의 어리석음을, 줄곧 후회했습니다.

나에게 있어 누군가가 대체 누구인지는, 생각할 것도 없었습니다.

"……언니."

나는 언니에게 손을 뻗었습니다.

따뜻한 언니의 손이 움찔하며 내 손끝에 닿은 순간.

"……왜 그래?"

키득, 언니는 곤란한 듯이 웃으며 그 손을 맞잡아주었습니다.

내 손이 온기에 감싸여 갔습니다.

"아무것도 아니랍니다."

시선을 피하듯 먼 하늘을 바라보며, 나는 빌었습니다.

부디, 앞으로 두 번 다시 이 손을 놓는 일이 없기를.

○

프랑 씨를 태운 배가 나라에서 떠난 직후의 일입니다.

그리운 냄새가 났습니다.

무심코 얼굴을 찡그릴 법한, 몇 번을 맡아도 그때마다 몸 어딘가에 독을 두고 가는 듯한, 아주아주 고약하고, 싫고, 그러나 그

335

리운 냄새가 났습니다.

나는 그 냄새의 주인을 아주 잘 알고 있습니다.

"일레이나 씨."

"네?"

멍하니 배를 바라보던 일레이나 씨는 이쪽을 돌아보더니, 살짝 얼굴을 찡그렸습니다.

나와 마찬가지로 냄새를 잘 맡는 것인지, 혹은 나와 마찬가지로 냄새의 주인을 알고 있는 것인지—— 바로 주변을 둘러본 후 "냄새가 나네요"라고 말했습니다.

그녀가 있는 곳은, 모습이 보이지 않아도 냄새를 따라가면 저절로 찾을 수 있을 테지요.

"그런고로, 잠시 다녀오겠습니다."

일레이나 씨는 내 말에 "네" 하고 고개를 끄덕이고.

"조심히 다녀와요."

미소 지어주었습니다.

그 손은 여전히 소중하다는 듯이 풍등을 들고 있었습니다.

이 혼잡한 와중에 담배를 피울 법한 인간이란 아무래도 이 나라에는 단 한 사람밖에 없는지, 잠시 걸으니 곧바로 그 범인과 마주할 수 있었습니다.

"…………."

나와 눈이 마주치자 그녀는 거북한 듯 얼굴을 찌푸리고, 하얀 한숨을 내쉬었습니다.

"······들킨 건가."

어두운 밤의 마녀 실라가, 그곳에는 있었습니다.

"그야 냄새로 알 수 있으니까요."

들키지 않을 거라고 생각했는지도 모르겠습니다만, 인파 저편의 그늘진 곳에서 뭉게뭉게 연기가 피어오르는 것이 보였고, 애초에 삼각 모자도 보였고, 심지어 시선도 마주쳤습니다.

무엇보다, 줄곧 맡았던 냄새니까요.

들키지 않을 리가 없습니다.

"일은 어떻게 하셨나요?"

내가 묻자 실라 씨는.

"······운송 중인 짐을 봉인하는 일이었는데, 착오로 짐이 사라졌대."

그렇게만 말해주었습니다.

어째서 이 나라에 왔는지까지는, 말해주지 않았습니다.

어쩌면 운송 중인 짐이란 이 나라에서 보내진 것이고 사라진 원인을 찾기 위해 여기까지 왔는지도 모릅니다. 어쩌면 그저 다음 일의 의뢰를 한 것이 여기였기 때문에 왔을 뿐인지도 모릅니다.

그러나 이제 그런 건 어찌 되었든 상관없습니다.

여기에 와서, 얼굴을 마주할 수 있었던 것이 무엇보다도 기뻤습니다.

일레이나 씨에게 전부 들었습니다.

사람이 사는 마을 에마데스트린까지 직접 찾아가 모니카 씨의 일기를 회수해준 것도, 일레이나 씨에게 그것을 맡겨주었던 것도.

전부 들었습니다.

줄곧 걱정해주었다는 것도.

"······미안했다."

실라 씨는 어둠 속에서 보이는 하늘의 등불로 시선을 돌렸습니다.

외면하고 있을 뿐인 듯도, 쑥스러워하고 있을 뿐인 듯도 보였습니다.

그래서 나는 작은 빛을 한 손에 든 채 활짝 웃으며 그녀의 손을 잡아당겼습니다.

"풍등 축제, 더 밝은 곳에서 봐요."

○

작은 등불이 밤하늘의 무수한 별들 사이로 빨려들어 갔습니다.

조용히 흔들리는 배 위에서 보이는 풍등의 빛은 서서히 작아지고, 연약한 반짝임으로 변해갔습니다.

분명 이내 보이지 않게 되고 말 테지요.

그래서 저는, 손을 뻗었습니다.

추억으로 가득한 하늘로.

"뭘 하는 거야? 프랑."

처음 이 바다를 건넜을 때, 하늘로 손을 뻗는 저를 본 스승님은 의아하다는 듯이 고개를 갸웃거렸습니다.

분명 제 행동이 이해되지 않았을 테지요. 스승님은 그저 "예쁘다" 하고 담담히 감상을 늘어놓을 뿐이었으니까요.

그러나 제게 있어 이 하늘의 풍경은 전혀 다른 것으로 보였습니다.

많은 사람의 추억이 겹겹이 쌓인, 아름다운 하늘이었습니다.

그래서 대답했습니다.

"동경하는 사람을 잊지 않기 위해서요."

닿을 리 없는 하늘로 발돋움을 하며.

"또 만나요."

스승님의 따님 이름을 듣고, 그 모습을 보고, 끌어안고, 저는 모두 이해했습니다.

오랜 옛날 자신을 구해준 사람이 어디의 누구였는지를. 앞으로 그녀가 어떠한 소녀로 자라갈지도.

거기에는 운명이 있었던 것입니다.

그래서 저는, 그녀에게 손을 뻗었습니다.

".............?"

아직 두 다리로 일어서기도 힘들었던 때의 그녀는, 그 손을 신기하다는 듯이 바라보고서 저를 올려다보았습니다.

잿빛 머리카락, 투명한 유리색 눈동자.

그녀의 이름은, 일레이나.

천천히 손을 뻗고서 살포시 잡아주었습니다.

보드랍고 보드라운 작은 손이었습니다.

"이제 작별이네요."

항구에서 뻗은 손을, 일레이나가 잡았습니다.

아직 작고 연약한 손이라 생각했습니다.

하지만 옛날과 비교한다면.

"……많이 컸네요."

그저 그런 감상만이, 제 가슴속에서는 떠올랐습니다. 울컥하고 솟아오르는 것이 있던 탓에 겨우 입에서 새어 나온 말이 고작 그뿐이었기 때문인지도 모릅니다만.

일레이나는 부끄러워하며 키득 웃었습니다.

하지만, 하고 그녀는 말을 자아냈습니다.

"아직 더 클 예정입니다."

그리고, 쥐고 있던 손은 천천히 떨어졌습니다.

차가운 밤공기가 잊기 힘든 온기를 손끝에서 앗아갔습니다. 상실감이 제 손을 뒤덮었습니다. 제 품에 따뜻한 무언가가 뛰어든 것은, 그 직후였습니다.

"언젠가 또 만나요."

○

저는 그렇게 말하며 선생님을 끌어안았습니다.

감정적이 되어 대체 저는 무얼 해버린 것일까요. 경박합니다.

그렇게 제 안에 있는 멀쩡한 자신이 속삭인 듯한 기분이 들었

습니다만, 저는 지금의 분위기에 몸을 맡기고 에잇, 하고 양손을
선생님의 등에 둘렀습니다.

선생님은 어쩌면 저의 이러한 행동에 조금 놀랐을지도 모릅니다.

"어머나⋯⋯" 제 머리 위에서 그런 목소리가 들렸습니다. 그러
나 저는 지금 현재 선생님의 품에 고개를 파묻고 있는 바람에 어
떠한 표정을 짓고 있는지는, 짐작도 되지 않았습니다.

하지만 볼 필요도 없을 테지요.

얼굴을 봐버리면, 어쩌면 또 쓸쓸해질지도 모르니까요.

"일레이나⋯⋯."

선생님은 이윽고 제 등에 손을 두르고, 천천히 말했습니다.

"키도 좀, 컸나요?"

"아, 죄송해요. 까치발을 했어요."

"⋯⋯⋯⋯."

"선생님에게 안기기 딱 좋은 크기가 되기 위해서는 이렇게 할
수밖에 없었던지라⋯⋯."

어쩔 수 없습니다.

발끝에 한껏 힘을 주지 않으면 지금의 키 차이로는 딱 좋은 느
낌이 되지 못합니다. 그럴듯한 분위기를 만들기 위해서는 다소의
노력도 필요한 법입니다.

선생님은 제 등을 통 가볍게 두드렸습니다.

"하지만 역시, 옛날에 비하면 많이 컸네요."

"⋯⋯⋯⋯."

그런가요?

"그럴지도 모르겠네요."

그러나 역시, 이것으로 마지막이 될 마음은 없습니다.

선생님은 두 팔에 천천히 힘을 주고.

그리고, 제 귓가에 속삭였습니다.

"언젠가 또 만나요."

멀어져가는 배는 흔들흔들 바다 위를 미끄러져 나아갔습니다.

줄곧 바라보고 있었을 터인데, 그 모습은 어느샌가 아주 불안하고 작게 바뀌었습니다. 분명 금세 배는 어둠에 휩싸여 보이지 않게 되고 말 테지요.

아직 가슴에 온기가 남아 있는 듯한 느낌이 들었습니다.

어쩌면 여전히 끌어안고 있는 풍등의 불이, 그렇게 느껴지게 하고 있을 뿐인지도 모릅니다만.

분명, 곧 선생님이 탄 배는 보이지 않게 될 테지요.

선생님에게 이 나라의 불빛은 여전히 보이고 있을까요?

제가 있는 곳이, 보이고 있을까요?

부디, 오래오래, 불빛이 닿기를, 저는 바랐습니다.

"안녕히."

그리고 양손에서 자그마한 풍등이 떠났습니다.

"다시 만날 때까지."

둥실 공중으로 날아올랐고, 제 손에 있던 불빛은 하늘로 올라가 풍등들 속으로 섞여들어 갔습니다. 이 빛을, 선생님은 바라봐 주고 있을까요?

©Azure

항구에서 홀로, 두 손을 떼고 풍등을 하늘로 올려보내는 여성이 한 명 있었습니다.

잿빛 머리카락, 유리색 눈동자의 그녀는 검은 로브를 걸치고 삼각 모자를 쓴 마녀이자, 여행자이기도 했습니다.

나라에서 나라로 이동하는 그녀는 여행을 하면서, 만남과 이별을 자아냈습니다.

앞으로도, 지금까지도, 여행은 계속될 테지요.

반복되는 만남과 이별을 잊지 않도록 눈동자에 새기듯이, 추억의 불꽃이 흩어진 어두운 하늘로 손을 뻗은 그녀는, 누구일까요?

말할 것도 없습니다.

그렇습니다. 저입니다.

후기

안녕하세요! 3페이지밖에 없으므로, 갑작스럽지만 각화 코멘트에 들어가도록 하겠습니다.

● 제1장 『여행의 항로: 책 속 이야기』

제10권의 프롤로그에 같은 느낌의 이야기입니다. 책 속에서 일레이나 씨가 말을 걸어온다는 느낌의 흐름을 한 번이라도 좋으니까 해보고 싶었습니다. 실현할 수 있어 다행입니다.

● 제2장 『사랑에 빠진 인어 이야기』

인어라고 하면 비련의 이야기가 주인 듯한 느낌입니다만, 여기서는 코미디 같은 이야기가 되었습니다. 키이스 군이 여자에 익숙해지는 날은 과연 올까요…….

● 제3장 『추억을 새기는 문자의 나라』

일레이나 씨와 프랑 선생님, 그리고 프랑 선생님의 스승님 이야기입니다. ……이상!

● 제4장 『마녀재판』

플롯을 떠올린 단계에서 쓸지 말지 상당히 망설인 이야기입니다만, 담당 편집자님이 "이거 하자!"라고 말해주셔서 쓰게 되었습니다. 아마도 지금까지 중에서 기존 발행된 책을 가장 많이 반복해 읽었을 겁니다.

● 제5장 『마법사들의 하늘』

암네시아 자매와 마법사 자매의 이야기입니다. 하늘 위에 있는 성 이야기는 훨씬 전부터 생각하고 있었습니다만, 긴 이야기가 될 것 같아서 어찌할까 하고 쓰기를 망설였습니다. 하지만 이번 에필로그로 이어지는 흐름에 딱 맞을 것 같았던지라 10권에서 겨우 실현되었습니다.

●제6장『여행의 항로: 고독한 책의 이야기』

이번 장은 2부 구성으로 되어 있습니다. 안경 일레이나 씨를 등장시킬 수 있었던 것은 기뻤습니다. 이 장에서 고독한 책을 타이르는 프랑 선생님의 모습이, 다음 장으로 가는 도입이 됩니다.

●제7장『여행의 항로: 등대 안에서』

사람은 성장하는 존재이고, 영원히 옛날 그대로의 관계로는 있을 수 없습니다. 그러나 알고 있어도, 인간관계가 달라지는 일에는 쓸쓸함이 있다고 생각합니다. 전자 서적의 사야 씨 이야기로 시작해, 3권과 5권에서 두 번의 고비를 맞이합니다만, 이 권도 그러한 권으로 만들고 싶다고 생각했습니다. 일레이나 씨가 사야 씨에게 모자를 씌워주며 시작한『마녀의 여행』시리즈 10권은, 다시 한번 모자를 씌워주며 끝납니다. 프랑 선생님과 둘이서 하는 여행도, 사야 씨의 슬픈 날들도, 여기서 끝입니다.

●제8장『여행의 항로: 어두운 하늘로 오르는 불』

풍등 축제는 코무로이를 소재로 하고 있습니다. 이 이야기에서는 멀리 떠나버린 사람을 향한 마음을 실어 날려 보내는 것으로 했습니다. 먼 하늘 위에서 바라보는 암네시아 자매와 풍등을 날리지 않고 밝은 곳으로 선생님을 이끄는 사야 씨. 바다 위에서 바라보는 프랑 선생님. 땅 위에서 풍등에 손을 뻗는 일레이나 씨.

그렇게 제각기 같은 풍경을 바라보면서도, 풍등에 바란 마음은 달랐을 겁니다.

　이상으로 각 이야기의 코멘트를 마무리합니다. 오랜만입니다. 시라이시 죠우기입니다. 주로 최종장이 지나치게 길어지는 제 탓에 이번에는 후기 페이지 수가 무척 적어진지라, 간결하게 정리하고자 합니다. 이번에는 시리즈가 시작된 후로 10권이 되기 때문에, 이야기에 단락을 짓는 권으로 만들고 싶다고 전부터 생각하고 있었습니다. 그런고로, 이번 마지막은 사야 씨의 이야기로 마무리하자고 생각했습니다. 최종장의 길이가 완전히 마지막회 사양인 권이 되었습니다만, 앞으로도 시리즈는 계속되므로 응원 부탁드립니다! 참고로 예고를 하자면 다음부터 평범하게 일레이나 씨 혼자 하는 여행으로 돌아옵니다.

　이번 부속 드라마 CD에 관한 이야기입니다. 그, Twitter에서 몇 번이나 말했습니다만, 제1탄에서는 몹시 긴장해서 아랫입술이 찢어질 정도의 수준으로 깨물고 있었습니다. 하지만 제2탄은 뒤에서 듣고 있자니 정말로 재미있어서 연신 웃고만 있었습니다. 개인적으로 4장이 제일 마음에 듭니다. 성우분들을 비롯해, 드라마 CD에 관여해주신 여러분. 다시 한번 감사드립니다!

　그럼 감사 인사를.

　담당 편집자 M님. 이번에는 아슬아슬할 때까지 기다리시게 해서 면목…… 없습니다. 이러저러하여 결국 지금까지 중에서 가장 긴 페이지 수가 되어버렸습니다…….

아즈루 님. 언제나 귀여운 일러스트를 그려주셔서 고맙습니다. 드라마 CD 표지 속 일레이나 씨가 특히 좋았습니다……. 앞으로도 잘 부탁드립니다.

독자 여러분. 이번 후기가 짧아서 죄송합니다. 앞으로도 일레이나 씨의 여행을 지켜봐 주신다면 기쁘겠습니다. 그럼 이만!

MAJO NO TABITABI 10

Copyright ⓒ 2019 by Jougi Shiraishi
Illustrations Copyright ⓒ 2019 by Azure

All rights reserved
Original Japanese edition published in 2019 by SB Creative Corp.
Korean translation rights arranged with SB Creative Corp., Tokyo
through Eric Yang Agency Co., Seoul.
Korean translation rights ⓒ 2021 by Somy Media, Inc.

[마녀의 여행 10]

2022년 1월 14일 1판 3쇄 발행

저　　　자 시라이시 쵸우기
일 러 스 트 아즈루
옮 긴 이 이신
발 행 인 유재옥
본 부 장 조병권
담당편집 정영길
편 집 1 팀 김준균 김혜연
편 집 2 팀 정영길 조찬희 박치우 정지원
편 집 3 팀 오준영 이해빈 이소의
편 집 4 팀 전태영 박소연
미　　　술 김보라 박민솔
라이츠담당 김정미 맹미영 이윤서
디 지 털 박상섭 김지연
발 행 처 ㈜소미미디어
인쇄제작처 코리아피앤피
등　　　록 제2015-000008호
주　　　소 서울 마포구 토정로 222, 403호(신수동, 한국출판콘텐츠센터)
판　　　매 ㈜소미미디어
마 케 팅 한민지 박종욱 최원석 박수진 최정연
물　　　류 허석용
전　　　화 편집부 (070)4164-3962, 3963 기획실 (02)567-3388
　　　　　　　판매 및 마케팅 (070)4165-6888, Fax (02)322-7665

ISBN 979-11-384-0113-5
ISBN 979-11-5710-752-0 (세트)